警視庁アウトサイダー

加藤実秋

角川文庫
22818

目次

第一話　スネにキズ持つ男たち

ムギのやつ、やけに吠《ほ》えるな。

梶間《かじま》直人《なおと》は、ノートにシャーペンを走らせる手を止めて顔を上げた。階下から甲高い犬の鳴き声が聞こえ、それをたしなめる母親の小百合《さゆり》の声も聞こえる。ムギは夕方からずっと落ち着かず、小百合が「地震でも起きるのかしら」と眉《まゆ》をひそめていたのを思い出した。

お母さんは心配性だからな。心の中で呟《つぶや》き、滑らせた視線が勉強机の脇の本棚で止まる。本棚に並んだ参考書やコミックの前にはフォトフレームが何枚か置かれ、その一枚に五年前、ムギを飼い始めた日に撮った写真が収められている。当時小学六年生だった直人は、弾《はじ》けるような笑顔。ずっと犬を飼いたかったのだが、両親に「転勤が多いからダメ」と言われ、長野《ながの》県中部のこの街に家を買ったのを機にようやく許しが出た。直人に抱かれたムギは、左側だけ垂れた耳が特徴的なミックス犬で、きょとんとした顔でこちらを見ている。

ムギの鳴き声が、きゅうきゅうという甘え声に変わった。何か言い聞かせるような低い声も聞こえ、階下は静かになった。少しするとドアの開く音がして、誰かが階段

を上がって来た。すぐに背後でノックの音がしたので、直人は振り向いて「はい」と応《こた》えた。ドアが開き、

「よう」

と言って、父親の優人《ゆうと》が部屋に入って来た。直人と同じ、Tシャツにハーフパンツという格好《かっこう》で、メタルフレームのメガネをかけている。優人は壁際のベッドに歩み寄り、腰を下ろした。ベッドの脇には窓があり、網戸越しの夜風がレースのカーテンを静かに揺らし、隣家の住人が風呂《ふろ》に入る音が漏れ聞こえてくる。

「お母さんから聞いたよ。高校の進路調査で刑事になるって言ったんだって？　直人は成績もいいんだし、他に夢とかなりたいものとかあれば叶《かな》えろよ」

優人は短く刈り込んだ髪を撫《な》で、少し照れ臭そうに言った。キャスター付きの椅子を回転させて優人に向き直り、直人は笑った。

「今さらなに言ってるんだよ。刑事になるのが、僕の夢だから」

「それはわかってるが」

「小さい頃から、間違ったことをしてるやつも、困っている人も放っておけないんだよ。誰に似たのかな」

最後のひと言はいたずらっぽく言い、また視線を本棚に向けた。

ムギとの写真の隣には、家族写真を収めたフォトフレームがある。警察署の前で撮

影したもので、優人は制服に制帽姿。隣の小百合はワンピース、その隣の直人も真新しいシャツにジャケットを着ている。数年前に優人が何かで表彰された時に撮ったものだが、気恥ずかしい半面、とても誇らしかったのを覚えている。

「さあ。誰だろうな」

優人もいたずらっぽく応え、笑った。丸い目は、メガネのレンズ越しに本棚の脇の壁を見ている。そこには直人が小学生の時に描いたクレヨン画が貼られていて、モデルは優人だ。稚拙《ちせつ》で乱暴なタッチだが、優人は警察の制服を着てパトカーの前に立っているとわかる。画用紙の端にははみ出さんばかりの勢いで、「ぼくのおとうさん」とタイトルが記されていた。直人も絵を眺めていると、ぽつりとした声が耳に入った。

「だが、世の中には正しいことを喜ばない人間もいる」

視線を戻した直人の目に、優人の横顔が映った。いつも陽気な優人が、珍しく厳しい顔をしている。加えて、妙に疲れてシワや白髪も増えたように感じられた。怪訝《けげん》に思い、直人が口を開こうとした矢先、階下でチャイムの音がした。

「もう十時だぞ。誰だ？」

首を傾げて言い、優人は立ち上がった。ドアを開けて直人の部屋を出て、階段を下りて行く。直人は勉強机に向き直り、さっき置いたシャーペンを握った。宿題の英作文に取りかかろうとした時、

「どういうことですか？」

と、階下から優人の硬い声が聞こえた。それに応えるような、ぼそぼそとした男の声も聞こえる。何ごとかと、直人は振り返って耳を澄ました。優人と男がやり取りする気配があり、衣擦《きぬず》れのような音もする。と、

「ちょっと待って下さい！」

と優人が声を上げ、そこに小百合の短い悲鳴とどたばたという音が重なった。反応して、ムギが鳴き始める。

シャーペンを放り出し、直人は立ち上がった。ドアに駆け寄り、廊下に出て階段を下りた。一階の廊下に出ると、前方の玄関の上がり框《かまち》に立つ小百合が振り返った。青ざめて引きつった顔をしていて、足元ではムギが吠えている。そしてその奥に、三和《たた》土《き》に降りた優人と、脇に立つスーツ姿の体格のいい中年男がいた。玄関のドアは開け放たれ、外にも数人の男がいるようだ。

「お父さん！」

呼びかけた直人の声に、優人と中年男が振り返った。玄関の天井の明かりが、優人の強《こわ》ばった顔と、その両手首にはめられた手錠を照らす。思わず直人が息を呑《の》むと、中年男は優人の腕を摑《つか》み、外に出るように促した。

「やめて！」

小百合が叫ぶと、ムギの鳴き声はさらに大きく、激しくなった。直人は裸足《はだし》で三和土に飛び降り、玄関から連れ出された優人を追った。スーツの男が腕を伸ばして直人の行く手を阻《はば》んだが、直人はその腕を振り払って玄関を出た。奥の門灯の明かりが、短いアプローチを抜けて外の通りに出る優人とスーツの男たちを照らす。

足の裏が砂利を踏み、小石が食い込むのを感じながらアプローチを走り抜け、通りに出た。数台のセダンが停まり、屋根には赤色灯を載せている。優人は男たちに囲まれ、一台のセダンの後部座席に乗せられようとしていた。

「お父さん！」

セダンに駆け寄りながら、直人は叫んだ。たちまち、男たちの一人が振り返って直人の前に立ちはだかった。その大きく厚い、壁のような体を押しのけようともがき、直人はさらに叫んだ。

「放せ！」

「直人！」

優人も叫ぶ。はっとして、直人は男の体の脇から前方を覗《のぞ》いた。セダンの脇に立った優人が、こちらを見ている。

「大丈夫だ。すぐに戻るから、お母さんを頼むぞ！」

そう言い終えるか終えないかのうちに、男たちは優人をセダンの後部座席に押し込んだ。男たちも小走りでそれぞれ乗車し、セダンは走りだした。

「待って！」

焦りと不安に押しつぶされそうになり、直人は走った。しかし赤色灯を回転させ、サイレンを鳴らしたセダンは通りをどんどん遠ざかり、すぐに見えなくなった。それでも走り続けようとした直人だったが、後ろで悲鳴のような声が上がり、足を止めた。

振り返った直人の目に、通りにうずくまる小百合と、その周りを走り回るムギの姿が映った。胸は嵐のようなのに頭は真っ白で何も考えられず、直人は小百合が泣き叫ぶ声とムギの鳴き声、遠ざかっていくサイレンの音を聞いていた。

1

薄闇を感じながら、蓮見《はすみ》光輔《こうすけ》は深呼吸をした。

一回、二回、三回……。深呼吸を繰り返すにつれ頭の中は空《から》になり、体には力がみなぎっていく。体の隅々まで力が行き渡るのを確認し、光輔は目を開けた。

今日も上手《うま》くやれる。計画は完璧《かんぺき》だ。そう唱えると自信が湧き、スイッチが入ったのがわかった。

「よし」

声に出して言い、光輔は身を翻して部屋を出た。

2

五分ほど歩くと、警視庁桜町《さくらまち》中央署に着いた。パトカーや警察車両が停められた駐車場を抜け、通用口から署屋に入る。署屋はやや古びた鉄筋六階建てで、署員数およそ三百三十名の中規模署だ。

午前八時半の始業時間までは十五分ほどあるが、大勢の署員が一階の廊下を行き来していた。と、向かいから顔見知りの署員の中年男が歩いて来た。すかさず、光輔は笑顔で会釈した。

「おはようございます」

「おはよう。今日もキマってるね」

署員の中年男も笑い、すれ違いざまに光輔の胸のあたりを指した。「いえいえ」と返し、光輔は片手でネクタイを直しながら署員の中年男を見送った。五月に入り、署員の多くは合服《あいふく》と呼ばれる春秋用の制服を着ているが、光輔はスーツ姿。地味なダークグレーながら、ジャケットは二つボタンで丈が短めという流行のスタイルだ。

その後も既知の署員とにこやかに挨拶《あいさつ》し、光輔は署内を進んだ。階段を上り始めてすぐに、前方にどやどやという気配を感じた。数人の署員が階段を下りてくる。

「やあ。蓮見くんじゃないか」

団体の先頭にいる中年男が、階段の途中で立ち止まった。こちらも合服姿だが、右胸には旭日章《きょくじつしょう》を月桂冠《げっけいかん》で囲んだ金色のバッジが輝いている。桜町中央署署長の奥平満《おくだいらみつ》春《はる》で、階級は警視だ。

光輔も立ち止まり、姿勢を正して一礼した。

「おはようございます」

「聞いたよ。この間の連続コンビニ強盗、きみが犯人《ホシ》を挙げたんだって？　さすがだね。私も鼻が高いよ」

満面の笑みで言い、奥平は両脇のお付きの署員を見た。お付きの署員も笑顔になり、「おっしゃる通り」と言うように頷《うなず》いた。光輔は背筋を伸ばしたまま、「ありがとうございます」と再度頭を下げた。その脇を抜け、署員たちが階段を上り下りして行く。

「しかし、きみはまだ巡査長だろう？　巡査部長の昇任試験を受けて、本庁の捜査第一課《ソウイチ》を目指したらどうだ？」

出っ張り気味の腹に手をやり、奥平は続けた。反対に頭髪の生え際は後退している。胸にかすかな緊張を覚え、光輔は首を横に振った。

「いえ。僕はまだ修行中の身ですから」

「十分結果は出しているよ。きみなら、自信を持って推薦できる」

奥平は言い、「だろう？」と付け加えてまた両脇を見た。「はい」「もちろんです」と返し、お付きの署員は首を大きく縦に振った。それを満足げに見て、奥平はさらに何か言おうとした。すかさず、光輔は告げた。

「大変光栄ですが、時期尚早《じきしょうそう》です。署長のお言葉を糧《かて》に、自己研鑽《じこけんさん》に努めます」

そのきっぱりとした口調に一瞬眉《まゆ》をひそめた奥平だったが、光輔が「申し訳ござい

ません」とさらに深く頭を下げると笑顔に戻り、

「そういうことなら、無理強いはしないよ。職務に励みなさい」

と告げて階段を下り始めた。お付きの職員たちがそれに続く。「はい！」と返した光輔は、奥平たちの背中が階段の下に消えるのを待ち、体を起こした。緊張が解け安《あん》堵《ど》する。それでも神妙な表情をキープして階段を上りきり、三階の廊下に進んだ。

廊下の中ほどにある部屋に近づくと、ドアが開け放たれた出入口の前に、小さな人だかりができていた。ドアの脇には「刑事課」のプレートが取り付けられている。

「おはようございます。どうしたんですか？」

人だかりの前で立ち止まり、光輔は訊《たず》ねた。刑事課の先輩たちの姿もあったが、振り向いたのは三人組の女の署員。

「おはようございます。蓮見さん、大変ですよ」

真っ先に口を開いたのは、端に立った一人。前髪を額に斜めに下ろし、長い髪を後ろで一つに束ねている。米光《よねみつ》麻紀《まき》巡査で、交通課所属。歳ははたちだ。続いて真ん中の一人も言った。

「おはよう。どうもこうもないわよ」

こちらはマッシュルームカットで、歳は四十代後半。小柄小太りで、メタルフレームのオーバル形のメガネをかけている。警務課の事務職員で、須《す》藤《どう》さつきという。反

対側の端の一人も、

「とにかくあれ見て。あれ」

と捲《まく》し立て、室内を指した。こちらも歳は四十代後半で、マッシュルームカットにオーバル形のメガネだが背が高く痩《や》せていて、フレームは赤いプラスチック製だ。彼女も警務課の事務職員で、名は倉間《くらま》彩子《あやこ》。怪訝《けげん》に感じながらも、光輔は人だかりの向こうに視線を向けた。


パソコンや電話、書類が載った机と椅子がいくつかの列に分かれ、並んでいる。その端の机にセットされた椅子に、男が座っていた。仏頂面でふんぞりかえって脚を組むという格好だけでも問題だが、男の服装を見て、光輔は人だかりの意味を理解した。


スーツ姿なのは、光輔や他の刑事課の署員と同じだ。しかし男のスーツは、あわせがダブル。しかも紺地に白のピンストライプで、ワイシャツとネクタイは黒だ。おまけに薄茶のサングラスをかけ、ジャケットの袖口《そでぐち》から金無垢《きんむく》のごつい腕時計、スラックスの裾《すそ》からはピカピカに磨き上げられたエナメルの黒革靴を覗かせている。

「ああいうスーツ、ダブルっていうんですよね。初めて実物を見ました」

呆気《あっけ》に取られ男を見ていた光輔の耳に、米光の声が聞こえた。続いて須藤と倉間の、

「黒いワイシャツにネクタイ、金無垢の時計……やくざ映画のコスプレ？」

「でも、割といい男じゃない？」

という声も聞こえる。と、後ろから足音が近づいて来た。

「はい。ちょっと通して」

　そう断りながら、スーツ姿の痩せた中年男が人だかりを押し分けて部屋に入った。白髪交じりの七三分けの髪に、長い顔と細い目。刑事課長の矢上慶太《やがみけいた》、階級は警部だ。

　ダブルスーツの男の脇で立ち止まり、矢上は人だかりを振り返った。

「みんな注目。こちらは本日付で本庁組織犯罪対策《そしきはんざいたいさく》部組織犯罪対策第四課から配属された、架川英児《かがわえいじ》警部補です」

　ダブルスーツの男を指して矢上が言うなり、人だかりが小さくどよめいた。

「なんでマル暴《ぼう》が所轄の刑事課に？」

「訳ありよ。春の異動はとっくに終わってるし、間違いない」

「ていうか、あの格好で仕事する気ですか？」

　三人組の女もテンションを上げて捲し立てたが、光輔の耳には入らない。

　本庁組織犯罪対策部組織犯罪対策第四課。矢上の言葉が頭の中で繰り返され、胸がざわめきだす。

「それじゃ、挨拶を……架川くん。サングラスは外そうか」

　子どもに言い聞かせるような口調で促され、架川は仏頂面のままサングラスを外して立ち上がった。その全身に、光輔は素早く視線を走らせた。

背が高く、すらりとはしているが上半身にはしっかり筋肉が付いている。歳は五十代前半と思われ、年相応のシワやたるみはあるものの顔つきは引き締まり、眼光も鋭い。身につけているものと相まって、漂う迫力と威圧感は尋常ではない。

「架川です。よろしく」

ぶっきらぼうに言って架川が会釈すると、人だかりはしんと静かになった。啞然《あぜん》としたり、戸惑った様子で周りの署員と顔を見合わせたりしている署員もいる。

「蓮見くん、いるかな？」

矢上がこちらを振り向き、光輔は「はい！」と挙手した。人だかりの中を抜けて部屋に入り、矢上の傍らに行く。

「うちのエースの蓮見くん。いろいろ勉強させてやって」

架川に向かい、矢上は笑顔でそう紹介した。と思いきや光輔の耳に口を寄せ、「お目付役を頼むよ。とにかく問題を起こさせないで」と早口で囁《ささや》いてきた。「はい」囁き返し、光輔は架川の前に進み出た。素早く頭を切り替え、笑顔とともに、

「蓮見光輔です。よろしくお願いします」

と名乗って頭を下げた。だが、架川は無言。仏頂面を崩さず、自分より十センチほど背の低い光輔を見下ろしている。構わず、光輔はこう続けた。

「よければ、うちの管内を案内させて下さい」

「いいね。ナイスアイデア。ぜひ行って来て」

畳みかけるように告げ、矢上は手のひらで部屋の出入口を指した。一瞬の沈黙があり、その場の全員が緊張とともに架川に見入る。

と、架川は両手をスラックスのポケットに突っ込み、歩きだした。外股《そとまた》で、足を前に投げ出すような歩き方だ。署員たちが慌てて道を空け、人だかりは二つに割れた。その真ん中を架川は靴音を響かせながら進み、刑事課を出た。矢上に「行って来ます」と告げ、光輔も後に続いた。

3

署屋を出て、駐車場に向かった。二人でセダンに乗り込み、光輔の運転で出発した。

「桜町中央署管内の人口は、およそ二十二万。繁華街や高級住宅街もあれば雑木林と農家もあって、扱う事件も芸能人の違法薬物所持から、逃げた家畜の豚の捕獲まで。めまぐるしいけど、勉強になります」

通りを走りだして間もなく、光輔は話を始めた。隣のリアクションはなかったが、さらに言う。

「ちなみに昨年の刑法犯件数は、九百五十五件。これは五年前の約半分ですが、内訳を見ると侵入窃盗犯は五年前が五十六件だったのに対し、昨年は七十件と増加傾向にあります。これも不景気の煽《あお》りでしょうか」

我ながら的を射《い》た指摘だと思うが、依然隣はノーリアクション。前方の信号が赤になったのでセダンを停めて助手席を見ると、架川は窓枠に片肘《かたひじ》を乗せて頬杖《ほおづえ》を突き、外を見ていた。表情は相変わらずの仏頂面だ。そのとりつく島もない態度に光輔が口をつぐむと、車内には重い沈黙が流れた。気まずさを覚え、光輔は話題を探した。

「組織犯罪対策《そたい》部は長かったんですか？　暴力団犯罪を取り締まる部署で、組織犯罪対策第四課はいわゆる指定暴力団の担当ですね。指定暴力団と言えば、神戸《こうべ》の鷲見《わしみ》組だ。八千人以上の構成員がいて、規模も勢力もダントツでしょう」

苦し紛れに畳みかける。

組対《そたい》の話題は様子を見つつ、慎重に切り出すつもりだったのに。そう思い、光輔の胸に後悔が湧く。と、ようやく架川が口を開いた。

「八千九百人だ。構成員四千百人、準構成員四千八百人。沖縄《おきなわ》と広島《ひろしま》を除く四十四の都道府県に系列組織がある」

横を向いたままでぶっきら棒だが、すらすらと語る。ほっとして、光輔は返した。

「そうですか。でも、法律の締め付けや不景気で、暴力団は弱体化していますよね。組対も仕事が減って、縮小されるとか統合されるとか聞きました」

「関係ねえ。暴力団がある限り、叩《たた》き潰《つぶ》すだけだ」

架川がきっぱりと返した時、信号が青になった。光輔はハンドルを握り直し、セダンを出した。通りの左右には、オフィスビルやマンションが並んでいる。晴天で、気温は高いが湿度は低く、歩道を行き来する人はTシャツにハーフパンツ姿もいれば、スプリングコートを着ている人もいた。

組対の話なら乗ってくるのか。光輔は手応《てごた》えを感じた。しかし、

「組対四課って、少し前に騒ぎがあったでしょう。確か、鷲見組とロシアのマフィアの」

と切り出したとたん、架川は話を変えた。

「お前こそどうなんだ。エースなんだろ？」

そう問いかけながら、窓枠から肘を下ろし、初めてこちらに目を向ける。

やっぱり例の騒動絡みの異動か。光輔は確信を得たが、「いえいえ」と笑い、答えた。

「僕は兵庫《ひょうご》の生まれで、高校を出たあと兵庫県警に採用されたんです。でも勤続五年目に佐々尾《ささお》署っていう僻地《へきち》にいた時に母親が病気で入院して。親戚《しんせき》付き合いもないし頼れる人もいなかったので、看病のために退職しました。で、三年前に母親が亡くなったので、心機一転、警視庁の再採用制度に応募して採用されたんです」

再採用制度とは、結婚や出産、介護、家業の継承《けいしょう》などの理由で退職した者を再度採用するシステムだ。選考試験があり、応募資格は全国いずれかの警察に警察官として勤務した経験が五年以上あること、六十歳未満であること、退職から再採用までの期間が十年以内であること等々となっている。

「他の地域の警察と違い、警視庁だけは警視庁に勤務経験がないと再採用には応募できないんじゃなかったか？」

「ええ。でも、僕が応募した時から変わったんですよ。警視庁も人手不足ですからね」

「ふうん」と返し、架川は言った。

「兵庫県警なら俺も鷲見組の捜査で何度も行ったし、知り合いもいる。しかしお前、言葉に全然関西訛《なま》りがないな」

後半は怪訝《けげん》そうな顔になり、架川は運転席の光輔を上から下まで見る。光輔はフロントガラス越しに前方を見たまま、おどけて返した。

「よう言われます。捜査に支障を来《きた》すよって、職務中は控えてます」

その流れるような関西弁に、架川はまた「ふうん」と呟《つぶや》き、視線を車窓に戻した。

とたんに、

「おい。停めろ」

と硬い声で命じられた。訳がわからないまま、光輔はセダンを通りの端に寄せて停めた。改めて左右を見回し、そこが私鉄の駅に近い繁華街の外れだと認識している間に、架川はシートベルトを外してセダンを降りた。

「どうしたんですか？」

問いかけつつ、光輔も急いでシートベルトを外し、セダンを降りた。

歩道に出ると、前方にすたすたと歩いて行く架川の背中が見えた。後を追いながら周囲を窺《うかが》った光輔の視界に、三十メートルほど先の人影が入った。

飲み物の自販機があり、その脇に若い男女が立っている。手前は二人組の男で、いかついロゴとイラストが入ったジャージの上下という格好。その向かいにはカップルがいて、男はＴシャツにジーンズ、女はミニ丈のワンピースを着ている。二人組に取り囲むようにして立たれ、カップルは怯《おび》えた様子で身を寄せ合っていた。

光輔は状況を理解し、架川の意図も察した。だが架川は四人の男女の手前で足を止めた。どうしたのかと追い付いてみると、架川は傍らに停められた車を見ていた。

国産の白い高級車で、低い車高に八の字の太いタイヤ、窓ガラスはスモークといかにもな改造が施《ほどこ》され、リアガラスにはドクロと麻の葉を組み合わせた、いかつく派手なイラスト入りのステッカーが貼られていた。

光輔が声をかけようとした刹那《せつな》、架川はまた歩きだした。そして二人組の男に歩み寄るなり片手を上げ、手前に立つ男の後頭部を引っぱたいた。

光輔がぎょっとするのと、二人組が振り向くのが同時だった。たちまち、引っぱたかれた男が顔を険しくしてわめいた。

「何だ、てめぇ！」

「お前らこそ、朝っぱらから何やってんだ」

架川は表情を動かさず、平然と返した。その態度と出《い》で立ちに、二人組のもう一人は戸惑うような顔になった。今どき珍しい細眉《まゆ》で、右の小鼻にシルバーのピアスを着けている。しかし鼻ピアスの男もすぐに顔を険しくし、

「関係ねえだろ。すっこんでろ」

とすごんだ。すると架川は白い高級車を顎《あご》で指し、こう告げた。

「あのステッカー。お前ら、帝都《ていと》連盟《れんめい》の半グレだな。学生相手に因縁《アヤ》付けるなんざ、後ろ盾《ケツ持ち》の龍星《りゅうせい》会が知ったら、タダじゃおかねえぞ。若頭《カシラ》の城下《しろした》は元気か？　架川がよろしく言っていたと伝えてくれ」

とたんに、鼻ピアスの男がはっとする。一方、引っぱたかれた男は目を剥《む》き、「うるせえ！」と怒鳴った。まだあどけなさの残る顔立ちで、それがコンプレックスなのか、鼻の下に似合わないヒゲを生やしている。二人組の向かいのカップルは、不安げにやり取りを見守っている。

「おっさん、死にてえのか！」

ついにキレ、引っぱたかれた男が架川に殴りかかった。

「やめろ！」

そう叫び、光輔は飛び出して引っぱたかれた男の腕を摑《つか》んだ。しかし引っぱたかれた男はそれを振り払い、ジャージの脚を振り上げて光輔の腹を蹴《け》ろうとした。とっさに動けず、光輔の胸にひやりとしたものが走る。と、脇から架川の手が伸びてきて、引っぱたかれた男のハイテクスニーカーを履いた足を捕らえた。

「おっと。公務《こうむ》執行妨害《しっこうぼうがい》だな」

待ち構えていたように言い、架川は摑んだ足を外向きに捻《ひね》った。

「痛《いて》ぇ！　放せ」

顔をしかめ、引っぱたかれた男は腕を振り回して架川を殴ろうとした。

「おい。やめろ！」

そう怒鳴ったのは、鼻ピアスの男だ。驚き、引っぱたかれた男が動きを止めると、鼻ピアスの男は架川に向き直った。

「警視庁の架川さんですよね。話は聞いてます。失礼しました」

そしてぺこりと頭を下げ、引っぱたかれた男に目配せをする。架川が手を放すと引っぱたかれた男は脚を下ろし、戸惑いながらも「すみません」と頭を下げた。

もう一度架川に頭を下げ、二人組は逃げるように車に乗り込んでその場を去った。

残ったのは光輔たちとカップル。安堵《あんど》しながらも言葉が出て来ないカップルに、架川は告げた。

「こんなところをフラフラしてるから、絡まれるんだ。ちゃんと勉強しろ」

「は、はい」と、細い声で男が応《こた》え、女もこくこくと頷《うなず》く。光輔は事情を訊《き》こうとしたが、カップルも逃げるように立ち去ってしまった。仕方なく、光輔と架川はセダンに戻った。

「架川さん。すごいですね」

運転席に歩み寄りながら、光輔は言った。半グレに名前を知られているのがいいか悪いかはさておき、架川の手慣れた対応は頼もしく感じられた。セダンの脇に立った架川は、だるそうに首を傾けて応えた。

「すごかねえし、お前が弱すぎるんだよ。逮捕術の稽古《けいこ》をしてねえのか？」

「してますけど、実戦で発揮できないタイプみたいで」

「なんだそれ。実戦で発揮できなきゃ、意味ねえだろ」

二人で言い合っていると、ふいに後ろから、

「全然すごくない。むしろ、問題です」

と声がした。同時に振り返った光輔と架川の視線の先に、女がいた。歳は二十七の光輔と同じぐらいだろうか。黒く長い髪を肩に下ろし、警察の制服を身につけて、肩

に黒革のバッグをかけている。

「今のあなたの行為は、被疑者を煽《あお》って公務執行妨害罪を適応させる『転び公妨《こうぼう》』。『特別公務員職権濫用《しょっけんらんよう》罪』に問われますよ」

尖《とが》った声でそう告げ、女は進み出て来た。その大きく切れ長の目は、まっすぐ架川に向けられている。面食らい、光輔は口を開こうとしたが、それより先に女は言った。

「加えて、暴力団関係者との密接な交際を匂わせるのは国家公務員法の『信用失墜《しっつい》行為』に該当し、懲戒《ちょうかい》処分の対象となる可能性があります」

「何だと？」

二人組とやり合った興奮が残っているのか、架川は声を荒らげて女を見下ろした。光輔は急いで二人の間に割って入り、女に訊《たず》ねた。

「あなたは？」

女が目鼻立ちのはっきりした顔を光輔に向け、口を開こうとした時、誰かが歩道を近づいて来た。

「いたいた。捜しましたよ」

そう告げて姿を現したのは、ひょろりとした中年男性。こちらも警察の制服姿だ。

「松代《まつしろ》さん。どうも、おはようございます」

慌てて挨拶《あいさつ》してから、光輔は中年男性を架川に紹介した。

「うちの警務《けいむ》課長の松代宗光《むねみつ》警部です。松代さん、こちらは」

「元マル暴の架川くんでしょう。噂は聞いていますよ」松代は微笑みかけた。架川は無言で会釈し、松代は女を指してこう続けた。

「彼女も今日付けで、警務課に配属されました。若井《わかい》美波《みなみ》巡査部長。いま、挨拶回りをしているところです」

「そうだったんですか……刑事課の蓮見です。よろしくお願いします」

合点がいき、光輔は会釈をした。若井は「どうも」とだけ返し、申し訳程度に頭を下げた。そのやり取りを、架川が仏頂面で眺めている。

「では」と言って歩きだした松代と若井の背中を見送る光輔の耳に、架川が鼻を鳴らす音がした。

「何だ、あいつ。生意気な女だな」

不機嫌そうに言い放ち、セダンの助手席のドアを開けた。光輔も運転席に向かい、返した。

「言ってることは正しいですよ。でも、珍しいですね。上司と挨拶回りっていうのはわかるけど、警務課長が直々にというのは」

口に出すと訝《いぶか》しさが増し、光輔は運転席のドアを開けながら首を傾げた。しかし、ぶつくさと言っている架川の耳には入っていない模様だ。

気持ちを切り替え、光輔が運転席に乗り込もうとした時、車内のグローブボックスの無線機がジジッと鳴った。続いてスピーカーから、無線の音声が流れる。

「至急至急。警視庁から桜町中央署管内。芙蓉《ふよう》町三丁目、花鳥川《かちょうがわ》の河川敷に死体があると１１０番入電。付近各局は、直ちに現場方向へ転進願います」

たちまち緊張し、光輔は「行きましょう」と運転席に乗り込んだ。架川も無言で素早く助手席に座って、シートベルトを締めた。

4

異動初日から、臨場《りんじょう》か。

心の中でぼやいた架川英児だったが、車内に響くサイレンの音を聞いていたら自然と気が引き締まった。胸も高鳴るのは、最近ずっと自宅にいたせいかもしれない。

十五分ほどで現場に到着した。河川敷の上の遊歩道に、たくさんのパトカーと警察車両が停まっている。その隅に光輔がセダンを停め、架川は降車した。

視線を巡らせると、正面に鉛《なまり》色の大きな川が見えた。ここは管区の外れで、川向こうは神奈川《かながわ》県のはずだ。川の手前は広い緑地になっており、野球とサッカーのグラウンドもある。既に封鎖されているらしく、緑地に人影はなかった。遊歩道の前後も黄色いテープで封鎖され、その周りには野次馬が集まり始めていた。

架川は光輔とともに、雑草に覆われた緩《ゆる》やかな斜面を降りた。緑地の先には白いタープテントが張られ、大勢の捜査員が出入りしている。テントの下には折りたたみ式の長机が置かれ、「鑑識」の部署名入りの複数のジュラルミンケースや懐中電灯、デジタルカメラなどが載っていた。

「どうぞ」

脇から、光輔が白手袋を差し出してきた。長机には、現場入りする捜査員のための白手袋やヘアキャップなども置かれており、それを取ったらしい。礼を言って受け取ると、光輔は既に白手袋を装着している。

さらに前進すると、向かいからスーツ姿の男たちが歩いて来た。桜町中央署刑事課の刑事らしい。光輔が「遅くなりました」と会釈し、刑事課長の矢上が足を止めた。

「遺体《ホトケ》は向こうですか？」

緑地の先を指し、光輔は問うた。二十メートルほど前方に大きな橋があり、コンクリート製の橋脚の前に濃紺のＢＭＷが停められている。頷き、矢上は答えた。

「ああ。一時間ほど前に、散歩中の老夫婦から『河原に停まった車の中から犬の鳴き声がするので覗《のぞ》いたら、トイプードルとぐったりした女性がいた』と通報があった。

駆けつけた警察官が女性の死亡を確認。車のナンバーから女性は、鈴蘭町《すずらんちょう》二丁目在住の松原《まつばら》みちると判明した。みちるには昨日の夜、家族から『帰宅せず、連絡も取れない』と行方不明者届が出て捜索中だった。いま、機動捜査隊《きそう》が周辺の地取り《ききこみ》をしてる」

「了解です。殺人《コロシ》でしょうか」

「ホトケの後頭部には傷があるようだが、なんとも言えないな」

緊迫感溢《あふ》れるやり取りを聞きながら、架川は改めて現場を見た。

ＢＭＷのドアは開け放たれ、運転席にはホトケと思《おぼ》しき人影が見えた。その周りには青いキャップにジャンパー、パンツという制服に身を包んだ四、五人の鑑識係員がいて、写真を撮ったり、梵天《ぼんてん》と呼ばれる、耳かきの後端に付いている羽毛を大きくしたような道具で車のドアの指紋を採取したりしている。地面には番号が振られたプレートも置かれ、少し離れた場所では、制服姿の警察官とスーツ姿の刑事が歩き回ったり話をしたりしていた。何も考えず、架川はＢＭＷに歩み寄ろうとした。とたんに、

「止まれ！」

と鋭い声が飛んできた。足を止め振り向いた架川の目と、話をしていた刑事の一人の目が合う。刑事は五十代半ばで、腕に臙脂《えんじ》色の地に黄色で「警視庁　第二機捜《きそう》」の腕章を付けている。

「何を考えてるんだ。現場を荒らす気か？」

そう続けながら、刑事は自分の足元を指した。つられて動いた架川の目に、刑事が靴の上に装着した使い捨てのシューズカバーが映る。言われてみれば、自分以外の全員がシューズカバーを装着済みだ。その事実に架川が気づくのと同時に、光輔と矢上が飛んで来た。

「申し訳ありません！」

「すみませんね。新入りなもんで」

光輔が深々と頭を下げ、矢上は眉根《まゆね》を寄せて片手を挙げる。刑事の腕章の上部には黄色い線が入っているので、階級は架川と同じ警部補ということになる。不服そうながらも刑事が引き下がり、架川は矢上たちに詫《わ》びようとした。が、矢上は、

「架川くん。今日のところは待機ってことで」

と告げ、タープテントを指した。拒否しようとした架川だったが、矢上の笑顔が引きつっているのに気づき、「はい」と返して身を翻した。背中に光輔の視線を感じながら、来た道を戻る。

仕方がねえだろ。組対でも臨場することはあったが、ガイシャもホシもやくざ者なのはわかってるから、長居しなかったんだよ。心の中でそう言い訳している間に、テントに着いた。他の捜査員たちの邪魔にならないように隅に行き、息をついた。どっと疲れを感じ、後ろの長机に置かれた横長の箱に片肘《かたひじ》を乗せて寄りかかった。その直

後、箱の中から甲高くヒステリックな鳴き声が聞こえた。架川はぎょっとして身を引き、テントの中の捜査員たちが一斉に振り向く。箱だと思ったのはペット用のキャリーケースで、格子状の扉の向こうには、こちらを見上げて吠《ほ》える灰色の小型犬がいた。

「それ、証拠品。ホトケの飼い犬ですよ」

鑑識係員の若い男が非難がましく言い、他の捜査員も架川に冷ややかな視線を向けた。気まずさと苛立《いらだ》ちが胸に押し寄せ、小型犬の鳴き声がそれに拍車をかける。耐えきれなくなり、架川は机の端に置かれていたシューズカバーを摑《つか》み、テントを出た。

エナメルの黒革靴の上にシューズカバーを装着し、いま来たばかりの道をまた戻った。とにかく何かやらせろと矢上に訴えに行こうとした矢先、前方に目を留めた。

現場のＢＭＷの周囲で作業する、鑑識係員たち。それはさっきと同じなのだが、中の一人に見覚えがある。大柄な三十代後半の女で、黒縁のメガネをかけ、地面に這《は》いつくばるようにしてＢＭＷのボディの下を覗いている。

鑑識係員たちから少し離れた場所まで行き、架川は呼びかけた。

「おい。仁科素子《にしなもとこ》だろ？」

その声に、女は地面に伏せたまま振り返った。厚いレンズの奥の小さな目が動き、架川を見る。女は無言で表情も動かなかったが、架川は救われた思いでさらに言った。

「俺だよ、架川英児。久しぶりだな」

しかし、女は無言無表情のまま。架川がさらに声をかけようとすると、ぷいと顔を前に戻し、作業を再開してしまった。

人違いか？　だとしても、返事ぐらいするもんだろ。呆然《ぼうぜん》と立ち尽くす架川を、他の鑑識係員たちが訝《いぶか》しげに見る。居づらさを覚えその場を離れた架川だったが、どこに行ったらいいのかわからず、目の前の斜面を登った。

5

翌朝。架川が出勤すると、検死と鑑識、初動捜査の結果が出ていた。ただちに、桜町中央署三階の会議室で捜査会議が始まった。

「検死によると、被害者《マルガイ》、松原みちるの死因は後頭部を強打したことによる脳挫傷《のうざしょう》。死亡推定時刻は、一昨日の午後一時から三時だ」

そう説明しながら、矢上は後ろのホワイトボードを指した。そこには複数の写真が貼られ、現場の河原や濃紺のＢＭＷ、その運転席で目を閉じている松原みちるの遺体などが写っていた。

「車に事故や争った痕跡《こんせき》はなく、車内及び現場周辺から不審な指紋や毛髪などは発見されなかった。よって、みちるは別の場所で殺害され現場に運ばれたと断定。殺人事件として捜査する」

深刻な顔で断言し、矢上は向かいの長机に着いた部下たちを見回した。長机の列の後方には、架川と光輔も着いている。

「では、マルガイの身元説明を」

矢上が促すと、「はい」と応《こた》え最前列の机から男が立ち上がって進み出た。歳は四十代後半。中背の小太りで、髪の生え際がＭ字形に後退し始めている。刑事課の係長で、確か名前は鳥越《とりごえ》。架川と同じ警部補だ。

「松原みちるは三十三歳。鈴蘭町二丁目在住で、同居人は夫の昭仁《あきひと》、三十八歳と、息子の陸久《りく》、五歳です。昭仁の話によると、みちるは主婦業の傍らファッション雑誌のモデルをしていたそうです」

「鈴蘭町二丁目は、高級住宅街です。昭仁は大手商社勤務で、みちるの愛車はＢＭＷ。身につけていた衣類やアクセサリーもブランドもののようですし、いわゆる『セレブマダム』というやつなんじゃないでしょうか」

そうコメントしたのは、主任で巡査部長の梅林《うめばやし》。歳は三十代半ばのはずだが小柄で童顔、くるくるとカールした天然パーマの髪と相まって中学生に見える。

桜町中央署の刑事課には、いま発言した三人と架川、光輔の他に十五人ほどの刑事がいる。総勢千人近い組対にいた架川から見れば小さな所帯だが、中規模警察署の刑事課としては妥当な人数なのだろう。

「この見た目だし、可能性は高いな」

同意しつつ、矢上はホワイトボードの端に貼られた写真に目をやった。生前のみちるの顔写真で、華やかな顔立ちの美人だ。

「はい」と隣で声がして、光輔が挙手した。みんながこちらを振り向き、矢上は教師のように「蓮見くん」と指した。長机に手をつき、光輔が立ち上がる。

「遺体発見時、車にはトイプードルが同乗していたと聞きました。みちるのペットですか？」

トイプードル？　あのうるせえ犬か。架川の頭に、ヒステリックな鳴き声が蘇《よみがえ》った。一緒に昨日の現場での出来事も蘇り、胸に気まずさと苛立ちを感じた。

「その通り」と頷《うなず》き、梅林は答えた。

「名前はコテツと言って性別はオス。みちるはコテツを溺愛《できあい》していて、あちこち連れ回していたそうだ。一昨日も車で自宅を出て、コテツの美容院、ブティック、カフェなどに立ち寄ったようだが、午後の足取りは不明。また、車内には財布と自宅のカギが入ったバッグがあったが、一緒に入っていたはずのスマホは見つかっていない」

「わかりました」と返し、光輔は椅子に腰を戻した。すぐにペンを取り、手帳に梅林の話をメモする。

その後も捜査会議は進み、架川はひと言も発せず、それを見ていた。一時間ほどで会議は終わり、矢上は告げた。

「じゃあ、各自地取りを進めるように……架川くんも、蓮見くんと一緒に」

後半は急に声のトーンを落として言い、架川と光輔の顔を交互に見て「ね？」と付け加えた。光輔は「はい」と笑顔で即答して立ち上がり、架川は無言で席を立った。

架川と光輔が最初に向かったのは、桜町中央署にほど近いコテツの美容院「ドッグワルツ」だった。通りの端にセダンを停め、店に入った。光輔は店員の若い男に警察手帳を見せ、責任者を呼んで欲しいと告げた。店員の若い男は架川の風体に怯《ひる》んだ後、店の奥に引っ込んだ。光輔は店内を見回し、架川も倣った。

ガラスの壁とドアで仕切られた店内の半分が、施術スペースだ。台の上に乗せられたトイプードルやチワワなどの小型犬が、傍らに立つ男女にハサミで毛をカットされたり、掃除機に似たホースが付いたドライヤーらしきもので体を乾かされたりしている。残りの半分はグッズ売り場で、棚にドッグフードや食器、犬用の服などが並べられていた。その奥には飼い主用の待機場所もあり、テーブルに数人の女が着いていた。

「犬くせえ」

施術スペースに目をやって架川が呟《つぶや》くと、光輔が振り返った。

「犬の美容院ですからね」

続けて、架川は壁に貼られた料金表を眺めた。

「シャンプーが四千九百円で、カットは六千六百円!?」

驚き、声を大きくしてしまう。光輔は咎《とが》めるように「聞こえますよ」と言い、店の奥を見た。構わず、架川は料金表の隣に貼られたポスターを読み上げた。

「『当店は、ワンちゃんの心と体を癒《い》やすためのサロンです』。本末転倒だな。人間の心と体を癒やすのが、ペットの仕事じゃねえか」

最後に鼻を鳴らし、両手をスラックスのポケットに入れた。奥のテーブルの女たちが不審げに見たのがわかり、光輔は「ちょっと」と言って架川の腕を突《つつ》いた。と、奥からさっきの店員の若い男と、四十過ぎぐらいのショートカットの女が出て来た。

「店長の稲垣《いながき》です。松原さんのことは、昨日ニュースで知りました。もうびっくりしちゃって」

稲垣はテーブルの女たちを気にしながら小声の早口で言い、眉根《まゆね》を寄せた。制服らしき、白いブラウスと青いパンツ、デニムの胸当てエプロンを身につけている。

「そうですか」と応え、光輔は質問を始めた。

「みちるさんは、こちらの常連客だったそうですね。一昨日も来店したと聞いていますが、間違いないですか?」

「ええ。午前九時のご予約でした。一昨日はシャンプーだけでしたが、オプションで肉球《にくきゅう》マッサージと肛門絞《こうもんしぼ》りを付けられたので、コテツちゃんをお返ししたのはお昼前ぐらいかな」

「肛門絞り？」

訳はわからないが尋常ならぬものを感じ、架川は首を突き出した。顔も険しくなっていたらしく、稲垣はぎょっとして後ずさった。すかさず光輔が割り込み、

「気にしないで下さい……施術の間、みちるさんはここで待っていたんですか？」

とさらに訊《たず》ねる。首を横に振り、稲垣は答えた。

「いいえ。一度外出して、十一時半頃に戻られました。『スカートを買って、早めのランチをした』とおっしゃっていましたよ」

梅林の話通りだな。架川は思い、光輔は「なるほど」と相づちを打った。

「では、こちらを出たのは正午頃ですね。みちるさんはその後どこに行くとか、誰と会うとか言いませんでしたか？　あるいは、様子がおかしかったとか」

「とくに何も」

戸惑ったような顔で、稲垣は答えた。他の店員にも訊ねたが、答えは同じだった。

礼を言い、光輔は店を出た。後に続いた架川は、背中に視線を感じて振り向いた。稲垣と店員の若い男と目が合ったので、「邪魔したな」と告げると二人はびくりと体

を揺らし、会釈を返した。なぜか施術スペースの犬たちが、一斉に鳴きだす。

架川が助手席に乗り込むと、光輔はセダンを出した。窓を開けて窓枠に肘《ひじ》を乗せ、架川は問うた。

「ガイシャの財布は無事で、スマホは消えた。この事件《ヤマ》、物盗《ものと》りじゃなく怨恨《えんこん》か？」

「恐らく。美容院を出た時はいつも通りだったのなら、そのあと予期せぬ何かが起きたのかもしれませんね。スマホの電源は切られているようですが、いま通話記録を取り寄せています」

前を向いてハンドルを握り、光輔が答える。窓外の景色を眺めながら、架川はさらに問うた。

「じゃあ、次はみちるが行った服屋《ふくや》と飯屋《めしや》か？」

「ブティックとカフェのことですか？　だったら違います。この近くに、息子の陸久が通っている幼稚園があるので先に――あの、大丈夫ですか？」

遠慮がちに訊《き》かれ、架川は「何が？」と訊き返した。光輔は振り向いて「いえ」と答えたが、その視線は架川の体を上下する。意味がわかり、架川は笑った。

「この格好《ナリ》か？　マル暴は、やくざ者にナメられちゃお終《しま》いだからな。それにこんなナリをしてりゃ、目立つし顔も覚えられるだろ。街中《まちなか》で『あいつはマル暴だ』と気づけば、悪事を諦《あきら》めるやつもいる」

そう説明しながら、身につけたダブルのスーツを撫《な》でる。今日は黒無地だがワイシャツはワインレッドで、ネクタイは黒地に金のチェーン模様だ。光輔は「はあ」と返し、架川はさらに言った。

「だが、幼稚園じゃまずいよな。着いたらジャケットを脱いで、ネクタイも外すか」

最後に顎《あご》を上げ、架川はまた笑った。隣から「そういう問題じゃ」と呟く声が聞こえたので振り向こうとしたが、光輔は、「いいえ。わかりました」と言い直し、にっこり笑った。小さな口から、真っ白で綺麗《きれい》に並んだ歯が覗《のぞ》く。加えて光輔の鼻はまっすぐで高く、大きな目はくっきりとした二重で、長い睫毛《まつげ》がびっしりと生えている。

こいつ、ムダに顔がいいな。そう気づき、光輔の笑顔を眺めた架川だったが、胸にはもやもやとしたものが湧く。しかし光輔に「どうかしました？」と怪訝《けげん》な顔をされたので、

「どうもしねえ。俺はお前の後を付いて行くだけだ」

と返し、窓枠の上に頬杖《ほおづえ》を突いて横を向いた。

6

陸久が通う「さくらのまち幼稚園」は、住宅街の中にあった。園舎はまだ新しく、

S字形にカーブを描くモダンなデザインが目を引く。門の脇にセダンを停め、架川は光輔の後から園内に入った。

園長に挨拶《あいさつ》に行くとみちるの事件は把握しており、今朝、夫の昭仁から「息子はしばらく休ませる」と連絡があったそうだ。続いて、園内の人に話を聞いた。教諭や事務職員はみちるについて、「華やかで目立っていたけど、気さくでいい人だった」「園の活動にも熱心に参加してくれた」と語り、園児たちは陸久を「面白い」「足が速い」と評した。

昼休みが近くなって園内が賑《にぎ》やかになった頃、陸久の担任教諭の新見《にいみ》一隆《かずたか》に会った。

「お待たせしてすみません」

廊下に出て来た新見は、申し訳なさそうに会釈をした。後ろの教室では、黄色いスモックを着た園児たちが、若い女の教諭に見守られながら机を並べ替えたり弁当箱を出したりしている。笑顔で首を横に振り、光輔は返した。

「こちらこそ、お忙しい時にすみません。松原みちるさんの事件はご存じですね。子どもたちの様子はどうですか？」

「普段と変わらず、元気です。むしろ、お母さん方のほうが大変で」

そう言って、新見は薄茶色の眉根《まゆね》を寄せた。光輔が「そうでしょうね」と同じように眉根を寄せて見せると、新見は小さく息をついた。

新見は髪も薄茶色だが、生まれつきのもののようだ。色白の小作りで整った顔立ちで、物腰も柔らかい。身につけているのは濃紺のポロシャツと茶色のコットンパンツ、白い胸当てエプロンだ。エプロンには、ベージュの大きな花のイラストがちりばめられており、他の教諭たちもそれぞれ明るい色のエプロンを着けていた。

真顔に戻り、光輔は質問を続けた。

「陸久くんは、どんな子ですか？」

「明るくて活発で、元気のかたまりって感じです。やんちゃなところはあるけど、素直だし、みんなに好かれています」

顔を輝かせ、新見は語った。と、廊下を歩いて来た園児たちが、「何してんの」と新見を見上げたり、脚にしがみついたりした。「お客様とお話だよ」と新見が説明していると、今度は園児の母親らしき若い女が「先日はどうも」と話しかけてきた。全員が立ち去るまでしばらくかかり、新見はまた「すみません」と頭を下げた。

「いえいえ。陸久くんなんですが、最近変わった様子はありませんでしたか？」

「なかったと思いますよ。一昨日までは、元気に過ごしていました」

「では、みちるさんの方は？」

光輔が切り出すと、新見は首を傾げた。

「送り迎えの時に、ご挨拶するぐらいだったので。でも親切で面倒見のいい方で、他のお母さん方に慕われていました。僕たちにも、いろいろ気を遣って下さって」

その後も光輔は質問を続けたので、架川は「ちょっと見てくる」と告げて廊下を歩きだした。スーツのジャケットを脱いでネクタイを外し、首から訪問者用のＩＤカードもぶら下げているが、すれ違う職員たちにぎょっとされ、一人には「何のご用ですか？」と確認された。一方怖がると予想した園児たちは、教室のドアや窓に鈴なりになって架川を眺め、「おじさん、お笑い芸人？」と訊く子もいた。

少し進むと人通りは絶え、廊下の突き当たりに着いた。突き当たりは非常口で、その前のスペースをギャラリーとして使っているらしく、壁には園児たちが描いたたくさんの絵や工作が飾られていた。立ち止まり、何となく絵や工作を眺めていた架川は中の一つに目を留めた。

画用紙にクレヨンで絵が描かれ、殴り書きのようなタッチだが、モデルは髪の長い女だとわかる。傍らには拙《つたな》い文字で「ママ」とも書かれ、下には「まつばらりく」と名札が付いていた。架川の頭に、署の会議室のホワイトボードに貼られていた陸久の写真が浮かんだ。陸久は母親譲りの、大きくて利発そうな目をしていた。

ふと、気配を感じて振り向いた。いつの間に来たのか、後ろに園児が一人立っていた。小柄な男の子で、丸くのっぺりとした顔をしている。男の子も同じ絵を見ているのに気づき、架川は訊《たず》ねた。

「陸久くんの友だちか？」

「そうだったけど、もう違う」

黒目がちの小さな目で架川を見上げ、男の子は答えた。その目を見返し、架川は告げた。

「そうか。だが、好きなら好きなままでいいんだぞ」

すると、男の子の目にぱっと光が点《とも》った。改めて架川を見上げ、言う。

「ケンカしたけど、僕たちは仲直りしたんだよ」

「『僕たちは』？　じゃあ、誰が」

架川はさらに訊ねようとしたが、男の子はくるりと背中を向け、廊下を走って行ってしまった。

7

「お願いしま～す。アンケートにご協力下さ～い」

明るいが間延びした若い女の声が、室内に響いた。ランチタイムのピークを過ぎたとは言え、桜町中央署五階の食堂には十人ほどの署員がいる。だが出入口の脇に立つ女に目を向ける者はなく、みんな黙々とカレーやラーメン、定食を食べている。ずらりと並んだ長く白いテーブルの中ほどに着いた光輔も、その一人だ。

「時間はかかりませ〜ん。お礼に試供品を差し上げま〜す」

女はさらに言い、こちらを見るような気配もあった。しかし光輔は顔を上げず、スプーンですくったカレーと白飯を口に運んだ。後ろのカウンターの奥にある厨房《ちゅうぼう》からは、食器や調理器具を洗う音が聞こえてくる。

警視庁の「ピーポくん」と同じように、桜町中央署にも「チェリぽ」というシンボルマスコットがいる。チェリぽ＝チェリーポリスの略で、「市民の平和を守るためにやって来た桜の妖精《ようせい》」というコンセプトらしく、警察官の制服を着て頭に満開の桜の花を載せていて、口は笑っているが目はどこか虚《うつ》ろ。署員たちの評判は「目がヤバい」「桜の花がカッパの皿に見える」といまいちだ。それでも防犯啓発イベントに着ぐるみが参加したり、グッズを配布したりの活動をしている。今日も担当者である警務課広報係の諏訪《すわ》珠美《たまみ》巡査部長がグッズの試供品と引き換えにアンケートへの協力を呼びかけているものの、署員の反応は薄い。

ほどなくして諏訪の声が止んだ。見ると、手にしたアンケート用紙を片付けている。諦《あきら》めたのだろう。諏訪は小柄で、長い髪を凝った編み込みにしている。

同じ署の仲間だし、いつもなら協力するんだけどな。ちょっと気の毒になり、光輔はカレーを咀嚼《そしゃく》しながら心の中で言い訳をした。このカレーは食堂の人気メニューで、出汁《だし》の風味と、舌にかすかに残るウスターソースの味が魅力だ。光輔の好物でもあるのだが、最近はあまりおいしく感じられない。

松原みちるの事件が起きてから、今日で四日。光輔と架川は関係者への地取りを続けているが、返ってくる答えは「みちるさんは、美人でいい人だった」「みんなに好かれていた」というものばかりで、金銭トラブルなどの気配もない。その上、架川はむっつりと付いて来るだけなのに見た目とオーラで関係者を威圧し、たまに口を開いたと思えば文句ばかり。光輔はフォローに追われ、日々ストレスが増すのを感じる。

「お疲れですね」

唐突に声がして、顔を上げると机の向かい側に米光麻紀が立っていた。光輔は驚き、口の中のものを飲み込もうとした。と、

「無理もない」

「当然よ」

とまた声がして、光輔の左右の肩越しに須藤さつきと倉間彩子がにゅっと顔を出した。

光輔がさらに驚いている間に、米光は光輔の向かい、須藤と倉間は両隣の椅子を引いて座った。三人組は昼食を終えたところらしく、手に自販機の飲み物や小さなトートバッグを持っている。

光輔が戸惑っていると、小柄小太りでメタルフレームのメガネをかけた須藤が口を開いた。

「原因は、架川さんでしょ。早くも署内で浮きまくってるわよ」

続けて長身で痩《や》せ型、赤いプラスチックフレームのメガネの倉間も言う。

「蓮見くん、コンビを組まされてるのよね。気持ちはわかるわ」

「いや」

言いかけた光輔を遮り、米光も会話に加わる。

「ねえねえ、蓮見さん。架川さんって、ある暴力団の組長の奥さんと禁断の恋に落ちたのが原因で、マル暴からうちに飛ばされたって噂、本当ですか？」

「えっ、そうなの？　私が聞いた噂では、組事務所の家宅捜索《ガサ入れ》で揉《も》み合いになった時に、組員と間違えて上官を殴っちゃったからってことになってるけど。ほら、マル暴の人ってみんないかついから」

身を乗り出し、須藤が言う。「ほら」と言う時には、顔の横で手のひらを上下に振った。負けじと倉間も、

「あらやだ。どっちが本当？」

と目を見開いて光輔を見る。光輔は脱力し、「僕に訊《き》かれても」と返してスプーンを置き、水が入ったグラスを取った。

あどけない顔で巨乳の米光は署のアイドルで、須藤と倉間は面倒見のいいベテラン事務職員。名物署員の三人組だが、お喋《しゃべ》りと噂話が大好きなのが玉に瑕《きず》だ。

「そう言う蓮見さんはどうなんですか？　恋バナを聞いたことがないどころか、ほとんど自分の話をしませんよね」

　マスカラで飾られた目を輝かせ、米光が切り込んできた。須藤と倉間も、ここぞとばかりに「そうそう」「聞かせてよ」と迫る。光輔はグラスを口に運びながら、

「話すようなことが、何もないからですよ」

　と笑って受け流した。「またまた」と米光も笑い、須藤は「いつもそれなんだから。ねえ？」と倉間に問いかける。頷《うなず》き、倉間も何か言おうとしたが、口を開けて前を向いたまま動きを止めた。

「どうしたの？」

　と須藤が言い、米光と光輔は倉間の視線を追った。

　食堂の出入口を入ったところに、架川がいた。彼も遅い昼食を摂《と》りに来たかと思ったが、食券の自販機には向かわず、前を向いて立っている。表情はいつもの仏頂面だ。

「今日のダブルスーツは、ライトグレーの地に黒のストライプか。ああいうの、どこで買うのかしらね」

　架川をしげしげと見て須藤が疑問を呈《てい》し、倉間も言った。

「食堂であの殺気。ムダ遣いもいいところよね。よく一流芸能人は、オーラを出したり引っ込めたりできるって言うじゃない？　見習うべきよ」

二人の言いたい放題ぶりにうんざりしつつ、光輔は「でも、何してるんでしょうね」と呟《つぶや》いた。するとその声が聞こえたかのように、架川が動いた。数歩進み、諏訪の前で立ち止まる。それに気づいた諏訪は、チェリぽグッズの試供品の缶バッジやキーホルダーを片付けるのを中断し、顔を上げた。架川の外見に驚いたのか、諏訪が固まる。

「諏訪ちゃん、いま絶対『殺される』と思ってるわよ。かわいそうに」

「何かが架川さんの気に障《さわ》ったのかしら。じゃなきゃ、一目《ひとめ》惚《ぼ》れとか？」

「でも諏訪さんって、新婚ですよ。確か旦那《だんな》さんは本庁の公安《こうあん》部。公安対元マル暴って、めちゃくちゃ物騒ですね」

言いたい放題が三人になり、光輔がますますうんざりしたその時、諏訪は「すみません！」と言って作業を再開した。自分がその場にいることが、邪魔になっていると考えたのだろう。が、架川はノーリアクションのまま。身じろぎもせず、諏訪がグッズを紙袋に押し込むのを見ている。

猛スピードで片付けを終え、諏訪は再度「すみません！」と言って紙袋と折りたたみ式の机を抱え、出入口に向かった。すると架川は戸惑ったような顔になり、諏訪に何か言おうとした。しかし諏訪はあっという間に架川の横をすり抜け、食堂を出て行ってしまった。後に残された架川は、呆然《ぼうぜん》と突っ立っている。

「何あれ？」

須藤に怪訝《けげん》そうに訊かれ、光輔が「わかる訳ないじゃないですか」と返した直後、架川は方向転換して歩きだした。通路をこちらに近づいて来る。とたんに、須藤たち三人組はばたばたと席を立ち、逃げるようにテーブルを離れてしまった。光輔がそれを唖然《あぜん》と見送っている間に、架川がやって来た。

「おう」

ぶっきら棒に挨拶《あいさつ》し、米光が座っていた席に着く。気持ちを切り替え、光輔は「お疲れ様です」と返した。スラックスの脚を組み、架川は問うた。

「午後からどうする？　地取りも手詰まりだろ」

「そうでもないですよ」

「だが、誰に訊いてもみちるは評判が良くて、トラブルの気配もねえじゃねえか」

「でも、評判が良すぎることがトラブルを招く場合もあるでしょう。嫉妬《しっと》とか、逆恨みとか」

話の流れでの発言だが、「あるかも」と思えてきた。架川も「まあな」と呟いたので、光輔はスプーンを取り、カレーをかき込んだ。

8

検討の結果、みちるの自宅を訪ねることにした。事件直後に捜索済みだが、夫の昭仁に連絡したところ、再捜索を許可してくれた。

鈴蘭町二丁目は、昭和の終わりに再開発された住宅地だ。最寄り駅から新宿《しんじゅく》まで私鉄電車の急行で十五分という利便性もあり、坪単価は二百万円弱。光輔が以前見たテレビのワイドショーでは、ある芸能人がここに建てた三十坪ほどの家が、「豪邸」と紹介されていた。

みちるの自宅も敷地は広くないが、コンクリートの白い外壁と大きな窓が印象的な二階屋だった。居間は吹き抜けで、白い革張りのソファにガラスと木を組み合わせたオーバル形のテーブル、壁際には二階に通じるスケルトンの階段と、インテリア雑誌のグラビアのようだ。出迎えてくれた昭仁はメタボ気味だが背が高く、「まだ現実を受け入れられないが、何でも協力します」と気丈に話した。陸久は都内の実家に預けたそうだ。

昭仁に「好きに見て下さい」と言われたので、光輔と架川は二階に上がった。手前のドアを開け、夫婦の寝室に入る。八畳ほどで、フローリングの床に大きなベッドが置かれていた。ベッドの脇にはランプが載ったサイドテーブルがあり、その奥は高さが天井近くまである掃き出し窓だ。架川が「向こうを調べる」と廊下に戻ったので、光輔は白手袋をはめ、寝室を調べ始めた。

ベッドの足元にはウォークインクローゼットがあり、ドアを開けるとハンガーにかけられた衣類がぎっしり並んでいた。その八割がみちるのもので、ファッションには詳しくない光輔でも、どれも高級品だとわかった。手前に春夏物のジャケットやスカートがあったので一枚一枚見て、ポケットを探ってもみたが何も見つからなかった。

続いて廊下の突き当たりにある洗面所に行き、洗面ボウルの上の棚と下の引き出しを調べた。こちらの中身はほぼ全部みちるのもので、化粧品にドライヤー、ヘアアイロン、ヘアブラシ等々が詰め込まれていたが、収穫はなかった。

みちるのタブレット端末は鑑識が分析中だから、夫のパソコンを見せてもらうか。いや、その前に陸久の部屋を。頭を巡らせ、光輔は洗面所の脇のドアを振り返った。と、その拍子に廊下の先の階段が見え、ステップを数段下りたところに立っている架川の横顔も目に入った。ダブルスーツの胸の前で腕を組み、向かいの壁を見ている。

「どうしました?」

そう問いかけながら、光輔は廊下を戻った。階段を下り、架川の一段上に立って向かいの壁を見た。

白い壁には、たくさんのフォトフレームが飾られていた。サイズと素材は様々だが、飾り方のバランスが絶妙だ。階段を上り下りして確認すると、フォトフレームの中身は、みちると昭仁の結婚写真や陸久が生まれた時の写真だった。他にも家族や友人と思《おぼ》しき人たちと撮ったスナップと、みちるがモデルをした雑誌の切り抜きもある。

何か手がかりが見つかるかも。架川さん、やればできるじゃないか。感心して、光輔は階段の上を見た。すると架川は顔をしかめ、並ぶフォトフレームを見ていかにも鬱陶《うっとう》しげに、

「額縁屋《がくぶちや》かよ」

と言った。

結局文句か。光輔はがっかりし、「一階に聞こえますよ」と注意して階段を上がった。架川の一段下で立ち止まり、壁に目を向けた。

銀色で長方形のフォトフレームが五、六枚並び、中の写真には並んで微笑む十人ほどの女と、その子どもと思われる男の子と女の子が写っていた。女たちは二十代から三十代と年齢差はあるが、みんなセレブ系というのか、毛先をカールさせたセミロングヘアで、シンプルだが質の良さそうなニットやスカート、パンツを着ている。子どもたちも同じテイストの格好《かっこう》だ。そして、どの写真も真ん中で笑っているのは、みちると陸久だった。

どれも顔ぶれは同じで、女はスーツ、子どもたちは制服を着ているものもあるから、さくらのまち幼稚園の保護者会かな。そう考えながら、光輔は銀色のフォトフレームの写真を全て眺めた。

「あれ？」

ふと漏らした声に、架川が振り返った。

「この親子を見て下さい」

そう言って、光輔は正面のフォトフレームに収められた写真の左端を指した。架川が背中を丸め、身を乗り出す。写真の左端には、みちるより少し年下の女と男の子がいた。丸い顔と、凹凸《おうとつ》に乏しい目鼻立ちがそっくりだ。

興味を惹《ひ》かれるものがあったのか、架川は光輔を押しのけるようにしてさらに身を乗り出した。訝《いぶか》しく思いながら、光輔は話を続けた。

「子どもの成長からして、写真は左から右に行くに従って新しいものになっているようです。この親子は最初の一枚から写っていますが、直近《ちょっきん》のものには写っていない」

架川は階段を上り下りし、写真を確認した。そして一度解《ほど》いた腕を胸の前で組み直し、呟《つぶや》くように、

「お前。鋭いな」

と言った。その顔を見返し、光輔はさらに言った。

「おかしいと思いませんか？　みちる含め他のメンバーは不動なのに、この親子だけが消えたんですよ」

架川の返事はなく、代わりに腕を伸ばしてフォトフレームの一枚を壁から外した。それから光輔が止める間もなく、「ちょっと！」と一階に呼びかけて階段を下りた。光輔も慌てて続く。

「はい」と応《こた》え、昭仁が奥から出て来た。架川はフォトフレームを突き出し、左端の親子を指して言った。

「これは誰ですか？」

昭仁は一瞬面食らってから、左端の親子に目を向けた。しばらく凝視していたが、「さあ」と首を傾げた。

「妻は友だちが多くて。親しい何人かとは会いましたが、この人は知らないな」

「そうですか……行くぞ」

後半は光輔に向けて言い、架川は身を翻して玄関の方に歩きだした。手にはフォトフレームを持ったままだ。昭仁が何か言おうとしたので、光輔は頭を下げて告げた。

「すみません。すぐにお返しするので貸して下さい」

昭仁が「はあ」と応えるのを確認し、光輔は「お邪魔しました」と言って架川の後を追った。

9

　光輔と架川はセダンに戻り、スマホで左端の親子の写真を撮って矢上に送り、事情を説明した。すぐに梅林から電話があり、「俺と鳥越さんが地取りをした」と親子について教えてくれた。

　それによると母親は古瀬《ふるせ》麻衣《まい》、三十歳で、息子は翔真《しょうま》、五歳。翔真はさくらのまち幼稚園の園児で、陸久と同じ組だった。

　梅林によると、古瀬は「みちるさんはみんなの憧《あこが》れで、私なんかとても近づけず、個人的な付き合いはなかった」と話したそうだ。みちるの死亡推定時刻のアリバイを確認したところ、「友人の曽我《そが》貴子《たかこ》さん、岡本《おかもと》靖美《やすみ》さんと岡本さんの家でお茶を飲んでいた」と証言したらしい。曽我と岡本もさくらのまち幼稚園に子どもを通わせており、古瀬の証言を事実だと認めたそうだ。だが梅林は「口裏を合わせている可能性もあるな」と言い、光輔も同感だった。

　古瀬麻衣の自宅は、みちるの家から三キロほど離れた姫萩《ひめはぎ》町一丁目にあった。こちらはすぐそばを環状八号線《かんじょうはちごうせん》が走る雑然としたエリアで、古瀬の自宅も古い商店やアパートが並ぶ一角の、小さな建売住宅だった。

先に連絡しておいたので、古瀬は快く出迎えてくれた。しかしその姿を見るなり、光輔は絶句した。

写真では、みちると同じ毛先をカールさせたセミロングだった古瀬の髪が、前髪を眉《まゆ》の上でぱつんと切り揃えたショートボブに変わっている。さらにシックなニットやパンツなどセレブ系だったファッションも、ナチュラル系というのか、ボリューム感のあるワンピースとレギンスに変わっている。涼しそうだがごわごわとしたワンピースの素材は、多分麻だ。

隣に立つ架川に脚を蹴《け》られ、光輔は我に返った。顔を引き締め、小さな目でこちらをきょとんと見ている古瀬に一礼する。

「突然すみません。桜町中央署の蓮見と架川です。確認したいことがあって来ました。もう、翔真くんのお迎えの時間ですよね。大丈夫ですか？」

「お友だちの家で預かってもらうので、大丈夫です。でも、私で役に立てるかどうか……取りあえずどうぞ」

そう告げて、古瀬は光輔たちを玄関から家に上がるように促した。

狭い三和土《たたき》で靴を脱ぎ、古瀬に続いて短い廊下を進んだ。突き当たりのドアを開けると十二畳ほどのリビングダイニングキッチンで、モスグリーンの布張りのソファと白木のローテーブル、同じく白木のダイニングセットなどがぎっしり詰め込まれていた。光輔は遠慮したが、古瀬は「おいしいハーブティーがあるので」と言って奥のキッチンに入った。

光輔はキッチンのカウンター越しに古瀬にさっきの写真を見せ、なぜ最近のものには写っていないのかを訊《たず》ねた。棚からティーカップを出しながら、古瀬は答えた。

「確かにみちるさんたちと、お茶やランチをしていました。でもセレブな雰囲気に付いて行くのは大変で、話を聞いているだけでした。みちるさんは親しい人を家に招いていたけど、私は全然。もちろん、彼女がここに来たこともありません。その写真も三カ月ぐらい前のもので、最近は付き合いも途絶えていました」

「なぜですか？」

詰問口調にならないように注意しながら訊ねる。すると、古瀬はあっさり答えた。

「着るものやヘアメイクの趣味が変わったんです。そうしたら、自然と付き合う人も変わって」

「なるほど」

納得し、光輔は大きく頷《うなず》いた。ファッションは音楽や映画、好きになる芸能人などの傾向と深く結びついていて、それによって食事やお茶を飲む場所、果ては付き合う友だちも変わる。男にも起きる現象だが、女はとくに顕著《けんちょ》だと光輔は思う。よく見れば、ここにあるソファやテーブルも新品だ。服や雑貨と一緒に、ナチュラル系のものに買い替えたのだろう。

判明した事実を伝えたくなり、光輔は後ろを振り返った。が、ソファに座っていたはずの架川の姿がない。視線を巡らせると、傍らの窓の前に立っていた。隣に移動した光輔は、架川が窓枠に並ぶフォトフレームを見ていると気づいた。

こちらのフォトフレームも、収められているのは古瀬とその家族、友人らしき人々の写真だ。中には、翔真とさくらのまち幼稚園の新見が並んでピースサインをかざす一枚もあった。と、架川は手を伸ばしてフォトフレームの一枚を摑《つか》んだ。そして、

「この子が翔真くん？」

と問うて古瀬にかざした。フォトフレームに収められているのは、笑顔の翔真の写真だ。カウンターの向こうの古瀬が振り向き、「ええ」と答える。すると架川は、フォトフレームを手にすたすたと進み出た。

「付き合いが途絶えた理由は、趣味だけか？　俺は二日前、さくらのまち幼稚園で翔真くんと会った。その時翔真くんは、陸久くんとケンカしたが『僕たちは仲直りした』と話した。息子同士のケンカでみちるさんと揉《も》め、翔真くんに陸久くんと遊ぶなと言ったんじゃないのか？」

カウンターを挟んで古瀬の前に立ち、続けざまに訊ねた。その広くがっちりした背

中からは、威圧感がむんむんと漂っている。

翔真くんに会った？　聞いてないよ。それに息子同士のケンカって、裏を取ったのかよ。焦り、混乱しながらも光輔は「待って下さい。これは」と古瀬の前に行った。

だが古瀬は架川を見て返した。

「ケンカも揉めたのも、その通りです。でも遊ぶなと言ったのは、私じゃなくみちるさんです。他の子のママにも『子どもを翔真くんと遊ばせないで』って言ったから、翔真は幼稚園で仲間はずれにされて」

後半は声を震わせて訴える。しかし架川は「やっぱりな」と言い、鼻を鳴らした。

「何が『個人的な付き合いはなかった』だ。みちるさんを恨んでたんだろ？」

古瀬は無言。しかし架川をきっ、と見返し唇を嚙《か》みしめる。光輔は架川の腕を摑み、訴えた。

「もうやめて下さい。これは地取りであって、取り調べじゃないんですよ」

「だから何だ？」

突き放すように問われ、光輔は言葉を失った。と、古瀬がキッチンから出て来た。

「翔真がかわいそうだっただけで、恨んだりしてません。私を疑ってるんですか？　だったら、調べて下さい。指紋や髪の毛、この家も」

片手を突き出し、もう片方の手で髪を押さえて捲《まく》し立てたかと思いきや、古瀬は俯《うつむ》いて泣きだした。

こうなると思ったんだよ。光輔の焦りはピークに達し、「すみません。疑ったりしてませんから」と古瀬に声をかけ、自分のスラックスのポケットからハンカチを出して渡そうとした。しかし古瀬は「いいんです」と震える声で返し、キッチンカウンターからエプロンを取り、涙を拭《ぬぐ》った。エプロンは白地にピンク色の大きな花をちりばめたもので、ナチュラル系の女性に人気のアパレルブランドのものだ。

古瀬はエプロンを抱きしめるように背中を丸め、嗚咽《おえつ》を漏らして泣き続けた。

10

光輔は必死に古瀬をなだめ、なんとか泣き止ませた。ぶすっとしたままの架川に代わって頭も下げ、二人で古瀬家を出て桜町中央署に戻った。

刑事課に行き、矢上に今日の報告をした。ふんふんと聞いていた矢上だったが、古瀬家往訪《おうほう》の顛末《てんまつ》を聞くや、顔色を変えた。

「何を考えてるんだ！」

そう言うなり立ち上がり、自分の机の前に立つ光輔と架川を険しい目で見る。たちまち場の空気が張り詰め、室内にいた刑事と他の部署の署員たちがこちらを振り返った。「申し訳ありません！」と頭を下げ、光輔は言った。

「謝罪をして、受け入れてもらいました。話も改めて聞き、二カ月前に翔真と陸久がケンカをしたこと、それがきっかけで親同士も揉め、古瀬とみちるの付き合いが絶えたのが事実であることを確認しました」

「事実かどうかなんて、関係ない。自白の強要だと主張されたらどうする？　証言として使えないどころか、違法捜査で起訴されるぞ」

強い口調で返し、矢上は身を乗り出した。そう言われるだろうと思っていたので、光輔は「すみません」とさらに頭を下げた。一方架川は依然ぶすっとして、そっぽを向いている。矢上が息をつき、身を引く気配があった。

「とにかく、もう古瀬に近づくな。みちるとのトラブルは、別ルートから探る」

「はい。本当に申し訳ありませんでした」

神妙な面持ちで、光輔は三度《みたび》頭を下げた。すると架川も、いかにも嫌々といった様子で「すみません」と言い、申し訳程度に頭を下げた。

呆《あき》れたように、矢上は「仕事に戻れ」と告げた。「はい」と光輔は顔を上げ、架川は身を翻して部屋を出て行った。光輔が啞然《あぜん》と架川を見送っていると、また矢上が身を乗り出す気配があった。振り向いた光輔の目に、矢上の困り果てた顔が映る。

「『問題を起こさせないで』って言ったじゃない。頼むよ。定年まであと五年。何ごともなくやり過ごさせて」

ちょっと前までとは打って変わった切羽詰まった声で訴え、光輔の目を覗《のぞ》いた。

「わかりました」

たじろぎながらもそう返し、光輔は「失礼します」と言ってその場を離れた。出入口に向かい、刑事課を出る。

桜町中央署に配属されて以来、些《さ》細《さい》なミスは犯したが、人前で叱られるような失態は初めてだ。結果を出しつつ目立たないという、自分で作ったルールを破ってしまった。後悔と怒りが胸に押し寄せ、光輔は一人になれる場所を求めて廊下を進んだ。

ふと、気配を感じて振り返った。廊下の隅に、飲み物やスナック菓子の自販機とベンチが置かれた休憩スペースがある。そのベンチに脚を組み、ふんぞり返って座る架川がいた。

思わず足を止めた光輔に気づき、架川は「おう」と言った。無視して通り過ぎたかったが、光輔は会釈を返した。とたんに架川は、

「課長だかなんだか知らねえが、何もわかっちゃいねえ」

と言い、鼻を鳴らした。驚いて光輔が見返すと、架川はこう続けた。

「地取りなんてもんは、恫喝《カマシ》してなんぼ。常識じゃねえか」

「いや、架川さん」

歩み寄って話しだそうとした光輔を遮り、架川はさらに言った。

「人間は『こいつはナメていい』と感じたら、一生ナメ続けるもんなんだ。だからしょっぱなで、どっちが『強いオス』かはっきりさせる。法令順守だのコンプライアンスだの、ちんたらやっててホシを挙げられるかよ」

最後に舌打ちし、胸の前で腕を組んで顎《あご》を上げる。光輔は目を伏せて深呼吸し、必死に自分を抑えた。しかし、架川はまだ何か言おうとしたので耐えきれなくなり、

「いい加減にして下さい！」

と声を上げて架川を見た。動きを止め、架川も光輔を見る。

「それがマル暴のやり方かもしれませんが、ここは所轄の刑事課なんです。カマシも強いオスも関係ないし、古瀬は百パーセントカタギの主婦ですよ。やる気がないのは勝手だけど、邪魔をしないで下さい。僕には、やらなきゃならないことがあるんです！」

これまで溜《た》め込んでいたものを一気に、息継ぎせずにぶちまけた。架川は何も言わず、真顔で光輔を見返している。場に沈黙と重たい空気が流れた。

気まずさを覚え、後悔が胸に押し寄せた。光輔は身を翻し、小走りで休憩スペースを出た。

11

三時間後の午後八時過ぎ。架川は、新橋《しんばし》の裏通りにある居酒屋にいた。

「——だから、ふざけんなって話だよ」

そう言って、杯《さかずき》の酒をあおった。もはや何杯目になるか不明で、味もよくわからない。カウンターには徳利《とっくり》と、つまみの残骸《ざんがい》が載った皿がある。

杯に酒を注ごうとしたが、手にした徳利は空になっていた。イラッとしながら、架川は徳利を向かいに突き出した。

「酒がねえぞ。圭市《けいいち》、お代わり！」

「四番さん、日本酒《ポンしゅ》お代わりお願いします！」

厨房《ちゅうぼう》の中で、秋場《あきば》圭市が威勢のいい声を上げた。頭に白いタオルを頭巾《ずきん》のように巻き、黒いＴシャツ姿で焼き鳥を焼いている。傍らで刺身を切ったり、洗い物をしたりしていた店員の男たちが返事をし、そのうちの一人が後ろの棚から日本酒の瓶を取った。男たちは年も背格好も様々だが、みんな圭市と同じＴシャツを着ている。カウンターと、その後ろのテーブル席に着いた客にはスーツ姿のサラリーマンが多い。煤《すす》けた天井の隅に吊《つ》られた棚にはプロ野球中継を流すテレビが置かれ、ＢＧＭは演歌だ。

架川はカウンターに片肘《かたひじ》を突いて顎を乗せ、もう片方の手でネクタイを緩めた。ジャケットはここに来てすぐに脱ぎ、椅子の背にかけてある。

「そもそも、最初からあいつが気に入らなかったんだよ。エース刑事だかなんだか知らねえが、優等生ぶって愛嬌《あいきょう》を振りまきやがって。挙げ句の果てに、自分の倍も生きてる俺に説教しやがった」

　そうわめくと、昼間署の休憩スペースで光輔に言われたことを思い出し、腹が立った。「けっ」と付け足し、徳利の底に残った酒を注ごうとしたが一滴も出て来ず、さらに腹が立つ。徳利を乱暴にカウンターに戻し、架川はまたわめいた。

「その愛嬌も、気に入らねえ。誰彼《だれかれ》構わずニコニコしてるくせに、目は全然笑ってねえ。俺は絶対に騙《だま》されねえぞ」

　思いつくままを口に出したら、光輔の笑顔を見る度に感じていたもやもやの正体がわかった。そういうことかと合点がいっていると、向かいで、

「まあまあ。そう怒らないで」

　と言う声がした。立ち上る白煙の向こうでコンロに載せた焼き鳥をひっくり返しながら、圭市が笑っている。焼き上がった焼き鳥を皿に載せて別の店員に渡し、さらに言った。

「気持ちはわかりますよ。マル暴は架川さんの天職ですからね。そのお陰で、俺はこ

うしていられるんだし」

今年二十七歳になる圭市は、数年前まで鷲見組傘下のある暴力団の準構成員だった。だが組長から杯をもらい構成員になる直前、架川に説得されてカタギに戻った。今はこの居酒屋でバイトをしながら、小劇団の役者として舞台に立っている。

体を起こして秋場を見上げ、架川は返した。

「天職なんかじゃねえ。俺にとってマル暴は手段だ。やらなきゃならねえことがあって、そのためにマル暴デカって肩書きが必要なだけだ」

語気の激しさと眼差《まなざ》しの鋭さに秋場は黙り、カウンターの隣の客が振り返った。と、反対側の隣の席からぽんぽんと肩を叩《たた》かれた。同時に、

「その辺にしとけ」

と少しかすれた低い声が言う。振り向いた架川の目に、白髪交じりの短髪の男が映った。

痩《や》せているが骨太で、背も高い。細い目は鋭く、高くまっすぐな鼻、薄い唇と相まって刃物のような印象だ。警視庁組織犯罪対策部組織犯罪対策第四課広域暴力団対策係係長の藤原要《ふじわらかなめ》警部。架川の元上司だ。

「お前がしでかしたことを考えれば、所轄に飛ばされたぐらいで済むなら御《おん》の字だ」

重々しく続け、藤原は自分の杯を干した。納得できず、架川は藤原の横顔を覗いた。

「そりゃないですよ、藤原さん。だって、あれは――」

「真相はどうあれ、疑いを持たれた時点で負けだ。敵だけじゃなく、味方にも隙を見せるなと教えただろう」

架川にマル暴デカとしての心構えや立ち振る舞いを叩き込んだのは、この藤原だ。刑事としては兄代わりで、その人に「負けだ」と言われたら何も返せない。

絶望を感じ、それでも胸を突き上げ、たぎるものは消えず、架川は口を引き結んで空を睨《にら》んだ。その耳に、藤原のさらなる声が届く。

「所轄署のデカとして、結果を出すんだな。お前がマル暴に戻る道は、それしかない」

12

同じ頃、光輔は自分の部屋にいた。窓際に置かれた机に着き、本を読んでいる。タイトルは『警察の隠語・略語辞典』。

光輔は集中して文字を追い、ページを捲《めく》りながら、時折顔を上げて目に付いた言葉を口の中で唱えた。その顔を電気スタンドの明かりが照らし、白い肌に陰翳《いんえい》を作る。

室内は六畳ほどで、机の他には本棚とシングルベッド、作り付けのクローゼットがあり、掃除と整理整頓《せいとん》が行き届いている。そして本棚には犯罪や捜査、法律に関する本に交じり、兵庫県の地図とガイドブック、歴史・風俗の本が並んでいた。

ここは桜町中央署にほど近い、警視庁の独身寮だ。見た目は普通のマンションで全て個室だが、風呂《ふろ》とトイレは共同。食事も食堂で摂《と》り、他にランドリールームやトレーニングルーム、ミーティングルームなどがあり、午前六時起床で午後十時就寝。門限は午前零時だ。

約三十分後。部屋のドアがノックされた。続いて、若い男の声が聞こえる。

「光輔。ミーティングルームで飲み会だって」

男の声は、うんざり気味だ。警察の独身寮には寮長を頂点としたヒエラルキーがあり、若い警察官は先輩の衣類の洗濯や部屋の掃除、寮のイベントの進行などをこなすのが暗黙のルールとなっている。寮長や先輩が酒好きの場合は毎晩のように飲み会が開かれるが、光輔たち下っ端には、誘いを断る権利はほぼない。

返事がないので、男は再度ドアをノックして言った。

「おい。いるんだろ？」

しかしその声は、光輔の耳には入っていなかった。さっきと同じように机に着いているが、机上には本に代わってノートパソコンが置かれている。光輔が食い入るように見つめる液晶ディスプレイに表示されているのは、事件現場の写真だ。写っているのは古いアパートのような部屋で、壁には血が飛び散り、床に転がる女の遺体も血まみれになっている。

ノートパソコンの両脇には警察内部の捜査資料が積まれ、事件を報じる新聞と週刊誌の記事の切り抜きを収めたファイルも開かれていた。資料にはたくさんの付箋《ふせん》が貼られ、切り抜きにもペンの書き込みが目立つ。そしてどの切り抜きにも共通するのが、「殺人」「容疑者を逮捕」「警察官」といった派手で扇情《せんじょう》的な見出しだ。光輔は無言だが、パソコンのマウスを握った手だけは動かしていて、室内にはカチリ、カチリというクリック音が流れる。

「居留守かよ。どうせ後で先輩に乱入されて、引っ張り出されるぞ」

不服そうに言い、男はノックをやめた。サンダルの音が廊下を遠ざかって行ったが、光輔は液晶ディスプレイを見つめ続けている。その顔は昼間とは別人のように険しく、液晶ディスプレイの明かりを映す目は、激しい怒りと醒《さ》めた企《たくら》みの炎で輝いていた。

カチリ、カチリとクリック音は続き、その度に光輔の頭の中にはある映像がフラッシュバックされた。

「すぐに戻るから、お母さんを頼むぞ！」と訴えながら車に押し込まれる梶間優人と、サイレンを響かせて走り去るセダン。通りにうずくまる梶間小百合の悲鳴のような泣き声と、その周りを走り回る犬のムギの吠《ほ》え声。それを聞きながら呆然《ぼうぜん》と立ち尽くす、十六歳の梶間直人……。

13

翌朝。光輔はいつも通り始業十五分前に桜町中央署に着き、署員たちと挨拶《あいさつ》を交わしながら廊下を進んだ。ベッドで目を覚ました時はあれこれ考えたが、朝食を摂って身支度を調えるうちに気持ちが落ち着いた。さらに目を閉じて深呼吸をし、自分にスイッチを入れたら、完全に「表の顔」を取り戻した。

階段で三階に上がり、廊下を歩きだしてすぐに傍らの男子トイレのドアが開いた。出て来た誰かとぶつかりそうになり、光輔は「すみません」と言いながら身を引いて立ち止まった。同時にかすかな酒の臭いを感じ、顔を上げると架川がいた。青白い顔に充血気味の目。やつれた頬には、剃《そ》り残しのヒゲが目立つ。

ヤケ酒で二日酔いか。絵に描いたような、やさぐれオヤジだな。呆《あき》れ返り、腹立たしさも覚えた。それでも体が勝手に動き、「おはようございます」と会釈をする。

「おう」

と返し、両手をスラックスのポケットに入れた架川だったが、場には気まずい空気が漂う。

やさぐれオヤジでも、上官は上官。昨日のフォローだ。そう思い、光輔が口を開こうとした矢先に、架川は言った。

「俺はこれまで、やくざ者の相手ばかりしてきたんだ」

「はい」

　とっさに返すと、架川はこう続けた。

「だから組員の口の割らせ方や、抗争《ドンパチ》の終わらせ方はわかるが、カタギの気持ちゃ、地道な捜査のやり方はわからねえ。だが、事件を解決したいって気持ちは本物だ。ウソじゃねえ」

　前を向いたまま、手をポケットから出し入れしたり、髪を撫《な》でたりしながら訴える。今日のダブルスーツはダークグレーで、ワイシャツとネクタイも同じ色だ。

　呆気《あっけ》に取られた光輔だったが、眼差しの真剣さと言葉の熱さから、架川が本心を語ったのだと悟った。しばらく逡巡《しゅんじゅん》した後、光輔は訊《たず》ねた。

「ひょっとしてそれは、反省してる、これからも僕と一緒に捜査をしたいって意味ですか？」

「人の気持ちを要約《ようやく》するな！」

　勢いよく振り向き、架川が睨んできた。と思ったらまた前を向き、決まりが悪そうに、

「……でもまあ、間違っちゃいねえ」

と付け足して両手をポケットに入れた。子どもかよ。心の中で突っ込んだら急におかしくなり、光輔は噴き出してしまった。

「笑うんじゃねえ。ナメてんのか？」

顎《あご》を前後させてすごんだ架川だったが、光輔にはそれもおかしく思え、「すみません」と言いつつ声を出して笑ってしまう。架川はさらにすごみ、光輔はまた笑う。男子トイレに入るために脇を抜けた署員が、訝《いぶか》しげに二人を見た。

14

間もなく朝の捜査会議が始まった。会議は一時間ほどで終わったが、光輔は矢上の許可を得て会議室に残り、架川と事件のこれまでを振り返った。しかし現段階ではめぼしい証拠や証言は見つかっておらず、容疑者もいない。みちるや関係者の自宅や立ち回り先近辺の防犯カメラも、今のところ手がかりはなしだ。

「僕も古瀬は気になります。でも、いくら息子が仲間はずれにされたからといって、相手を殺害するでしょうか」

ホワイトボードの前に立ち、古瀬の顔写真を眺めながら光輔は言った。捜査が続くに従い、貼られている写真と文字の書き込みが増えている。

「似たような事件が、五、六年前に兵庫県のある町で起きた。佐々尾署にいた頃だし、お前も覚えてるだろ？」

向かいの長机の一つに着いた架川が訊ねた。不意を突かれ、光輔は頭を巡らせた。

「ああ。そう言えばなんとなく」

曖昧《あいまい》に応《こた》えながら頭を巡らせ続けたが、架川は怪訝《けげん》そうに言った。

「子どものケンカが原因で、一方の親がもう一方の親を車ではねたんだよ。ガイシャは一命を取り留めたが、現場は小さな町だったから結構な騒ぎになった。あそこは、佐々尾署の隣の管区だぞ」

「五年前の七月に、兵庫県早紀《さき》郡松観《まつみ》町で起きた事件ですね。もちろん覚えていますよ」

ようやく事件を報じる記事が頭に浮かび、光輔は笑って返した。しかし架川は、ますます怪訝そうな顔になる。だるそうに椅子の背もたれに寄りかかっているが、眼光は鋭い。焦りを覚え、光輔は架川に背中を向けた。ホワイトボードの写真が目に入ったので、振り返って言った。

「それより、古瀬ですよ。本人も『調べて下さい』と言っていたし、家宅捜索《ガサ入れ》したいところです。でも課長に『近づくな』って言われたし、無理か」

さりげなく話を本題に戻したが、架川は無言。二日酔いでしんどいのか、さっき買った缶入りのブラックコーヒーを飲んでいる。

その後も話し合ったが、これと言った策《さく》は浮かばなかった。時刻が午前十一時を過ぎた頃、架川が言った。

「こいつらは何だ？」

頭痛が治まらないらしく、顔をしかめながらホワイトボードの隅を見ている。そこには、十枚ほどの女の顔写真が貼られていた。

「みちるの家の写真に写っていた、古瀬以外のメンバーです。古瀬が友人と言っていた曽我貴子と岡本靖美もいます」

振り返り、光輔は二人の写真を指した。曽我は三十歳で面長《おもなが》、岡本はエラの張った顔で三十一歳だ。缶コーヒーを一口飲み、架川はさらに問うた。

「全員、さくらのまち幼稚園に子どもを通わせているのか？」

「ええ。みちるを中心に、度々お茶やランチに行っていたとか。いわゆるママ友グループですね」

「ママ友か……それだな」

ぼそりとした声に振り向くと、架川は並んだ写真を見つめていた。青白い顔をしたままだが表情は引き締まり、左右の目は強い光を放っている。

15

二時間後の午後一時過ぎ。光輔は目黒《めぐろ》通りにセダンを停めた。歩道の向こうには雑居ビルがあり、一階の店の前にはウッドデッキが設《しつら》えられている。ウッドデッキには深緑色のパラソルを立てた木製のテーブルと椅子が並び、その奥に開け放たれた大きなガラスの引き戸が見えた。引き戸の脇に立てられた黒板のスタンド看板にはカラフルなチョークで「dog cafe WINDING TAIL《ワインディングテール》」という店名と、くるりと巻いた犬のしっぽのイラストが描かれている。

架川の閃《ひらめ》きを受けて調べたところ、みちるとママ友たちには行き付けのカフェがあり、今日もそこで集まっているという情報を得た。

光輔がセダンの運転席を降りると、架川も助手席を降りた。まだ五月の半ばだが日射しは強く、架川は薄茶のサングラス越しに向かいの店を眺めている。

「サングラスは外して下さいね。あと、『犬臭い』も禁止」

セダンの脇を抜けて歩道に向かいながら、光輔は告げた。矢上に説教されるような事態は繰り返したくないので、言うべきことは言うことにした。「うるせえな」と顔をしかめた架川だったが、サングラスを外してジャケットの胸ポケットに突っ込み、歩きだした。

と、店の引き戸の奥から灰色の小さなかたまりが飛び出して来た。光輔と架川が同時に目を向けると、かたまりはウッドデッキを猛スピードで駆け抜け、木の階段を下りた。光輔がかたまりは灰色のトイプードルだと認識した時、トイプードルは歩道を走り抜けた。そのまま通りに出て、光輔たちのセダンの下に潜《もぐ》り込む。

光輔は通りに戻り、セダンの後方に廻《まわ》った。身をかがめて覗《のぞ》くと、センターフロアカバーとアスファルトの間にある高さ十五センチほどのスペースに、トイプードルがうずくまっていた。

「危ないよ。出ておいで」

語りかけたが、トイプードルは動かない。エナメルの靴がアスファルトを踏む音がして、架川が隣に来た。光輔と同じように車体の下を覗き、言った。

「お前、コテツだろ」

「えっ、そうなんですか？　なんでここに」

驚き、光輔は「コテツ。出ておいで」と声をかけた。しかしコテツは横を向き、さかんに目を細めたりあくびをしたりしている。それを見て、光輔は言った。

「物陰に隠れ、顔を背けて目を細めてあくびをする。高いストレスを感じている証拠です」

「よく知ってるな」

「むかし飼ってたから、犬には詳しいんです。みちるにあちこち連れ回されたのが、ストレスだったんじゃないかな……コテツ。もう大丈夫だよ」

　呼びかけながらゆっくり手を伸ばし、コテツの背中を撫《な》でた。ようやく振り向き、コテツがこちらを見る。何度か撫でるとあくびが止んだので、光輔はコテツの体の下に手を差し入れ、隙間から出した。体を起こしてコテツを胸に抱き、「よしよし」と語りかけて、灰色の毛に覆われた頭の後ろを撫でた。

「すみませ〜ん！」

　後ろで女の声がして、ヒールの靴が階段を下りる音が続いた。光輔と架川が振り向くと、女がドッグカフェの敷地から出て来た。歳は三十過ぎ。Vネックの白いサマーニットと茶色いパンツという格好《かっこう》で、腰にはエルメスのものと思《おぼ》しき「H」の字をかたどったバックルのベルトを締めている。

「柿島泉《かきじまいずみ》さんですか？　桜町中央署の蓮見です。こちらは架川」

　光輔は問いかけ、ジャケットのポケットを探って警察手帳を出した。驚き、柿島が「はい」と返す。真ん中分けのロングヘアと大きめの口が、ホワイトボードの写真と同じだ。

「松原みちるさんの事件について、お話を伺えませんか？　お友だちがこちらに集まっていると聞いて来ました」

店を指してそう続けると、柿島は「ああ」と頷いた。

「喜んで。私がコテツを預かったんですけど、他にできることはないかって、みんなに声をかけたんです」

「ありがとうございます」

一礼し、光輔はコテツを柿島に渡した。柿島はコテツを胸に抱き、「家族にも手伝ってもらって世話してるのに、なかなかなついてくれないんです。今も一瞬リードを外したら、逃げ出しちゃって」と困り顔で説明して歩きだした。

柿島に続き、店に入った。フローリングの床に、脚が真鍮《しんちゅう》でできた木製のテーブルと椅子が並んでいる。平日のせいか、客はわずかだ。

「みんな。こちら、刑事さんですって」

柿島は光輔たちを指して語りかけ、奥のテーブル席に歩み寄った。反応して、テーブルに着いた七、八人の女が振り向く。みんなまず光輔を見て、隣の架川に視線を移して驚いたり眉《まゆ》をひそめたりした後、また光輔を見る。

「みちるさんの話を聞きたいそうよ。協力しましょう」

柿島がそう続けると、女たちは口々に「ええ」「もちろん」と言い、光輔と架川に「こんにちは」と笑顔を向けた。

「こんにちは」

光輔は笑顔で会釈を返したが、隣の架川は「見分けがつかねえ」と呟《つぶや》いた。女たちはみんな写真で見た顔で、似たようなセレブ系の髪型とファッションなのも写真と同じだ。

「桜町中央署の蓮見と架川です。ご協力感謝します」

そう続けた光輔は女たちが自分の顔を凝視しているのに気づき、「なんか緊張しちゃうな」と俯《うつむ》いて頭を掻《か》いてみせた。とたんに女たちは「かわいい～！」と声を上げて笑い、一気に場が和んだ。架川が不機嫌そうに鼻を鳴らす音がしたが、光輔は無視して後ろを振り向き、「すみません。メニューをお願いします」と呼びかけた。壁際でスマホを弄《いじ》っていた店員の若い男が、「はい」と応《こた》え近づいて来た。

光輔はつなげたテーブルの真ん中の席に座り、注文したアイスティーを飲みながら話を聞いた。女たちは光輔に問われるままに、コテツ連れのみちるのために、お茶も食事もドッグカフェかペット可のレストランだったこと、息子のトラブルの前は古瀬と曽我、岡本もグループの一員だったことを語った。

「確かに『子どもたちに翔真くんと距離を置かせない？』って提案したのはみちるさんです。でも翔真くんはちょっと変わった子で、トラブルが起きる前からみんな困ってたんですよ」

光輔の隣に座った柿島はそう説明し、片手で顔にかかった髪を掻き上げた。足元のテーブルの下では、リードで壁のフックにつながれたコテツが寝ている。

古瀬の話と違うなと思いながら、光輔は「なるほど」と相づちを打ち、聞いた話を手帳にメモした。すると柿島の隣に座った早川真帆《はやかわまほ》が「でも」と言い、こう続けた。

「みんなで一斉に、っていうのはやり過ぎだったかも。古瀬さんがいじめられたって受け取っても、仕方がないわ。娘に、『なんで翔真くんと遊んじゃダメなの？』って訊《き》かれて困ったのよ」

眉根《まゆね》を寄せ、口調は遠慮がちだ。早川は三十四歳でグループ最年長なので、他の女たちは神妙に頷《うなず》く。と、今度は柿島とは反対側の光輔の隣に座った女が口を開いた。

「私はみちるさんの気持ちがわかります。古瀬さんをすごくかわいがって、面倒も見てたじゃないですか。なのにトラブルが起きた時、古瀬さんは『翔真は悪くない』って言い張ったんですよ。子どものケンカなんだし、どっちもどっちで済ませればいいのに」

腹立たしげに捲《まく》し立て、気の強そうな大きな目で早川、柿島の順に見る。この女は細沼瞳《ほそぬまひとみ》。グループで最も若い二十五歳で、捜査情報によると、みちるの熱心なファンらしい。

反論され、早川はむっとした様子だったが、柿島がうんうんと頷いたので口をつぐんだ。二人の顔色を覗《うかが》いながら他の女たちが曖昧《あいまい》に頷き、光輔は場に収まりの悪い空気が流れるのを感じた。と、女の一人が取りなすように光輔に訊《たず》ねた。

「あのトラブルが、みちるさんの事件と関係あるんですか？」

「いえ。そういう訳ではありません」

光輔は否定したが、女たちは落ち着かない様子で目配せをし合った。

視線を感じ、光輔は店の隅のテーブルを見た。そこには架川が一人で座り、コーヒーを飲みながらじっとこちらを見ている。話を聞くために着席した時、架川はなぜか「俺は向こうでいい」と言って、あのテーブルに移動したのだ。

「コーヒー、お代わり！」

カップを差し出し、架川はぶっきら棒に告げた。「はい！」と応え、レジの方からさっきの店員の男が駆け寄って来る。架川がコーヒーのお代わりをするのは、これで三度目だ。光輔は女たちに向き直り、質問を続けた。

「亡くなる前、みちるさんに変わった様子はありませんでしたか？　元気がないとか、何かに怯《おび》えているとか」

「それ、別の刑事さんにも訊かれたんですけど、思い当たることがないんですよ」

まず柿島が答え、次いで早川、細沼の順で「私もそう」「いつも通りでしたよ」と返した。最後に残りの女たちが、自分も同じだと答える。「そうですか」と返してから、光輔はさらに問うた。

「噂でもいいので、みちるさんが問題を抱えていたと聞いたことはありませんか？　たとえば、浮気とか」

「まさか！」

真っ先に柿島が声を上げ、早川と細沼も「ないない」「あり得ません」と首を横に振った。少し不本意そうに、柿島は補足した。

「こっちが当てられちゃうぐらい、夫婦円満でしたよ。ご主人の方がみちるさんにぞっこんで、プレゼントとか二人で食事とかもしょっちゅうだったし」

「わかりました。あらゆる可能性を検討するのが捜査なので、ご理解下さい」

光輔が申し訳なさそうな顔を作ると、柿島は「ですよね」と表情を和らげ、こう続けた。

「でも、浮気って言うか不倫してる人の噂はよく聞きますよ」

「それって、新見先生の？」

すぐに別の女が反応し、光輔は驚いて訊ねた。

「新見先生って、さくらのまち幼稚園の？　不倫してるんですか？」

「ただの噂ですよ。相手が誰かもわからないし。でも新見先生は人気者だから、ショックを受けたママも多いみたい」

声を潜め、柿島は説明した。するとまた別の女が「私もショックー！」と手のひらを顔に当てて俯いて見せ、他の女たちが笑った。

確かにイケメンで人気者だったけど。光輔の頭に、地取りで新見に会った時の記憶が蘇《よみがえ》った。同時に事件に対する園児たちの反応を訊いた時、新見が「むしろ、お母さん方のほうが大変で」と困ったような顔をしていたのを思い出し、こういうことかと納得した。

16

女たちに礼を言い、光輔と架川はドッグカフェを出た。セダンに戻って目黒通りを走りだすと、光輔は言った。

「収穫ありですね。かわいがって面倒も見ていたのなら、トラブルの前にみちると古瀬には親交があったはず。古瀬の証言はウソですね」

手応えを覚え、運転しながらテンションが上がった。すると架川も、「俺も収穫ありだ」と言った。光輔が振り向き、架川は語りだした。

「あの柿島って女が若頭で、次期組長だな。その隣の早川が若頭補佐で、細沼ってやつは本部長。だが早川は、みちるの事件で芋《いも》を引いたから、細沼は早川を型《かた》にはめてのし上がる絵《え》を描いてる」

「何の話ですか？」

呆気《あっけ》に取られ、光輔は訊ねた。

暴力団組織の階級に於《お》いて、若頭は組長に次ぐポストで後継者の筆頭だ。それを二番手の若頭補佐がサポートし、三番手の本部長は組織の運営管理を担う。架川はこの階級に柿島たちママ友グループのメンバーを当てはめたのだ。「芋を引く」は暴力団の隠語で「怖《お》じ気《け》づく」で、「型にはめる」は「自分の配下に置く」、「絵を描く」は「思惑」という意味だともわかる。しかし、なんでそんなことをするのかはさっぱりわからない。

「ママ友だって、上下関係もありゃ掛け合い、つまりケンカもある。組織って意味じゃ暴力団と同じで、マル暴のやり方で捜査すりゃ、真実を突き止められるはずだ」

それだけのことを、架川は前を向いて顎《あご》を上げ、したり顔で語った。光輔は慌ててセダンを減速させ、通りの端に停めた。「なんだよ」と訝《いぶか》しがる架川に向き直った。

「そんな観察をするために、わざわざ離れた席に座ったんですか？　無茶言わないで下さい。古瀬同様、柿島や早川たちも暴力団とは縁もゆかりもないカタギの主婦ですよ」

「わかってる。だが、あいつらと話してみてどうだった？　柿島やら早川やら細沼の発言と態度。俺の読みは間違ってるか？」

真剣に問われ、光輔は答えに窮《きゅう》した。一時間ほどだが、光輔も柿島たちと話してママ友グループのヒエラルキーと力関係、表には出さない思惑を感じ取った。

「それに、他にこれといった手はねえだろ。事件発生から一週間だ。そろそろ事件《ヤマ》に動きがねえと、署長だのマスコミだのの手前、ヤバいんじゃねえのか？」

「それはそうなんですけど」

仕方なく返すと、架川は勝ち誇ったように鼻を鳴らし、長い脚を組んだ。

ただでさえいろいろ面倒なことになってるのに、勘弁してくれよ。心の中で訴え、苛立《いらだ》ちも覚えたが架川の言うとおりだ。腹を決め、光輔は隣に顔を向けた。

「で、どうするんですか？　また追い込んで脅すとか？」

ヤケクソ気味に問うと、架川は表情を引き締めて首を横に振った。

「違う。捜査協力者《エス》を使うんだ。目星も付いてる」

そして顎と手を動かし、光輔にセダンを出すように命じた。

17

十五分後。光輔と架川は、さっきのドッグカフェの前にいた。ただし、表玄関ではなく裏口だ。

「エスって、要はスパイでしょう？　ママ友グループの誰かに協力させるんですか？」

セダンのフロントガラス越しに斜め前方のアルミのドアを見て、光輔は訊《たず》ねた。表玄関は洒落《しゃれ》ていたが裏口は雑然としていて、ドアの脇にはゴミバケツや積み重ねた段ボール箱などが置かれている。

「いや。ママ友連中は身内の結束は強く口も堅いが、外の人間にはよく喋《しゃべ》る。女ってやつは、その場にいねえ人間の噂やら悪口やら言うのが大好きだからな」

助手席で光輔と同じ方向に目を向け、架川は返した。

「偏見に満ちている上にセクハラですけど、そういう人もいますね。でも、外の人間って」

光輔が言いかけた時、裏口のドアが開いた。出て来たのは若い男。さっき光輔が「すみません」と呼びかけ、架川がコーヒーのお代わりを頼んでいた店員だ。休憩時間らしく、店員の男はスマホを手に通りを歩きだした。制服の白いスタンドカラーのシャツと濃紺のスラックスの上に赤いジャンパーを着ている。

「よし」

架川は言い、ドアを開けてセダンを降りた。光輔も続くと、架川は通りを進み、店員の男を追った。すぐに追い付き、肩を叩《たた》く。店員の男は足を止め、耳の穴からワイヤレスのイヤフォンを抜いた。歳は二十歳ぐらいだろうか。小柄の痩《や》せ型《がた》で、髪型は流行のツーブロックのマッシュルーム。目にかかった長い前髪が鬱陶《うっとう》しそうだ。

光輔が二人に追い付くと、架川は口を開いた。

「さっきはごちそうさん。ちょっと顔《ツラ》を貸せ」

作り笑顔でそう言うなり、腕を上げて店員の男の肩をがっちり抱く。店員の男は何か言おうとしたが、架川は素早く彼を傍らの電柱の陰に連れ込んだ。

「架川さん、まずいですよ」

そう囁《ささや》き、光輔は通りの前後を窺《うかが》った。しかし架川は何も聞こえないように、向かいに立って店員の男を見下ろした。「何なんですか」と憤慨した店員の男だったが、既に及び腰だ。

架川はスーツのジャケットのポケットを探り、スマホを取り出した。何やら操作して、無言で画面を店員の男に向ける。画面を見返した店員の男は、みるみる顔を強《こわ》ばらせた。その隣に回り込み、光輔もスマホの画面を確認した。

表示されているのはSNSだった。ユーザーのアイコンは後ろ姿の写真だが、髪型は紛れもなく店員の男のものだ。その下には、文章と写真が並んでいる。

「『バイト先に刑事きてる。常連の客が殺されて、ママ友たち取調中。この中に殺人犯いたりしてｗｗ』」

画面を自分に向け、最新の投稿を読み上げたのは架川だ。店員の男はうろたえ、もごもごと何か言っているが言葉にならない。そう言えば、この男は接客中もちょっと手が空くとスマホを弄《いじ》っていた。

店員の男を見据え、架川は告げた。

「盗聴だの公務執行妨害だの、見過ごせねえな。チャラにしたきゃ、相応のことをしてもらわねえと」

「相応のことってなんですか？」

声を上ずらせ、店員の男は訊ねた。待ち構えていたように、架川は答えた。

「世のため人のために働くんだよ。お前はさっきのママ友たちと顔見知りなんだろ？なら、話を聞き出せ。やり方は俺が教える」

「無理です」と店員の男は細い首を横に振り、光輔も「ダメですって」と訴えたが、架川は首を突き出して店員の男の顔を覗《のぞ》き、

「やんのか？　やんねえのか？」

とすごんだ。その迫力と威圧感に、店員の男は「やります！」と答えて身を引いた。

それから、架川は名前を粕谷《かすや》剣《けん》という店員の男と連絡先を交換し、「後で電話する」と告げた。

粕谷を解放し、架川は光輔とセダンに戻った。セダンが目黒通りに戻るとすぐに、光輔は言った。

「無茶苦茶やるなあ」

「俺らはコロシの捜査をしてるんだ。細かいことを気にしていられるか」

前を向いて平然と、架川は返した。呆《あき》れて息をつき、光輔はさらに言った。

「でも確かに、マル暴のやり方ですね。目の前の小さな罪を見逃して、後ろに隠れてる犯罪組織を一網打《いちもうだ》尽《じん》にする」

「よく知ってるな」

感心したように言い、架川が振り返った。光輔はハンドルを握り、フロントガラスの向こうの街並みを眺めながら応《こた》えた。

「警察官になるのが子どもの頃からの夢だったし、勉強したんです」

「なら、おふくろさんの看病で兵庫県警を辞めた時は残念だったろうな……お前、当然『ポン刀《とう》』や『仁義《じんぎ》を切る』の意味はわかるよな？」

後半は探るようなニュアンスで、架川が問う。光輔は即答した。

「『ポン刀』は刃物、『仁義を切る』は捜査で他府県に行った時に地元の署に挨拶《あいさつ》に行くこと。どちらも、関西の警察でよく使われる隠語ですね」

「ああ」

架川が言い、光輔は満足して頷《うなず》いた。

「懐かしいなあ。でも、僕は僻地《へきち》ののどかな場所にある署にばかりいたから、隠語を使う機会はほとんどなかったんですよ」

ダメ押しのつもりで、笑顔で語る。しかし、架川は無言。引っかかりはしたが「大丈夫、完璧《かんぺき》だ」と胸の中で呟《つぶや》き、光輔はセダンを走らせ続けた。

18

夕方になり、架川は光輔と桜町中央署に戻った。

頭痛と吐き気は治まったがすっきりせず、架川は三階の休憩スペースの自販機で缶入りの冷たいブラックコーヒーを買った。ジャケットのポケットの中でスマホが鳴りだしたのは、缶の口を開けようとした時だった。取り出して画面を確認すると、「兵

庫県警　樋口勝典《ひぐちかつのり》」とあった。架川は画面のボタンをタップし、スマホを耳に当てた。

「よう。元気か？」

　懐かしさから頰が緩むのを感じながら、樋口に語りかける。

「それはこっちの台詞《せりふ》や。あんた、所轄に飛ばされたって聞いたけど、ほんまか？」

　初《しょ》っぱなからハイテンションの早口で、樋口は問い返した。樋口は架川より一つ年下の五十一歳。兵庫県警刑事部組織犯罪対策局の刑事で、階級は警部補だ。

「耳が早いな。ほんまだよ」

「なんやそれ。あんたは骨の髄《ずい》までマル暴やないか。警視庁のお偉いさんも、えげつないことしよるわ」

　架川の頭に、眉間《みけん》にシワを寄せて捲《まく》し立てる樋口のごつい顔と三分刈りの髪が浮かんだ。樋口とは鷲見組の捜査で神戸に出向いた際にコンビを組み、幾度となく酒を酌《く》み交わして修羅場もくぐった。ここしばらくは会っていなかったが、気遣いが嬉《うれ》しく、架川は笑って応えた。

「まあ、なんとかやるさ。マル暴に戻る目がない訳じゃないしな」

「ならええけど。あんたには世話になったし、できることがあったら何でも言うてや」

「わかった」

　そう返して通話を終えようとしたが、ある男の顔が頭をよぎった。スマホを顎《あご》の下に挟み、ワイシャツの袖《そで》を捲って腕時計を覗くと午後四時四十分。夕方の捜査会議までは、少し間がある。

架川は缶を傍らのベンチに置き、後ろの廊下を窺《うかが》った。職員たちが行き来しているが、休憩スペースに入って来る者はいない。

「身元照会を頼みたい男がいる」

抑えめの声で言い、奥の自販機の前に移動した。樋口が返す。

「お安い御用や。鷲見組の筋者《すじもの》か？　さもなきゃ、和粋会《わすいかい》の企業舎弟《しゃてい》やろ？」

和粋会とは神戸に本部を置く指定暴力団で、鷲見組とは犬猿の仲だ。架川は「そうじゃない」と答え、一拍置いてからこう告げた。

「蓮見光輔。兵庫県警に勤務していたんだが、三年前に退職した。最後の配属先は、佐々尾署だ」

樋口がふんふんと言いながらメモを取ったのがわかり、架川の胸に罪の意識がよぎった。しかし、光輔に対する違和感は確かなものだ。

午前中とさっきの二度、架川は兵庫県警時代について光輔に問うた。光輔の反応は、一度目はややうろたえ、二度目は立て板に水。その差もさることながら、二度ともあの目が笑っていない笑顔とセットだったのが引っかかる。

架川が必要事項を伝え終えると、樋口は「調べて連絡する」と言って電話を切った。

19

「で、これがその写真」

そう言って、光輔はビニールの防水ケースに入ったスマホを差し出した。架川がスマホを受け取り、光輔は首に掛けたタオルで顔の汗を拭《ぬぐ》った。ついでに壁の時計を見ると、午後三時前。ここは桜町中央署の最寄り駅の繁華街にあるサウナだ。広い部屋の壁際に上下二段の白木のベンチが設《しつら》えられ、壁と床も板張りだ。熱気が立ち込め、向かいの壁際にはサウナストーンを積み上げた鉄製のカゴもある。他に客はおらず、室内はがらんとしていた。

「撮影日時は、みちるの死亡推定時刻と一致するな。これがこいつらのアリバイで、古瀬が写っていないのは撮影者だからって言い分か。出来すぎで、逆に怪しいな」

防水ケース越しにスマホの画面を見て、架川はコメントした。画面には写真が表示され、写っているのは澄まして微笑む曽我貴子と、おどけてピースサインをかざす岡本靖美。下には、撮影日時も表示されている。この写真は岡本のスマホで撮影されたもので、二人がいるのも岡本の自宅のリビングだ。

「僕もそう思って曽我と岡本に話を聞いたんですが、『本当に二人でいた』『ウソをついてまで古瀬さんをかばう理由がない』と主張されました。それも逆に怪しいですけどね」

「ああ」

頷いて光輔にスマホを返し、架川もタオルで汗を拭った。二人とも腰にタオルを巻いただけの裸だが、架川の胸板は鎧《よろい》のように厚い。腹は引き締まり、上腕も発達した筋肉のラインが浮き上がって見える。加えて左脇腹には、痛々しい古い傷跡があった。

光輔もそれなりに鍛えてはいる。しかし架川の肉体からは、年季《ねんき》と踏んでいる場数の違いを感じさせられた。

光輔の視線に気づき、架川は怪《け》訝《げん》そうに見返した。

「なんだよ。しかしお前、生《なま》っ白《ちろ》いな」

途中からからかうような口調になり、片手で隣の光輔の腕をぱちんと叩《たた》いた。汗が飛び散り、光輔は「痛っ！」と声を上げて身を引き、自分の腕を見た。

「うわ。手形が付いてる……ていうか、なんでサウナなんですか？」

顔をしかめ、ここに来た時から抱いていた疑問をぶつけると架川は顎を上げ、豪快に笑った。

「昔からエスと会うのはサウナと決めてる。お互いに裸だから、短刀《ドス》やら拳銃《チャカ》やら持ち込めねえしな」

「ドスにチャカって。相手はドッグカフェの店員ですよ」

そう光輔が突っ込んだ直後、金属が軋《きし》む音がして正面のドアが開いた。外の冷気とともに、粕谷がサウナに入って来た。

「よう。こっちだ」

真顔に戻り架川が手招きをすると、粕谷は防水ケースに入ったスマホを手に近づいて来た。光輔以上に色白で、体も手脚も細い。こういう場所に馴染《なじ》みがないのかおどおどして、バスタオルを女のように胸まで巻いている。髪型と相まって、エノキダケのようだ。命じられるままに架川の隣に座り、粕谷は話を始めた。

ドッグカフェでエスに引き込まれたのが、五日前。その後粕谷は、架川に教えられた通りに仕事中にママ友たちの会話に耳を澄まし、柿島に「コテツちゃんの散歩を引き受けます」と申し出て話を聞き出した。その結果、古瀬は息子を巡るトラブルの少し前からお茶やランチには参加しなくなったこと、しかしみちるは古瀬が欠席した集まりの時ほど、彼女とメッセージアプリで頻繁にやり取りしていたことが判明。だがトラブルの後はそれも途絶え、みちるは古瀬のことを「一生許さない」と語っていたそうだ。

「一生？　子どものケンカでそこまで思うか？」

話を聞き終え、架川は疑問を呈した。汗で濡《ぬ》れた前髪を掻《か》き上げ、光輔は答えた。

「他に何かあるんでしょう。多分それは、古瀬が僕たちにウソの証言をした理由と同じです」

「その通り」

そう言ったのは、粕谷だ。振り向いた架川と光輔を見返し、誇らしげに小鼻を膨らませる。その鼻の下には汗が浮き、頬も赤くなっている。

「どういう意味だ？」

架川が問い、粕谷は答えた。

「息子を仲間はずれにされて我慢できなくなって、古瀬はみちるのママ友グループを抜けました。そんな古瀬に声をかけたのが、濱野《はまの》ななえです。ななえも子どもをさくらのまち幼稚園に通わせていて、別のママ友グループのリーダーです。古瀬は喜んでななえのグループに入りましたが、これにみちるはブチギレた。なぜかというと、みちるとななえのグループは前から立ち振る舞いや子どものしつけで対立していた上、古瀬はななえのグループに入る時に、曽我と岡本も連れて行っちゃったんです」

早口で、身振り手振りも交えて語る。五日前とは別人のようだ。脅されて始めた情報収集だが、もともと野次馬根性が旺盛《おうせい》なので夢中になったのだろう。こうなることを予想して粕谷をエスに選んだのなら、架川はさすがだ。感心しつつ、光輔は言った。

「なるほど。で、みちるの古瀬憎しは加速の一途を辿《たど》ったってことか」

「抗争に足抜けか……ほらみろ。やっぱり暴力団もママ友グループも同じじゃねえか！」

目を輝かせて騒ぎ、架川はまた光輔の腕を叩いた。痛みに耐えながらそれを無視し、光輔は身を乗り出して粕谷に訊《たず》ねた。

「今の話は確かなんですか？」

「はい。友だちが、ななえのグループが集まるカフェでバイトしてるんです。ちなみに、これがななえたち」

そう返し、粕谷はスマホを操作して光輔に画面を向けた。さらに身を乗り出して目をこらし、光輔は画面に表示された写真を覗《のぞ》いた。

古民家を改造したカフェらしき木造二階屋の前に、十人ほどの女と子どもが並んでいる。みちるたちのグループと同様、女たちの年齢は二十代から三十代と差があるが、髪型は揃って前髪をぱつんと切り揃えたボブで、身につけているのはたっぷりした作りのワンピースとナチュラル系だ。おまけに、女たちの前や横に立つ子どもたちも、似たような髪型と服装をしている。

「怖《こわ》っ！」

思わず声を上げ、光輔は身を引いた。室温は九十度ぐらいあるはずなのに鳥肌が立ち、光輔は胸の前で腕を交差させて二の腕をさすった。架川も写真を見て言った。

「古瀬のイメチェンは、新しいグループに馴染《なじ》むためか」

「イメチェン？」

言葉の意味がわからず、粕谷がぽかんとする。かろうじてわかった光輔は、

「そうですね。間違いない」

と頷《うなず》き、腕を下ろして改めて写真を見た。

ほどなくして粕谷を帰し、光輔と架川もサウナを出た。向かいの水風呂《みずぶろ》に行き、かけ湯で汗を流してから浸《つ》かる。自然に息が漏れ、声も出た。

「で、どうする？」

ベランダのデッキチェアに座りひとごこちつくと、架川が訊《き》いてきた。脚を伸ばし、くつろいでいる。その隣で、光輔は答えた。

「粕谷の話は、矢上さんに報告するとして……みちると古瀬に、複数のトラブルがあったのは確かです。でも所詮《しょせん》は状況証拠。古瀬を聴取しても、シラを切られればお終《しま》いでしょう」

「だろうな」

「僕は古瀬が欠席した集まりほど、みちると古瀬がメッセージをやり取りしていたというのが気になります。メッセージの履歴を取り寄せましょうか？」

「時間がかかりすぎる。今できることはねえのか？」

「う～ん。前にも言いましたけど、古瀬の家をガサ入れできればな」

そう返し、光輔は胸の前で腕を組んだ。すると架川は、

「わかった」

と言って立ち上がって歩きだした。

「えっ。ちょっと」

驚きうろたえながら、光輔も立ち上がった。

20

翌朝。架川は捜査会議が終わるとすぐに、桜町中央署の四階に向かった。廊下の奥に「刑事課鑑識係」のプレートが掲げられたドアを見つけ、ノックをせずに開けた。

部屋は広いが、薬品の入った棚や顕微鏡、パソコンの液晶ディスプレイが載った机などが縦横に並び、迷路のようだ。足音を響かせ、架川が狭い通路を進むと作業中の制服姿の鑑識係員が振り向き、不審そうな目で見た。今日の架川は臙脂《えんじ》色《いろ》のダブルスーツに黒いワイシャツ、ネクタイという出《い》で立ちだ。

奥の突き当たり近くまで行き、探していた後ろ姿を見つけた。黒く長い髪を頭の後

ろで無造作に束ね、背中を丸めて何やら作業中だ。

「仁科素子。やっぱりお前か」

そう声をかけると、仁科は机にかがみ込んだまま振り返った。メガネのレンズの奥にある小さな目は架川を見たが、無言。マスクをつけているので表情もわからない。構わず、架川は続けた。

「この間は無視されて、傷ついたぞ。あんまりじゃねえか」

「何の用ですか？」

ようやく仁科が口を開いた。見た目に反して、声質は澄んでしっとりしている。

「そう警戒するなよ。折り入って頼みたいことがある」

「パス」

即答し、仁科は顔を前に戻した。両手にゴム手袋、両腕に使い捨てのアームカバーを装着し、何かをつまんだピンセットと虫眼鏡を持っている。

相変わらず食えねえ女だな。心の中で舌打ちし、架川は作戦を変更した。仁科に一歩近づきつつ背中を向け、ジャケットのポケットからスマホを出して自分の顔の前に掲げる。

「なら仕方がねえな。あの時の写真を、ＳＮＳにアップ――」

とたんにゴム手袋の手が伸びてきて、架川の手をがっちりと押さえた。続いて斜め

後ろから仁科の、

「わかりました。だからやめて」

　という切羽詰まった声が聞こえた。

　手はずを整え、十五分ほどで鑑識係を出た。意気《いき》揚々《ようよう》と廊下を戻っていると、スマホが鳴った。

「俺や。このまえ頼まれた件やけど」

　架川が電話に出るなり、樋口勝典は話しだした。「ああ」と返し、架川は傍らの窓の前に行き、行き交う職員たちに背中を向けた。

「蓮見光輔っちゅう男は、確かにうちにおった。辞めた時期や理由もあんたが言った通りやけど、とくに問題はない。念のため、このあと資料を送るわ」

「わかった。どうもな」

「いつでもどうぞ。今度東京に行ったら、連絡するわ。積もる話をしようや」

　励ますように樋口が言い、架川は「わかった。じゃあな」と返して電話を切った。

　その後すぐにメールが送られてきた。添付されたファイルを開くと、光輔に関する兵庫県警の内部資料だった。架川は窓の前に立ち、その全てに目を通した。住所氏名の他、異動の記録と賞罰、預金・借金の額や恋人の有無までが記録された身上調査票は、樋口が言った通りとくに問題はない。強いて引っかかると言えば、光輔は兵庫県警でも刑事課にいたが、これといった功績を残していない点か。今のエース扱いとのギャップは大きいものの、環境が変わって才能が開花したのかもしれない。加えて、数枚添えられていた写真の光輔は、当然ながらいま架川がコンビを組んでいる男と同じ顔だ。

杞《き》憂《ゆう》だったか。俺のカンも当てにならなくなったな。心の中でぼやく一方、架川は安堵《あんど》を覚えてスマホをしまった。

21

一時間後。光輔は姫萩町一丁目にいた。通りの三十メートルほど先には、古瀬の家がある。

セダンの脇に立ち、光輔は落ち着かずに通りを見回した。と、環状八号線から銀色のセダンが入って来た。それが桜町中央署の車だと気づき、光輔ははっとする。

銀色のセダンは光輔のセダンの後ろに停まった。運転席に歩み寄り、開いている窓から車内の架川に問いかけた。

「何をするつもりですか?」

しかし、架川は無言。銀色のセダンのエンジンを切り、シートベルトを外している。朝の捜査会議の後、架川の姿がないなと思っていたら電話があり、ここで待つように命じられた。

光輔がさらに問いかけようとすると、銀色のセダンの助手席から誰かが降りた。顔を上げた光輔の目に、濃紺の制服を着てキャップをかぶった女が映る。

「仁科さん？　なんで」

言いかけて、光輔は架川がやろうとしていることに気づいた。銀色のセダンの後ろを通ってこちらに来た仁科は、手にジュラルミンケースを提げている。と、運転席から降りた架川は仁科を視線で促し、歩きだした。

「やめて下さい。まずいですよ」

焦りを覚え、光輔は二人を追った。しかし架川は無視して歩き続け、仁科も倣う。

あっという間に古瀬の家の前に着き、架川はレンガタイル貼りの門柱に取り付けられたインターフォンのボタンを押した。すぐにスピーカーから「はい」と古瀬の声がして、架川は「桜町中央署の架川です。用があって来ました」と告げた。古瀬は硬い声で「ちょっと待って下さい」と返し、インターフォンのマイクは切れた。

「この間のお詫《わ》びとか、僕が適当にごまかすからこのまま帰りましょう。令状なしのガサ入れなんてあり得ないし、矢上さんにも近づくなって言われたじゃないですか」

声を潜め、光輔は隣の架川に訴えた。しかし架川は古瀬の家を見上げ、表情を動かさずに、

「言い出したのはお前だ」

と返した。その隣の仁科は、我関《われかん》せずと言った様子でスマホを弄《いじ》っている。

「だからあれは、『できたらいいな。でも無理だよな』って意味で」

そう光輔が説明を始めると、門の奥でがちゃりと音がしてドアが開いた。顔を出した古瀬は怯《おび》え、警戒もしている様子だ。短い階段を下りて近づいて来る生成り色のワンピース姿の古瀬に、光輔は頭を下げた。

「突然すみません。今日は――」

「『調べて下さい』と言われたので、来ました」

架川が言った。その目はまっすぐ古瀬に向けられている。門の前に着いた古瀬の目が動き、架川、鑑識係の制服を着た仁科の順に見る。光輔はさらに焦り、アルミの門《もん》扉《ぴ》越しに古瀬に「違います。説明させて下さい」と訴えた。が、古瀬は強い目で架川を見て返した。

「わかりました。疑いが晴れるなら、やって下さい」

「えっ!?」

光輔が驚いている間に古瀬は門扉を開けた。表情は硬いが、動きに迷いはない。そ

のまま身を翻し、階段を上って玄関に戻った。門の中に進んだ架川が古瀬を追い、仁科も続く。仕方なく、光輔も門の中に入った。

古瀬がドアを開け、仁科が玄関に入った。狭い三和土《たたき》で両手にゴム手袋、両足にシューズカバーを装着し、ジュラルミンケースを提げて古瀬の案内で廊下に上がる。架川も続こうとしたので、光輔は腕を摑《つか》んで止めた。二人でドアの外のポーチに出る。

「無茶ですよ」

後ろを気にしながら小声で告げたが、架川は平然と応《こた》えた。

「言ったろ。俺たちは、コロシの捜査をしてるんだ。細かいことを気にするな」

「古瀬が被疑者《マルヒ》かもしれないからこそ、慎重にいかなきゃダメなんです」

そう訴えるなり、光輔は強い焦りと不安にかられた。思わず「ああ。もう台無しだ」とうめき、頭を抱えてしまう。すると、架川は言った。

「目先に囚《とら》われるな。ホシを挙げただけじゃ、事件を解決したことにはならねえ」

後頭部を殴られたような衝撃を覚え、光輔は隣を見た。架川は両手に白手袋をはめている。その動きはぎこちないが、架川の横顔は信念に溢《あふ》れ、眼差《まなざ》しに迷いがなかった。

ホシを挙げただけじゃ、事件を解決したことにはならない。言われた言葉を繰り返すと、光輔の頭に十年前の夜のシーンが蘇《よみがえ》った。同時に、何百回目になるのかわからない絶望と怒りも蘇り、最後に、このままで終わるものかという強い衝動が全身を貫《つらぬ》いた。

「そりゃそうだ」

気がつくと、そう呟《つぶや》いていた。「表の顔」の光輔なら絶対に発しない、醒《さ》めて尖《とが》った声に架川が振り向く。光輔はジャケットのポケットを探り、自分の白手袋を出して両手にはめた。

「古瀬がホシなら、このガサ入れで何か見逃せば必ず処分します。始めた以上は、完《かん》璧《ぺき》にやり遂げますよ」

きっぱりと告げて身を翻し、光輔は玄関に戻った。「わかった」と返し、架川が付いて来る。

架川に予備のシューズカバーをもらって装着し、二人で廊下に上がった。仁科は作業を始めていて、奥のリビングダイニングキッチンの入口に背中が見えた。廊下の隅にはシートが敷かれ、その上にジュラルミンケースが置かれている。

仁科は身を引くようにしてデジカメを構え、リビングダイニングキッチン全体が収まるようにしてシャッターを切った。全体から部分へ、外周から内部へが鑑識の基本だ。光輔は廊下の向かいに立つ古瀬に告げた。

「二階を調べたいので、立ち会って下さい」

古瀬が頷《うなず》いたのを確認し、架川に目配せをする。三人で廊下の途中にある階段を上がった。二階にも短い廊下があり、手前のドアが翔真の部屋で、奥が寝室だという。ドアを開け、三人で寝室に入った。広さは六畳ほどだ。

まずスマホで室内の写真を撮り、光輔がクローゼット、架川が出窓の下の棚と分担して調べた。光輔はクローゼットの中の服を取り出し、衣装ケースの引き出しを開けながら古瀬に「これは誰の物ですか？」「そっちには何が入っているんですか？」と訊《たず》ねた。

　事件当日みちるがこの家に来ていた場合、指紋などの痕跡《こんせき》が残るのはリビングダイニングキッチンのはずだが、古瀬が何か隠すなら寝室や洗面所など自分のスペースだ。だとしたら、質問に答える古瀬の表情と口調、目の動きも重要な手がかりになる。

　一時間ほどかけて調べたが光輔、架川ともこれといったものは見つけられず、続いて光輔は洗面所とトイレ、架川は翔真の部屋を捜索したが結果は同じだった。それでも諦《あきら》めずに一階に戻り、リビングダイニングキッチンと風呂場《ふろば》、庭も調べたが何も出て来なかった。

　午後二時。全て調べ終え、光輔と架川はリビングダイニングキッチンに戻った。

「お疲れ様です」

　愛想のない声で言い、仁科が振り返った。ソファの脇に移動させたジュラルミンケースに、デジタルカメラや梵天《ぼんてん》などの仕事道具をしまっている。架川は問うた。

「そっちの首尾は？」

「指紋や毛髪などは検出されました。詳しく調べてみないとわかりませんが、どれもみちるさんのものではなさそうです。つまり、収穫なし」

ぼそぼそと返し、仁科はジュラルミンケースの蓋《ふた》を閉めた。肩を落とし、架川は息をついた。

「ダメか」

「こうなるだろうと思ったけど……架川英児、五十二歳。成長しないまま老化するのか」

芝居がかった早口でそう呟き、くくく、と笑ったのは仁科だ。反応し、架川が顔を険しくする。

「おい。聞こえてるぞ」

仁科が肩をすくめ、光輔は架川をなだめた。仕事柄鑑識係の係員とは顔見知りで、仁科も愛想は悪いが腕はいいという印象だ。しかしこんな一面があったとは知らず、架川とどういう仲なのか見当もつかない。と、スリッパの音がして、古瀬が部屋に入って来た。

「終わりましたか？」

こちらを見て訊ねる。ずっと緊張と警戒を解かなかった古瀬だが、ガサ入れには協力的で不審な態度もなかった。振り向き、光輔は頭を下げた。

「はい。突然申し訳ありませんでした。ご協力に感謝します」

「じゃあ、もういいんですね？　これでわかってもらえましたよね？」

続けざまに問いかけ、光輔と架川を交互に見る。架川が黙ったままなので、光輔は「はい」と答えた。すると古瀬は顔を上げ、

「よかった～」

と笑い、重ねた両手を胸に当てた。緊張と警戒も一気に解けたのがわかる。しかし光輔は、その姿に違和感を覚えた。

ほっとしたんだろうけど、なんかわざとらしいっていうか、ウソ臭いな。こういう結果になるとわかってて、僕たちを招き入れたのか。そもそも、この家をガサ入れすることを望んだのは古瀬だ。

ふいに頭の中でスパークが起き、目がチカチカした。その直後、光輔の頭は猛スピードで回り始めた。

「もちろん、彼女がここに来たこともありません」、一週間前にこの部屋で聞いた古瀬の言葉が蘇る。続いて、「翔真は幼稚園で仲間はずれにされて」という震えた声も蘇り、今度は「それって、新見先生の？」と目を輝かせるママ友グループの女と、

「ただの噂ですよ。相手が誰もわからないし」と声を潜める柿島の顔が再生された。かと思いきや、集まりを欠席した古瀬とメッセージを交換するみちる、セレブ系とナチュラル系、それぞれの髪型とファッションで睨《にら》み合うママ友グループの女たちというイメージ映像も現れ、消えていく。

そして最後に光輔の頭に浮かんだのは、セダンの下にうずくまるコテツの姿と、「高いストレスを感じている証拠です」「犬には詳しいんです」という自分の声。コテツの顔はクローズアップされ、ぽん、と黒く丸い鼻にスポットが当たった。

「おい。どうした」

耳元の声で我に返ると、架川が光輔の肩に手を置き、顔を覗《のぞ》き込んでいた。光輔は仁科に向かって言った。

「すみません。調べて欲しい場所があります」

22

低くくぐもった仁科の声が、耳に届いた。何を言っているかはわからないが、恐らく光輔に対する文句か呪いの言葉だ。しかし光輔は構わず、身をかがめて傍らのソファを見つめた。隣には腕組みをした架川がいて、少し離れたドアの脇には古瀬も立っている。

と、ごん、という音がしてフローリングの床にかすかな振動が伝わった。同時に、

「痛っ！」

という声が上がり、仁科の丸みを帯びた体が揺れた。古瀬家のソファの前に腹ばいになり、ソファの木製のフレームと床の間の十センチほどのスペースに、両腕を潜り込ませて作業している。ソファの脚の脇には、指紋採取用の梵天とアルミパウダーの缶が置かれていた。

「そろそろ翔真のお迎えの時間なんですけど」

壁の時計を見ながら、古瀬が進み出て来た。さっきまでとは違い、露骨に迷惑そうだ。

「すみません。もうちょっとだけ」

光輔がそう返した直後、衣擦《きぬず》れの音とともに仁科が体を起こした。はっとして振り返った光輔に、仁科が手にした何かを差し出す。受け取って見ると、黒く四角い保存シートに挟まれた指紋採取テープだ。

光輔は、幅五センチほどの指紋採取テープを覗いた。その中央に、縦長で左右がくびれた、白く小さなシミのようなものが付着している。シミ全体にひび割れのような模様が入っているのを確認し、光輔の胸は大きく鳴った。

「なんだこりゃ」

脇から指紋採取テープを覗き、架川が言う。光輔は振り向いて答えようとしたが、それより早く仁科が言った。

「鼻紋《びもん》です。動物の鼻のシワ。人間の指紋同様、終生不変《しゅうせいふへん》にして万人不同《ばんじんふどう》。つまり一生変わらず、同じものは二つとしてありません」

これまでとは別人のような、明るくはきはきとした口調。視線もこちらに向いている。顎《あご》の脇が赤くなっているのは、さっき床にぶつけたのだろう。

「動物？　何の？」

「牛が有名ですけど、鼻紋は犬や猫にもあって、これは多分小型犬。ソファのフレームの裏側に付着していました」

「この家に犬はいねえよな。じゃあ」

言いかけて、架川が黙る。今度は先を越されまいと、光輔は素早く告げた。

「コテツのものでしょう」

架川は古瀬を振り向き、光輔も倣った。小さな目を見開いてこちらを見ている古瀬に向かい、光輔は言った。

「しかしあなたは僕たちに、みちるさんは『ここに来たこともありません』と言った。矛盾しますね。なぜですか？」

古瀬は何も答えられない。構わず、光輔は話を始めた。

「事件当日、みちるさんは車にコテツを乗せてここに来たんじゃないですか？　コテツはソファの下に隠れ、みちるさんはあなたを『不倫の手助けをしてやったのに、仲間まで連れて濱野ななえのグループに移った』となじった」

「違います。言いがかりだわ」

そう言って古瀬は首を横に振ったが、光輔は先を続けた。

「あなたはみちるさんに『ママ友グループの集まりに出ていたことにして欲しい』と頼み、新見先生と会っていましたね。それと色違いのエプロンを、新見先生も使っていましたよ」

光輔は手を伸ばし、キッチンのカウンターを指した。そこには一週間前に来た時と同じように、エプロンが畳んで載せられている。眉《まゆ》をひそめて理不尽そうに、古瀬は返した。

「偶然でしょう。そこら中で売っているものだし」

「確かに」と頷《うなず》いてから、光輔は話を元に戻した。

「アリバイづくりの協力をしたので、みちるさんのスマホには、あなたの不倫の証拠が残っている。怒ったみちるさんは、その証拠をママ友グループ全員に流そうとしたんじゃないですか？　あなたは阻止しようとして揉《も》み合いになり、みちるさんは転倒。

恐らくテーブルかカウンターの角で後頭部を強打して亡くなった。焦ったあなたは新見先生を呼び、二人でみちるさんの遺体とコテツを彼女の車に乗せ、河原に運んだ。その後ここに戻って指紋や毛髪などを掃除したんだと思いますが、犬の鼻紋のことは知らなかったんですね」

一気に語り、光輔は口を閉じた。架川と仁科は啞然《あぜん》。一方古瀬は妙に醒《さ》めた目で光輔を見返し、こう言った。

「全部あなたの推測ですよね？」

光輔は「そうです」と答え、こう続けた。

「でも鼻紋も新見先生のアリバイも、調べれば明らかになります。それに、あなたのアリバイも。曽我さんと岡本さんには、『不倫がバレる』と説明して一緒にいたことにしてもらったんでしょう？　実は不倫じゃなく殺人だと知れば、二人があなたをかばい続けるかどうか」

たちまち、古瀬の顔色が変わった。今だ。そう判断し、光輔は強い眼差《まなざ》しと柔らかな口調で告げた。

「古瀬さん。推測が証拠に変わる前に、全てを話して下さい。そうすれば、あなたができるだけ早く翔真くんのところに戻れるよう、力になれる」

固まったように光輔を見ていた古瀬だったが、小さな目はみるみる潤み、ぶわっと涙が溢《あふ》れた。俯《うつむ》いて涙を拭《ぬぐ》い、震える声で言った。

「蓮見さんの言った通りです」


仁科に古瀬の付き添いを頼み、光輔は玄関ポーチに出て矢上に電話をした。いきさつを聞いた矢上は驚き、怒ろうともしたが「とにかく、みんなとそっちに行く」と言って電話を切った。スマホをポケットにしまったとたん、光輔の口からはため息が漏れ、肩の力も抜けた。

「おう」

と片手を上げ、架川も玄関ポーチに出て来た。振り返った光輔に、こう続けた。

「古瀬がホシだろうとは思っていたが、ここで殺害していたとはな。なんでわかった？」

「このガサ入れですよ。何かを隠し、ごまかそうとしている人間ほど自分を調べさせようとします。一刻も早く疑われていない、逃げ切れたという確信を得たいからでしょう」

思ったままを答えると、架川は「さすがはエース刑事だな」と笑った。光輔は眉根《まゆね》を寄せ、

「非公式のガサ入れじゃ鼻紋を見つけても証拠として使えないし、自白《ゲロ》させるしかな

いから必死でしたよ」

と返した。それを聞いた架川はしたり顔で顎を上げ、言い放った。

「なんだ。じゃあ、俺の無茶のお陰じゃねえか」

「はい⁉」

心底呆《あき》れ、光輔は声を大きくした。が、「文句あるのか？」と架川に睨《にら》まれたので、

「ないっす」と答え、またため息をついた。

23

セダンを降りた架川は、フェンス沿いにずらりと並んだ自転車に気づいた。どの自転車もチャイルドシートを装着しており、電動アシスト機付きのものも多い。光輔の後からさくらのまち幼稚園の庭に入ると、園児と迎えに来た母親たちで賑《にぎ》やかだった。光輔が教諭に訪問の趣旨を告げ、その間に架川は庭を進んだ。鉄棒《てつぼう》の脇で足を止め、左右を見回した。追い付いた光輔も視線を巡らせる。

「柿島さんはどこでしょうね」

エプロン姿の教諭が見守る中、黄色いバッグを斜めがけにした園児たちが歓声を上げて走り回り、その傍らに立つ母親たちは複数のグループに分かれて話している。と、

「ホント、びっくりよね」という聞き覚えのある声が聞こえ、架川は視線を動かした。

前方にこちらに横顔を向けて立つ、白いブラウスに黒いパンツ姿の柿島がいた。それを取り囲むようにして、早川や細沼ほかママ友グループの女たちが立っている。

架川は顎で柿島たちを指し、言った。

「案の定、柿島がみちるの跡目《あとめ》を継いだようだな」

「跡目って……あっちには、濱野ななえたちもいますよ」

潜めた声で返し、光輔は柿島たちから数メートル距離を置いて立つ女たちを指した。十人ほどのグループだが、ダボダボなワンピースやパンツ姿で、おかっぱ頭をしている。その真ん中で笑っている小柄で色黒な女が、ななえだ。

「こうやって顔を揃えているのを見ると……やっぱり怖いな」

怯《おび》えたように呟《つぶや》き、光輔は腕に抱えたプラスチック製のペットキャリーを揺すり上げた。

古瀬の自宅をガサ入れしてから、五日。あのあと古瀬は罪を認め、取り調べにも素直に応じている。一方新見は、「僕は『救急車を呼ぼう』と説得した」「無理矢理手伝わされただけ」と主張しているが、罪に問われるのは避けられない。

「さっさと用を済ませて帰るぞ」

光輔を促し歩きだそうとした架川の耳に、また柿島の声が聞こえた。

「でね、見つかったみちるさんのスマホには、古瀬さんと新見先生の密会写真も入ってたんですって。見張って撮影したのよ。陸久くんと翔真くんのトラブルの時もそうだったけど、すごい執念《しゅうねん》よね」

ママ友たちの顔を見回し、捲《まく》し立てる。

「できることはないかって、みんなに声をかけたんです」なんて言っていたが、自分が頭立《かしらだ》ったとたん、先代の悪口か。架川が呆れ、腹立たしさも覚えていると、今度は細沼が口を開いた。

「私は新見先生が許せない。古瀬さんと不倫してただけじゃなく、共犯だったなんて。子どもにどう説明しろって言うのよ」

「わかるけど、私はショック。新見ファンだったから」

別の女も言い、大袈裟《おおげさ》に眉根を寄せて見せる。「わかる」「私も」と他の女たちが頷き、柿島はさらに続けた。

「でも、みちるさんが怒るのは当然よ。さんざん助けてあげたのに裏切るなんて。だけど一番悪いのは、古瀬さんをそそのかして仲間に引き込んだ人よね」

最後のワンフレーズは声を大きくして言い、横目で数メートル先の女たちを見る。

たちまち、ななえが眉を吊《つ》り上げて応戦した。

「ひど～い。誰かさんたちの中に一人でも手を差し伸べる人がいれば、古瀬さんはあんなことしなかったと思うんだけど」

「うんうん」

「だよね〜」

　すかさず仲間たちも同調し、柿島に尖《とが》った目を向ける。それに反応して細沼や早川たちが顔を険しくし、二つのグループの間には火花が散った。

　我慢の限界を超え、架川は歩きだした。「ちょっと。架川さん」と騒ぐ光輔を無視し、二つのグループの間に立つ。と、振り返った女たちはぴたりとお喋《しゃべ》りをやめた。

「あんたら、まだそんなことを言っているのか」

　サングラスを外しながら、架川は低い声で告げた。「誰?」「刑事さんよ」「えっ、あんな格好で?」と二つのグループの女たちがざわめく。が、架川が睨みを利かせると、女たちは口をつぐんだ。睨みを利かせたまま、架川は続けた。

「どっちが悪いかじゃねえ。そうやって徒党《ととう》を組まなきゃ何もできねえのが、最大の悪なんだ。言いたいことがあるなら、横じゃなく前を向いて言え。人に頼るな。巻き込むな。子どももペットも、あんたらの駒《こま》やおもちゃじゃねえ。いま目を覚まさねえと、また誰かが傷つくことになるぞ」

　一気に言い、左右を見た。女たちは無言。俯《うつむ》いたり、そっぽを向いて髪の乱れを整えたりしている。

痛いところを突かれ、ばつが悪いか。そう思うと気が済み、架川は身を翻した。呆《あっ》気《け》に取られている光輔の脇を抜け、スラックスのポケットに手を突っ込んで歩きだした。

「柿島さん。鑑識の作業が終わったので、コテツを返しに来ました」

後ろで光輔の声がした。

「コテツはあなたが引き取るそうですね。愛情を持って世話をすれば、きっとなついてくれるはずです。みちるさんの分まで、かわいがってやって下さい」

そう続け、光輔がペットキャリーを差し出す気配があった。一瞬の沈黙の後、柿島は、

「はい！」

と応えた。架川がちらりと振り返ると、笑顔でコテツの入ったペットキャリーを抱きしめる柿島と、それを囲むママ友たちの姿があった。ななえたちのグループも、表情を少し和らげて柿島たちを見ている。

「犬と仲よくなるには、コツがあるんです。まず、目の高さを同じにして」

女たちの様子に安心したのか、光輔は調子よく話しだした。その声を聞きながら、架川は来た道を戻った。

門の手前まで来て、傍らのベンチが目に入った。そこにはぽつんと、水色のポロシ

ャツにベージュのパンツ姿の古瀬翔真が座っていた。

「どうした？」

歩み寄って声をかけると、翔真は顔を上げた。後ろの園舎の玄関を指して言う。

「パパが園長先生と話してるから、待ってる」

「そうか。俺を覚えてるか？」

「陸久くんの絵を見てたおじさん」

架川を見上げ、翔真は淡々と答えた。「そうだ」と頷《うなず》き、架川はさらに言った。

「お前、引っ越すんだって？」

「うん。ママが悪いことをしたから、お家《うち》にいられないんだって」

「お前は、悪いことをしたママが嫌いになったか？」

小さく丸い顔を見下ろし、架川は問うた。ふるふると、翔真は迷わず首を横に振った。微笑み、架川は告げた。

「じゃあ、それでいい。言ったろ？　好きなら好きなままでいいんだ」

「うん！」

ぱっと顔を輝かせて返し、翔真も笑った。

翔真は大丈夫だ。これからの暮らしは平坦《へいたん》ではないだろうが、一番大切なことをわかっている。そう確信し、架川は「じゃあな」と言ってその場を離れた。

セダンの前で光輔を待つつもりで、架川は幼稚園を出た。通りを歩きだしてすぐ、ジャケットのポケットでスマホが鳴った。取り出して見ると、兵庫県警の樋口からメールが届いていた。文面は「この前の身元照会の件。佐々尾署は市町村の合併で廃止され、署員の大半は退職してる。資料もほとんど残っていないが、偶然こんなものが見つかったから追加で送る」というものだった。

律儀なやつだと感心しながら、架川は立ち止まって通りの端に寄り、メールに添付されていたファイルを開いた。

それは五、六枚の写真で、廃止される前の佐々尾署のスナップだった。一枚目は、山に囲まれた小さな署屋の前で撮られた署員たちの集合写真。二十人ほどで、そのほとんどが年配者だ。二十代と思《おぼ》しき署員も数名いたが、光輔ではない。撮影データの時期からすると、光輔の在職中のはずなので訝《いぶか》しく思い、架川は他の写真を見た。署内での勤務中や、何かのイベントの時に撮影されたもので、署員たちは和気《わき》藹々《あいあい》として楽しそうだが光輔の姿はなかった。

どういうことだ？　架川の訝しさは増した。と、写真を見ていた架川の手が止まった。

写っているのは集合写真にもいた光輔と同世代の、これといった特徴のない地味な顔立ちの男。何かの式典だったのか、制服を着て首から紐付《ひもつ》きのＩＤカードを下げている。ＩＤカードには、男の顔写真と氏名、所属部署、階級などが印刷されているのがわかった。

「まさかな」

鼓動が速まるのを感じながら、架川はスマホの画面の上で指を動かし、ＩＤカードを拡大した。

「蓮見光輔」、男のＩＤカードにはそう記されていた。

24

矢上は制服のポケットからカギを出し、保管庫の扉を解錠した。矢上が扉を開けると、中にずらりと並んだ拳銃《けんじゅう》が現れた。

「どうぞ」

と言って矢上が身を引いたので、光輔は会釈をして棚の前に行った。拳銃は銃口を保管庫の壁に向けて、ラックに収められている。光輔はラックの下に自分の名札があるのを確認してから、拳銃を取り出して腰の帯革《たいかく》のホルスターに収めた。続いて隣の弾《たま》保管庫に行き、矢上にカギを開けてもらい銃弾を取り出した。

二人で保管庫室を出ると、光輔はドアに施錠している矢上に頭を下げた。

「ありがとうございました」

「いやいや。手入れなら大歓迎。どんどんやって」

カギをポケットにしまい、矢上が笑う。ここは刑事課の部屋の一角で、並んだ机には五、六人の刑事が着き、パソコンに向かったり書類を読んだりしている。

勤務中に拳銃を携帯している警察官は、交番勤務など、制服を着用したいわゆる「おまわりさん」だけだ。刑事が拳銃を携帯するのは、捜査上危険が伴うと上官が判断した時のみ。拳銃は警察署内の保管庫で厳重に管理され、手入れなどのために持ち出す場合も上官の許可が必要だ。

矢上はさらに言った。

「しかし、蓮見くんは働き者だね。松原みちるのヤマを解決したばっかりじゃない。今回も大活躍だったね」

「無茶な地取りやガサ入れで、課長に迷惑をかけてしまいました。申し訳ありません」

「いいって。そりゃ、一時はどうなるかと思ったけど……そうそう。今さらなんだけど、架川くんの歓迎会をやろう。今回のヤマ。蓮見くんの推理はさることながら、架川くんもいいパスを出したんでしょ？　きみたち、案外名コンビかもよ」

喜色満面《きしよくまんめん》で言い、矢上は光輔の肩を叩《たた》いた。「問題を起こさせないで」と訴えた時とは別人のようだ。署長からお褒《ほ》めの言葉でも頂戴《ちょうだい》したのだろう。

「だといいんですが」

笑みとともに返し、光輔は一礼して歩きだした。刑事課を出て廊下を進み、階段で一階に下りた。平日の昼前だが、一階の廊下は署員と市民で混み合っていた。

「蓮見さん。いいところに」

歩きだして間もなく呼び止められ、光輔は振り返った。傍らには警務課の部屋があり、ドアが開け放たれた出入口の前に米光と須藤、倉間の三人組が立っている。

「どうしました？」

厄介なのに捕まったと心の中で顔をしかめつつ、笑顔で訊《たず》ねた。

「訊《き》きたいことがあるの。架川さんがうちに飛ばされた理由は、暴力団の幹部の娘にストーキングされたからって噂、本当？」

そう捲《まく》し立てたのは、須藤だ。倉間も言う。

「もう一つ。架川さんは肩に桜吹雪《ふぶき》の入れ墨《ずみ》を入れてるって噂もあるんだけど、これはさすがにガセよねえ」

「知りませんよ」

光輔はうんざりして、視線を泳がせた。と、三人組の肩越しに警務課の部屋が目に入り、机に着いた署員の中に知った顔を見つけた。若井美波巡査部長だ。

気配に気づいたのか、若井は読んでいた書類から顔を上げた。二人の視線が合い、光輔は会釈をした。会釈を返した若井は、無表情。すぐに書類に視線を戻した。そう言えばあの人も、架川さんと同じ日に異動して来たんだよな。光輔がそう思い出したとたん、

「若井さんですか。美人ですよね」

と米光が囁《ささや》いてきた。光輔が視線を戻すと、三人組も振り返って若井を見ている。

「しかも、エリート。ずっと本庁の警務部にいて、何かの研修でうちに来たみたい」

「でもツンケンしてるし、性格キツそうじゃない？」

「そこがいいんじゃないですか。『ドSっぽいところがそそる』って、早くも男性署員にファン急増中ですよ」

掛け合いが始まったので、光輔は「急いでるので」と告げて歩きだした。

突き当たりまで行き、玄関から外に出た。署屋の脇を抜けて裏に廻《まわ》る。平屋の倉庫が何棟か並び、署屋との間に狭い通路がある。その奥に、架川のダークグレーのダブルスーツの背中が見えた。通路は薄暗くじめじめとして、他に人影はない。

三日前にさくらのまち幼稚園に行ってから、架川はあまり喋《しゃべ》らなくなった。そして少し前に、「話がある」とここに呼び出された。嫌な予感がして、手入れという口実で拳銃を携帯した。架川の背中が大きく厚い、自分を阻む壁のように思え、光輔の嫌

な予感はさらに強まった。それでも笑顔を作り、

「架川さん」

と呼びかけた。架川が振り向いたので、「すみません。遅くなりました」と言って駆け寄る。

「話って何ですか？」

光輔が問いかけると、架川はスラックスのポケットから手を出し、無言で脇の下に挟んでいた封筒を差し出した。受け取って封筒を開け、中身を取り出すと数枚の書類と写真だった。どれも兵庫県警時代の光輔の資料と写真だが、その中に一枚、自分とは違う、地味な顔立ちの男の写真があった。どくん、と光輔の胸が鳴り、全身が強《こわ》ばった。それでも笑顔を保ち、架川に訊ねた。

「何ですか、これ？」

光輔をまっすぐに見て、架川は答えた。

「ありとあらゆるコネと圧力を使って、掻《か》き集めた。兵庫県警に残ってる蓮見光輔の写真は、全てお前のものだ。だが、元佐々尾署の署員を捜し出して確認したところ、そっちの地味顔の男こそが蓮見光輔だと断言した。お前は何者だ？　何の目的で蓮見になりすましてる？」

そう問いかけながら架川も緊張し、威圧感が増していくのがわかった。笑いながら

困り顔を作り、光輔は答えた。

「なりすましって、勘弁して下さいよ。元佐々尾署の署員って誰ですか？　お年寄りでしょう？　記憶も曖昧《あいまい》だろうし、真《ま》に受けるなんて」

「それだけじゃない」、低く強い声で架川が言い、光輔は口をつぐんだ。自然と真顔に戻り、目をそらさずに架川を見返した。

「地味顔の蓮見光輔は、三年前に退職届を提出して佐々尾署を出たあと行方不明になり、行方不明者届も出ていない。どういうことだ？　まさかお前が――」

「違う！」

気がつくと、光輔は叫んでいた。ダメだ、落ち着けと頭では思うのに、口が勝手に動く。

「僕は罪のない人を傷つけたりしない。蓮見光輔さんには何もしていないし、会ったこともありません」

「じゃあ、お前は誰だ？」

そう問いかけるなり、架川は右手を素早く後ろに回してジャケットの裾《すそ》を捲り、帯革のホルスターを探る。反射的に、光輔も手にしたものを捨てて同じ動作を取る。

数秒後。架川と光輔は、握った拳銃《けんじゅう》の銃口を互いの顔に向け合っていた。沈黙が流れ、場の空気が張り詰める。

「質問に答えろ。お前は誰だ？」

拳銃の撃鉄《げきてつ》を起こし、先に架川が口を開いた。光輔も倣いながら、二人の距離を測った。

距離は約五十センチ。リーチの長い架川は右肘《みぎひじ》を軽く曲げているのに、銃口は光輔の目の前にある。一方光輔はぴんと伸ばした腕を上げ、十センチほど背が高い架川の鼻に銃口を向けている。その体勢の差が余裕の差のように感じられ、光輔の胸に焦りが湧いた。

シラを切り通すのは無理だ。そう悟り、「プランB」に方向転換した。

「十年前に長野で起きた事件を覚えていませんか？　県警の刑事が、女性を殺害した容疑で逮捕されました。刑事は無実を主張しましたが、裁判で懲役《ちょうえき》十八年を言い渡された。僕はその刑事、梶間優人の息子の直人です」

「なに!?」

驚いた架川だったが、眉《まゆ》を数ミリ動かしただけで銃口はぴくりとも動かない。光輔は続けた。

「僕は父を尊敬していて、自分も刑事になるのが夢でした。事件でその夢は絶たれたけど、僕の父への気持ちは変わらないし、無実を信じています。だから二年前に警視庁が再採用で職員を募集していると知って、条件に合う蓮見光輔さんという存在を探し出し、彼になりすまして採用試験を受けたんです」

「長野の事件なら覚えてる。お前、あの刑事の息子だったのか。だが、どうやってなりすませる人間を見つけた？　なぜ長野県警ではなく警視庁なんだ？」

「方法は言えません。言えば、架川さんの身にも危険が及ぶ。父の事件には本庁の上層部が関わっていると言えば、わかるでしょう？」

　そう問い返すと、架川は口を閉ざした。すかさず、光輔は言った。

「所轄署に勤務しながら情報を集め、事件の真相を明らかにしたいんです。父は殺人を犯すような人間じゃないし、犯人は別にいる。それを僕が証明してみせます」

「バカを言うな。そんな――」

「架川さん。僕にはやらなきゃならないことがあるんです！」

　計画通りの発言だったが、光輔は架川にすがるような気持ちになっているのに気づいた。同時に自分が背負っているものの重さを感じ、胸が押しつぶされそうになる。

　手がわずかに震えているのに気づき、光輔は拳銃のグリップを握り直した。架川は無言。眼差《まなざ》しは揺れず、胸の内も読めない。ものすごい気迫と威圧感だ。

　光輔の焦りと緊張感がピークになり、頭に十年前の夜のシーンが蘇《よみがえ》った。小百合の悲鳴のような声とムギの鳴き声が重なり合って響いた時、向かいでため息の音がした。

　はっとして見ると、架川は拳銃を下ろしホルスターに戻している。

「やらなきゃならないことがあるのは、俺も同じだ」

目を伏せてぼそりと、架川は言った。自分も拳銃を下ろしはしたが混乱し、光輔は言葉が出て来ない。すると、架川は光輔に向き直ってこう言った。

「取りあえず見逃す」

「えっ⁉」

光輔が声を上げると、架川は強い口調で告げた。

「その代わり、俺の点数稼《かせ》ぎに協力しろ。マル暴に復帰するためには、所轄の刑事課で結果を出さなきゃならねえ。俺のマル暴仕込みの捜査と、お前の推理力がありゃ、どんな事件も解決できる」

啞然《あぜん》とした光輔だったが、閃《ひらめ》くものがあった。すぐに頭が回転し、閃きを計画に変える。「プランC」だ。そう確信し、光輔は拳銃をホルスターに収めて架川を見た。

「わかりました。やりましょう」

「本当だな？　バレたらお互い一巻の終わりだぞ。覚悟しろよ」

「覚悟なら、とっくにできてます」

そう言い返し、光輔も強い眼差しで架川を見た。鼻を鳴らし、架川は言った。

「いい面構《つらがま》えだ。お前、いつもの能面《のうめん》みてぇな笑顔より、そっちの方がいいぞ」

そして顎《あご》を上げて両手をスラックスのポケットに突っ込み、足を投げ出すようにして歩きだした。光輔は自分の脇を抜け、通路を進んで行くダブルスーツの背中を見つめた。

あんたのマル暴デカの経験と人脈が、俺の計画には必要だ。あんたが俺を利用するつもりなら、俺もあんたを利用してやる。心の中でそう誓うと闘志も湧いた。

「何やってんだ。行くぞ」

振り向いた架川に促され、光輔は「はい！」と笑顔で応《こた》えた。地面に散らばった資料を拾い、小走りで架川の後を追った。

25

署屋の裏から、架川英児が姿を現した。若井美波はその姿をコンパクトデジタルカメラで捕らえ、素早くシャッターを切った。
と、架川に続いて蓮見光輔も出て来た。若井はコンパクトデジタルカメラのレンズをズームさせ、光輔の顔をアップにしてシャッターを切った。室内に、ジジッというシャッター音が流れる。ここは桜町中央署の二階にある小部屋で、壁際のキャビネットと棚にはファイルや封筒がぎっしり詰め込まれている。資料室と名前は付いているがほぼ物置なので、他に人気《ひとけ》はない。

光輔が架川に追い付き、二人は並んで署屋の脇の通路を玄関方面に歩いた。光輔が笑顔で何か言い、それに仏頂面の架川が応える。ふと、引っかかるものを感じて若井は液晶画面から顔を上げた。

コンビを組んでひと月足らずのはずなのに、雰囲気が親密過ぎる。まさか。そう思い、若井が窓ガラスの向こうの二人を凝視した時、制服のポケットの中でスマホが振動した。若井はコンパクトデジタルカメラをポケットにしまい、スマホを出して耳に当てた。

「若井です」

するとすぐに電話の相手が話しだしたので、若井は「ええ」「はい」と無表情に相づちを打った。そして、

「ターゲットと接触しました。必ずしっぽを捕まえてみせます」

と告げて電話を切った。

スマホをポケットに戻し視線を眼下に向けると、通路を遠ざかって行く架川と光輔の後ろ姿が見えた。それを冷ややかに一瞥《いちべつ》し、若井は窓を離れた。ドアを開けて廊下に出るとまっすぐ前を見て、パンプスのヒールの音を響かせ階段に向かった。

第二話　ミッドデイラン

1

手のひらを上に向けて差し出すと、雨は止んでいた。蓮見光輔は傘を畳み、ポケットからスマホを出した。リダイヤルボタンをタップし、電話をかける。しかし呼び出し音が鳴り始めてすぐ、留守番メッセージに切り替わった。

またかよ。光輔は心の中で舌打ちし、スマホをポケットにしまった。目的地に着いたので足を止め、ガラスの引き戸を開けた。

「あら。いらっしゃい」

明るい声がして、布巾《ふきん》でテーブルを拭《ふ》いていた年配の女が振り返った。白い調理衣を着て、頭にも白い三角巾を着けている。引き戸の前に立ち、光輔は問うた。

「おばちゃん、ごめん。食事に来たんじゃないんだ。桜町中央署の架川さん来なかった？」

ここは桜町中央署にほど近い商店街の定食店だ。間口が狭く奥行きのある店内は壁際に木製のテーブルと椅子が並び、通路を挟んだ反対側にカウンター席と厨房《ちゅうぼう》がある。

板張りの壁には、「アジフライ定食　８００円」「レバニラ定食　６８０円」等々のメニューが書かれた黄色い短冊《たんざく》が貼り付けられている。午後二時を回り、店内に客の姿はない。小太りの体を起こし、年配の女は答えた。

「さっき来たわよ。いつも通り、焼き魚定食を食べてった。ご飯は大盛りね」

「わかった。ありがとう」

早口で返し、光輔は引き戸を閉めた。前に向き直り、黒い傘を手に小走りで駆けだす。自転車のチャイルドシートに子どもを乗せた主婦や、ショッピングカートを引いた高齢者の間を縫って進んでいると、声をかけられた。

「刑事さん。どうしたの？」

振り向いた光輔の目に、傍らの店の前に立つ小柄な中年男が映った。中高年向けの洋品店で、男の両脇にはブラウスやスカートがかかったハンガーラックが置かれている。

「どうも。ちょっと人捜しを」

確かこの人は、ここの商店会長だ。記憶を辿《たど》りつつ笑顔を作り、光輔は会釈した。中年男は不自然なほど真っ黒な髪をオールバックに撫《な》でつけ、派手な編み込み模様が入ったサマーニットのセーターに、黒いスラックスという格好《かっこう》だ。

「人捜しって、架川さん？　だったらちょっと前に会ったよ」

「本当ですか？」

光輔が訊《たず》ねると中年男は、「うん。ほらこれ」と言って手にした大きな紙を差し出した。写真が印刷され、写っているのは骨をくわえた犬の顔のイラストが背中にデカデカと入った、半袖《はんそで》の白いジャージを着た男。首を捻《ひね》り、カメラ目線で鋭い眼光を放っている男の顔は、紛れもなく桜町中央署刑事課の架川英児警部補のものだ。

「何ですか、これ」

「モデルをやってもらってるんだよ。ほらあれ」

男は言い、後ろを指した。つられて、光輔も視線を動かす。

そこにはショーウィンドウがあり、ガラスの内側に四、五枚の紙が貼り付けられていた。手前の一枚はピンクの色紙に手書きの文字で、「夏物おしゃれコレクション入荷しました！」と記され、他は写真だ。被写体は全て架川で、牙《きば》を剝《む》く虎《とら》の顔の特大イラストが胸に描かれたシャツを着たもの、前身頃の左右に猪《いのしし》や鹿《しか》など花札の絵柄が並んだアロハシャツを着たもの等々、「その筋」感溢《あふ》れるアイテムを着てポーズを取り、こちらに睨《にら》みを利かせている。写真を啞然《あぜん》と眺める光輔の耳に、中年男の弾んだ声が響く。

「大助かりでさ。『これを着せたら、うちの旦那《だんな》も男っぷりが上がりそう』っておばちゃんたちに評判……もちろん、お金は払ってないよ。ボランティアでやってくれてるから」

「そういう問題じゃ——で、架川さんはどこですか？」

我に返り、光輔は問うた。中年男は「さあ」と首を傾げてから言った。

「でもあの人、モテモテだよ。昨夜は『スナック樹庭夢《ジュテーム》』のママと歩いてるのを見たし、その前は『ニューハーフパブ　GRIM』のお姉さん方と、朝まで盛り上がったって話だし」

「はあ」

ニューハーフパブのお姉さん方は知らないけど、スナック樹庭夢のママって、確か八十歳近いよな。架川さん、何やってんだ。スナック樹庭夢はここから少し離れた飲み屋街にあり、光輔も署の飲み会で一度連れて行かれた。場末感溢れる店内と、でっぷり太ったママの姿が頭に蘇《よみがえ》り、ため息が漏れた。それでも中年男に礼を言い、また通りを走りだした。

架川が本庁の組織犯罪対策部《そたい》から桜町中央署の刑事課に異動して来て、二カ月。見た目とオーラのせいで浮きまくってはいるものの、それなりに新しい職場とこの街に慣れた様子だ。しかし架川はちょっと目を離すといなくなり、連絡が付かなくなる。お陰で相棒の光輔は、度々架川の分まで書類仕事をこなし、行方を追うはめになった。

三百メートルほどある商店街を抜ける頃には、体に汗が滲《にじ》んだ。光輔はスーツのジャケットを脱ぎ、傘を持った手の前腕に掛けた。七月に入り、気温三十度に迫る日が続いている。今日も雨がやんだとたん、蒸し暑さが増した。

ダメ元でもう一度電話するか。そう思い光輔が足を止めると、前方の通りの端にミニパトが停まり、脇に制服姿の米光麻紀巡査が立っているのが見えた。隣には、同じ交通課の別の女性警察官もいる。胸に子ども向けの交通安全指導のパンフレットを抱えているので、近くの幼稚園か小学校で講習会があったのだろう。光輔は二人に会釈し、歩み寄った。

「お疲れ様です。架川さんを見ませんでしたか？」

「今朝、署の駐車場で諏訪さんと話してるのは見ましたけど」

そう答えたのは米光だ。

「諏訪さんって、広報係の？」

怪訝《けげん》に思い、光輔は訊ねた。署の食堂でアンケートを取っていた諏訪珠美巡査部長と架川の出来事を思い出す。すると米光は目を輝かせ、身を乗り出した。

「意外でしょ？　私もです。話の内容はわからないんですけど、親しげな感じでしたよ。架川さんなんて、すごく嬉《うれ》しそうに笑っちゃって。あの二人、何かあるんでしょうか」

「ありがとう。探してみます」

笑顔の早口でそう返し、光輔は身を翻してその場を離れた。ここで下手なことを言うと警務課の須藤さつきと倉間彩子に伝わり、署の噂になるのは目に見えている。

きょろきょろしながらさらに通りを進むと、小さな公園があった。鉄柵《てつさく》の向こうに茂みがあり、奥にはブランコやジャングルジムなどの遊具が置かれている。暑さのせいか、遊んでいる子どもはいない。

光輔が公園の脇を抜けようとした時、どっと笑い声がした。立ち止まり、茂みの向こうを覗《のぞ》くと、ホームレス風の男たちが缶チューハイを飲んだり、スナック菓子を食べたりしている。

真っ昼間から宴会かよ。呆《あき》れてまた歩きだそうとした矢先、男たちの中に見覚えのある広い背中を見つけた。

「架川さん!?」

驚いて呼びかけ、出入口から公園に入った。茂みに歩み寄ると、男たちと一緒にあぐらを掻《か》いて座る架川が手を挙げた。

「よう。お前か」

「『よう』じゃありませんよ。何やってるんですか。何度も電話したのに」

向かいに立って訴える光輔に架川は「そうか。悪い悪い」と返し、顎《あご》を上げて笑った。つられて、周りの赤い顔をした男たちも笑う。架川は今日もダブルのスーツ姿で、淡いベージュの地に黒いストライプが入っている。ワイシャツは黒で、緩めたネクタイも黒。加えて、レンズが薄茶色のサングラスをかけている。

光輔は深呼吸して気持ちを鎮め、架川に告げた。

「行きましょう。事件発生。コロシです」

2

二十分ほどで、光輔と架川が乗ったセダンは金雀枝《えにしだ》町に入った。緩やかな坂道に沿って、大きな家が並んでいる。ハンドルを握りながら、光輔は言った。

「うちの管区は高級住宅街が多いけど、ここは別格です。住人には政治家や実業家、文化人も多くて、敷地面積四百平方メートル以上、高さ十メートル以下の戸建て住宅しか建てられない決まりだとか」

「で、その実業家やら文化人やらの子どもは、目が飛び出るような相続税と固定資産税で苦労する訳か。いい迷惑、負の遺産ってやつだな」

ぶっきら棒に、架川が返した。助手席の窓枠に肘《ひじ》を乗せて頬杖《ほおづえ》をつき、外を眺めている。

「『負の遺産』の使い方が違う……まさかと思いますけど、さっきの宴会でお酒は飲んでませんよね？」

「飲んでねえよ。うるせえな」

架川が顔をしかめて返した時、セダンは目的地に着いた。コンクリートの高い塀で囲まれた広い敷地に、二階建ての大きな洋館が建っている。レンガ張りの門柱の脇には既に数人の記者やカメラマンがおり、光輔はその間を抜けてセダンを進め、敷地に入った。

砂利敷きの広い車寄せがあり、たくさんの警察車両が停まっていた。その端に、光輔はセダンを停めた。架川とともに降車して見上げると、洋館は色褪《いろあ》せたオレンジ色の洋瓦《ようがわら》を載せた切妻屋根で、薄茶色の外壁にアーチ形の窓が並んでいる。築八十年は経っていそうだが、周りの植栽《しょくさい》を含め、手入れは行き届いていた。正面に銅板張りの庇《ひさし》が付いたポーチがあり、奥には欄間《らんま》にステンドガラスがはめ込まれた広い玄関が見える。玄関の木製のドアは開かれ、大勢の捜査員が出入りしていた。

「現場はあっちです」

館《やかた》の裏手を指して言い、光輔はスーツのポケットから出した白手袋とシューズカバーを装着した。無言で頷《うなず》き、架川も倣う。

身支度を終え、二人で館の脇を抜けて裏に廻《まわ》った。館の裏側にもアーチ形の大きな窓が並び、その端に勝手口があった。向かい側の塀には、裏門の木戸が見える。

裏門から勝手口の間には未舗装の短いアプローチがあり、そこに桜町中央署刑事課鑑識係の係員の男がかがみ込んでいた。係員の男は雨でぬかるんだ地面に置かれた楕《だ》円《えん》形の枠を覗いたり、位置を整えたりしている。枠は銅でできており、これから中に溶かした石膏《せっこう》を流し込んで足跡、警察の隠語でいうゲソコンを採取するのだ。その脇に敷かれたビニール製の歩行帯の上を進み、光輔と架川は開け放たれたドアから勝手口に入った。勝手口の三和土《たたき》はタイル貼りで、壁の一方には下駄箱《げたばこ》が設《しつら》えられていた。光輔と架川は三和土に立ち、室内を見た。

三和土の先に広めの上がり框《がまち》があり、奥には左右にドアが並んだ広くて長い廊下が延びている。廊下の手前にも鑑識係員がいて、写真を撮ったり、廊下やドアの指紋を採取したりしている。真ん中には仁科素子巡査部長の姿もあり、こちらに制服の背中を向け、床にかがみ込んで作業している。コットンスワブと呼ばれる先端が大きめの綿棒を手にしているので、床に落ちた体液などを採取しているのだろう。

と、仁科が横にずれ、廊下の床が露《あら》わになった。光輔と架川の目に、うつ伏せで倒れた白髪頭の女の遺体が映る。まず架川とともに遺体に合掌し、光輔は言った。

「ガイシャは永峰弓江《ながみねゆみえ》、六十六歳。この館の家政婦です。一時間ほど前に商品を届けに来た電器店の店主が遺体を発見し、通報しました」

「配達人を装った押し込み。あるいは、居空《いあ》きと鉢合わせしたのか」

遺体に目をやり、架川も言う。押し込みとは侵入強盗、居空きは住人が在宅中に忍び込んで盗みをはたらくことを指す隠語だ。光輔は「いえ」と返し、こう続けた。

「この館には最上《もがみ》という一家が住んでいて、二十一歳の長男、賢太郎《けんたろう》を除き、朝から外出しています。弓江の遺体発見後、賢太郎の所在は摑《つか》めず、連絡も取れません。また先ほど、凶器と思《おぼ》しき置物から賢太郎の指紋が検出されました」

　話しながら、光輔は弓江の遺体の斜め後ろを指した。そこには高さ三十センチほどの、女の横顔を象《かたど》ったブロンズ像が転がっていた。廊下の後方には、ブロンズ像が載っていたらしき大理石の飾り台も見える。

「賢太郎って長男は、学生か？」

「家族の話によると、無職です」

　すると架川は小さく鼻を鳴らし、「ちょっと見て来る」と告げて身を翻した。光輔は「気をつけて下さいよ」と言ったが、架川は無視して勝手口を出て行った。

「その『気をつけて』は、ケガをしないようにじゃなく、下手を打って現場を荒らさないようにって意味でしょ」

　ぼそぼそとした声に光輔が顔を前に戻すと、仁科がこちらを見ていた。図星なので光輔は返事に困り、仁科はずんぐりした背中を丸め、くくく、と笑った。光輔がさらに返事に困っていると、ダークスーツの男が勝手口から入って来た。刑事課主任の梅林昌治《しょうじ》だ。光輔は「お疲れ様です」と会釈し、訊《たず》ねた。

「賢太郎の身柄《ガラ》は取れましたか？」

「まだだ。だが、機捜が地取りで複数の目撃証言を得た。賢太郎は、徒歩でこの館を飛び出したようだ。いま矢上さんたちが家族から話を聞いてる」

「そうですか。念のため、置物の指紋は事件とは無関係で、賢太郎はホシに連れ去られたというセンも検討した方がいいですね」

「ああ。だから防犯カメラを……相棒はどうした？」

そう訊ね、梅林は視線を巡らせた。光輔は答える。

「架川さんなら、見回りに行きましたよ」

「ふうん。お前も大変だな」

意味深に言い、梅林は笑った。以前、光輔はこの梅林とコンビを組んで捜査に当たっていた。その通りだと頷きたいところだが笑顔を作り、光輔は返した。

「いえ。架川さんは事件に対して、僕らとは違うアプローチをするので勉強になります」

「ものは言いようだな」とさらに笑った梅林だが、急に真顔に戻って囁《ささや》いてきた。

「あの人、組対でやらかして飛ばされたらしいな。お前も知ってるだろ？　今年の春の、鷺見組とロシアのマフィアの取引絡みの大ポカ。その張本人が、架川さんなんだって」

当然知ってるさ。心の中で呟《つぶや》きつつ光輔は、「へえ」と受け流した。折を見ては、架川から組対の話を聞きだそうとしている。しかし自慢話や武勇伝はぺらぺらと喋《しゃべ》る架川だが、異動の原因など肝心なことは一切語ろうとしない。

「あと、架川さんって相当遊んでるらしい。奥さんに逃げられて、バツ二かバツ三だって」

「そうなんですか」

向かいを気にしつつ、光輔はまた受け流した。仁科は作業に戻っている。

「スマホを三台だか四台だか持ってるって。見たことある？」

天然パーマのクセの強い前髪が少しかかった目を輝かせ、梅林は問いかけた。

うちの署って、噂好きが多いな。光輔は呆《あき》れ、「ありませんよ」と答えた。その直後、

「おい。聞こえてるぞ」

と声がした。くぐもって少し遠いが、架川の声だ。梅林が短い悲鳴を上げて体を揺らし、光輔と仁科も驚く。梅林が後ろを見たが架川はおらず、光輔は廊下の奥に目をこらした。するとまた、

「女房に逃げられたのは本当だが、一度だけだ。勝手にバツを増やすな。それと、ス

マホは三台持ってる」

と声がした。「すみません！」と梅林がうろたえ、仁科はコットンスワブを手にきょろきょろしている。廊下を見回した光輔は、仁科の後ろの壁にあるものを見つけた。白い塗り壁の巾木《はばき》の上に、鉄製の格子がはまった、縦十センチ、横十五センチほどの長方形の穴がある。光輔は身を乗り出し、穴に向かって語りかけた。

「ひょっとして、換気口ですか？　架川さんが今いる場所にもあって、僕らの話が聞こえるんでしょう」

「ああ。だがこれは、換気口じゃなく、古いセントラルヒーティングの通風孔だ。どこかに熱源装置があって、パイプで温風を送る。配管の加減で、そっちの音声が聞こえるんだ」

そう答えた架川の声は、確かに通風孔から聞こえてくる。仁科と梅林も、通風孔を見た。

「なるほど。で、今どこですか？」

「二階の最上賢太郎の部屋だ。お前らも来いよ。面白いぞ」

「わかりました」と返し、光輔は勝手口を出た。

鑑識中の廊下は通れないので、勝手口を出てシューズカバーを新しいものに替え、玄関から館《やかた》に入った。恐れをなしたのか、梅林は「鳥越さんが待ってる」と一階の居間に行ってしまい、光輔は一人で二階に向かった。

踊り場を抜け、木製の広い階段を上った。二階にもフローリングの長い廊下があり、突き当たりの部屋のドアが開いて明かりが漏れている。光輔はところどころ軋《きし》む廊下を進み、突き当たりの部屋に入った。

十五帖《じょう》以上ある広い部屋で、庭に面した壁にはアーチ形の大きな窓が並んでいる。どの窓も厚いカーテンが引かれ、その前には段ボール箱と紙袋、雑誌の束などが積み上げられていた。部屋の中央には布張りの大きなソファと木製のローテーブルがあり、段ボール箱や雑誌の束はその周りにも置かれていた。ローテーブルの上を埋め尽くすのはゲームソフトの箱とゲーム機のコントローラー、宅配ピザの空き箱にコンビニのレジ袋に入ったスナック菓子とジュース。そしてローテーブルの向かいには、六十インチ以上ありそうな液晶テレビが鎮座《ちんざ》していた。

「来たか。これだ」

液晶テレビの後ろの壁際にかがみ込んでいた架川は言い、傍らを指した。壁の巾木の上に、勝手口奥の廊下のものと同じ通風孔があった。光輔が感心していると架川は、

「梅林は一緒じゃねえのか。せっかく証拠を見せてやろうと思ったのに」

と笑い、スーツのジャケットとスラックスのポケットから黒、白、銀色のスマホを

出した。それを見て、光輔は訊ねた。

「なんで三台も必要なんですか？」

「それぞれ用途が違うんだ。三台合わせて、二千件近い連絡先を登録してる」

架川はスマホに目を落とし、自慢げに答えた。

用途って、どうせ女だろ。腹立たしさを覚えた光輔だったが、気を取り直して室内を見回した。

「『面白い』って、この状況のことですか？　絵に描いたような引きこもりの部屋ですね」

段ボール箱のほとんどはネット通販会社のもので、壁際のベッドの上に脱ぎ散らかされた衣類はジャージなど部屋着ばかりだ。ソファの上には、タブレット端末とノートパソコンも置かれていた。

「いや、違う。あのジャンパーをどけてみろ」

架川は言い、顎《あご》で出入口の脇を指した。壁の中ほどに鉄製のフックが三つ取り付けられ、その一つに黒いジャンパーがかけられている。光輔は壁に歩み寄り、ジャンパーを摑んで持ち上げた。薄い水色の壁紙が貼られた壁には丸い凹《へこ》みが複数あり、いくつかにはヒビが入っていた。凹みに顔を近づけ、光輔は言った。

「拳《こぶし》の大きさからして、賢太郎の仕業ですね。やっぱりこいつがホシか。強盗に連れ去られたってセンはなさそうだな」

　ジャンパーを元に戻して光輔が振り返ると、架川は鋭い目を室内に巡らせていた。

3

　翌朝、午前八時半。光輔は桜町中央署三階の会議室にいた。捜査会議が行われ、長机に刑事課の刑事たちが並んでいる。

「逃走中の最上賢太郎だが、地域課、交通課、近隣の署にも応援をあおぎ、幹線道路と鉄道の駅に人員を配備して追跡している」

　刑事たちの視線の先に立つ刑事課長・矢上慶太はそう語り、視線を傍らの窓に向けた。ブラインドを開ければ、窓から署の前に集まった記者やレポーター、カメラマンの姿が見えるはずだ。視線を前に戻し、矢上は続けた。

「次に検死結果。永峰弓江の死因は、頭部打撲によるくも膜下出血だ。また、鑑識によると弓江の後頭部の打撲傷が、最上賢太郎の指紋が検出されたブロンズ像の上部の形状と一致したそうだ」

　さらに語り、矢上は背後のホワイトボードを指した。弓江の遺体とブロンズ像、最上家の館と現場の廊下などの写真が貼られている。

「機捜の地取りで、最上家の近隣住民から、昨日正午過ぎに賢太郎を見たという証言が得られた。これは昨日の午前十時から十二時の間という弓江の死亡推定時刻と重なる。よって、最上賢太郎はブロンズ像を用いて永峰弓江を撲殺。その後現場から逃走したと断定し、賢太郎を殺人容疑で指名手配する。またマスコミに賢太郎の写真を公開し、情報を募《つの》る予定だ」

声を張って宣言し、矢上は部下たちの顔を見た。手帳にペンを走らせる手を止め、光輔も矢上を見た。隣の架川は胸の前で腕を組み、ホワイトボードを眺めている。

会議は事件関係者への聴取の報告に移り、刑事課係長の鳥越国明《くにあき》が席を立って進み出た。

「最上家は憲彦《のりひこ》・五十五歳と、その妻、佐紀子《さきこ》・五十二歳、長女、亜由美《あゆみ》・二十四歳、長男、賢太郎・二十一歳の四名です。代々の資産家で、憲彦は外車ディーラーの社長、佐紀子は衣類やアクセサリーなどを販売するセレクトショップのオーナー、亜由美も同じ店に勤務しています」

テンポよく語り、鳥越は手にしたペンでホワイトボードの顔写真を一枚ずつ指した。憲彦は丸顔で恰幅《かっぷく》がよく、佐紀子は面長、亜由美も面長で明るい茶髪のショートカットだ。「一方」と言って言葉を切り、鳥越は賢太郎の顔写真を指した。賢太郎は父親譲りの丸顔で小太り。セルフレームの黒いメガネをかけている。

「賢太郎は地元の小学校を卒業後、港《みなと》区にある私立光世《こうせい》大学附属中学に入学。しかし高校二年生の夏頃から休みがちになり、三年生に進級できずに退学。以後ほとんど自室から出ず、オンラインゲームやアニメ鑑賞などに没頭する、いわゆる引きこもり生活を送っていました」

「家族との関係は？」

ホワイトボードの脇に立った矢上が問い、鳥越は答えた。

「憲彦と佐紀子は息子を立ち直らせようと声をかけ、心療内科を受診させようとしたそうです。しかし賢太郎は拒否し、ものを投げたり壊したりすることもあったとか。憲彦たちは疲れ果て、最近は賢太郎のクレジットカードの利用状況を確認する程度だったようです」

自らも息子を持つ鳥越は他人事《ひとごと》と思えないのか、眉根《まゆね》を寄せて話を締めくくった。

光輔は昨日見た賢太郎の部屋を思い出し、隣を窺《うかが》った。架川は仏頂面で前を向いたままだ。

鳥越が席に戻り、野本滋《のもとしげる》巡査部長が進み出た。二十九歳の野本は刑事課では光輔に次いで若く、柔道三段。大柄で髪は五分刈りだ。

「永峰弓江について判明したことを報告します。年齢は六十六で、独身。最上家には代々住み込みの家政婦がおり、弓江は先代が引退した十一年前から勤務していました。

家事全般を担《にな》い、勤務態度は良好。佐紀子は『家族の一員だった』と話していました」

太い声で語り、ホワイトボードの弓江の顔写真を指す。エラの張った四角い顔に小さな目。白髪頭を耳の出る長さにカットしている。それを見て光輔は、「はい」と挙手した。刑事たちの視線が動き、矢上が「蓮見くん」と指す。立ち上がり、光輔は訊《たず》ねた。

「事件発生時、館にいたのは弓江と賢太郎だけだったんですよね。二人の関係はどうだったんでしょうか」

「賢太郎の食事や届いた荷物は弓江が部屋まで運んでいたが、ドアの前に置くだけだったそうだ。家族によると『賢太郎は二階にあるトイレを使い、風呂《ふろ》は家族が寝静まった夜中に入っていた』そうなので、顔を合わせることはほとんどなかっただろう」

「じゃあなんで、賢太郎は弓江を殴り殺したんだ」

ふいに、架川が口を開いた。小声だったが前列の机に着いた刑事が振り向き、野本も怪訝《けげん》そうな顔をした。光輔は早口で架川に、

「それをこれから捜査するんですよ」

と囁《ささや》いてから野本に、「なんでもありません。ありがとうございました」と笑顔で告げて着席した。前列の机に着いた刑事が顔を前に戻し、架川はぶすっとして椅子の

背もたれに体を預けた。今日のダブルスーツは紺地に白のストライプで、素材は夏物に替わっている。

「残念ながら、今回のヤマには架川さんのマル暴仕込みの捜査は活《い》かせそうにありませんね。賢太郎は組織や上下関係、抗争とは無縁の引きこもりですから」

光輔はさらに囁いた。すると架川はふん、と鼻を鳴らし、横を向いた。野本が席に戻り、また矢上がホワイトボードの前に立った。

「賢太郎のスマホの電源は切られている。クレジットカードや電子マネーを使えば足がつくし、それほど多くの現金は所持していなかっただろうから、賢太郎が遠方に逃亡するとは考えにくい。恐らくまだ、自宅近辺に潜伏しているはずだ。ネットカフェやカラオケボックス、空き家などの捜索と並行し、地取りで賢太郎の立ち回り先を割り出せ。いいな？」

声を張って矢上は問いかけ、刑事たちは「はい！」と返す。光輔も倣ったが、架川は無言。捜査会議は終わりだと判断したのか、組んでいた腕を解《ほど》いて立ち上がろうとしている。が、矢上はさらに言った。

「賢太郎の追跡にあたり、連絡事項がある……どうぞ」

最後のひと言は声を和らげ、部屋の後方の出入口を見る。と、ドアが開いて若井美波が入って来た。刑事たちが注目する中、若井は通路を進み、矢上の隣に立った。制服姿で、セミロングの髪を肩に垂らしている。

「警務課の若井美波巡査部長だ。若井さんは金雀枝町出身で、町内の事情に詳しいそうだ。それを知った警務課の松代課長が、直々に『捜査に協力したい』と派遣してくれた……と言う訳で、蓮見くん。よろしくね」

最後のワンフレーズは猫なで声になり、矢上は光輔を見た。訳がわからないまま光輔が「はい」と返すと、矢上は笑ってこう続けた。

「若井さんには、きみたちの班に入ってもらうから」

「なに⁉」

声を上げたのは架川だ。光輔も驚き、他の刑事たちがざわつく中、架川は長机に手をついて立ち上がった。その眼光の鋭さと威圧感にたじろぎつつ、矢上は言った。

「きみたちはほら、ケミストリーっていうの？　才能と個性の相乗効果みたいな？　とにかく三人仲よく。架川くんも。ね？」

半疑問形を駆使し、最後は子どもに言い聞かせるような口調で語りかける。架川が何か言い返そうとしたので、光輔も立ち上がった。

「わかりました。がんばります」

「うん。頼んだからね」

そう言って頷《うなず》いた矢上の細い目はすがりつくようで、光輔は笑顔で「はい」と返すしかない。話がまとまり、架川は横目で光輔を睨《にら》んでどすん、と椅子に座った。若井はノーリアクション。男たちがやり取りする間、整った顔をぴくりとも動かさず、前を向いていた。

4

「まったく。何で俺らなんだよ」

大声でグチり、架川は両手をスラックスのポケットに突っ込んで白いセダンに寄りかかった。それを隣の駐車スペースに停めた車から降りた署員が、怪訝そうに見る。光輔は歩いて行く署員を笑顔で「お疲れ様です」と見送り、架川の隣に立った。

「命令だし、仕方がないでしょう」

「あいつ、俺がカップルに絡んでた半グレを追い払った時に難癖《なんくせ》つけやがった女だろ？」

「あいつでも女でもなく、若井巡査部長です」

「とにかく気にくわねえ。第一、どんだけ待たせるんだよ。もう十五分だぞ。十二《じゅうに》単《ひとえ》にでも着替えてるのかよ」

十二単って。たとえが古すぎだろ。そう思った光輔だが口には出さず、向かいの署屋を見上げた。

捜査会議が終わり、刑事たちはそれぞれの持ち場に向かった。光輔たちも出かけようとしたが、若井は「私服に着替えて来ます」と言い、会議室を出て行った。そして今、署の駐車場で若井を待っている。晴天で日射しは強く、午前十時前だが、気温は三十度近い。

「若井さんはうちに来る前、本庁の警務部人事第一課監察《かんさつ》係、通称ヒトイチにいたそうですよ。ヒトイチと言えば、警視庁職員の不祥事を取り締まる部署だ。気をつけた方がいいですよ。ただでさえ、若井さんは美人だし」

「美人？　なんだそりゃ」

架川に怪訝な顔をされたので、光輔は言った。

「樹庭夢のママや、GRIMのお姉さん方と楽しくやってるそうじゃないですか。あと、洋品店でコレクションモデルの雄姿《ゆうし》を見ましたよ」

つい嫌みな口調になってしまったが、架川は顎《あご》を上げて、「ああ。あれか」と笑った。不安と苛立《いらだ》ちを覚え、光輔は声のトーンを落としてさらに言った。

「冗談じゃなく、立ち振る舞いに注意して下さい。どんなきっかけで、僕たちの目的がバレるかわかりませんよ」

「大丈夫だって。堂々としてりゃ、誰も何とも思わねえよ」

あっけらかんと返し、架川は片手をポケットから出して光輔の背中をばしんと叩《たた》いた。

ひと月半前。ふとしたきっかけで、二年間隠し通した秘密を架川に知られてしまった。しかし架川は「取りあえず見逃す」と言い、交換条件として、自分がマル暴デカに返り咲くための点数稼ぎに協力しろと言った。これを受け入れた光輔だったが、いまいち架川の意図が読めない。架川のマル暴デカへの執着はわかるが、他にも何かある気がするのだ。

上手《うま》く聞き出してみるかと光輔が口を開きかけた時、

「お待たせしました」

と後ろで声がした。光輔、架川の順で振り向くと、セダンを挟んだ向かい側に若井が立っていた。足音や気配には注意していたつもりだが、全く気づかなかった。光輔は笑顔で、「いえ」と返しつつ、頭の中で今の架川とのやり取りを再生した。

目的とは言ったが、内容には触れていない。もし聞かれていたとしても、大丈夫だ。そう確信し、「どうぞ」とセダンの後部座席のドアを開けた。「どうも」と返して後部座席に乗り込んだ若井は、淡いグレーのパンツスーツ姿で肩に黒革のバッグをかけている。不機嫌丸出しで架川が助手席に座り、光輔も運転席に乗ってセダンを出した。

セダンは署の駐車場を出て表通りに入った。ハンドルを握りながら、光輔は言った。

「若井さんは、金雀枝町の出身だったんですね」

「ええ。途中で引っ越して、実家はいま横浜《よこはま》ですけど」

若井が返す。後部座席の真ん中に座り、傍らにバッグを置いている。ルームミラー越しに若井に笑顔を向け、光輔はさらに言った。

「へえ。じゃあ、被疑者《マルヒ》の最上賢太郎と同じ小学校の出身だったりします？」

「いえ。私は幼稚園から私立なので」

若井が無表情に答えたとたん、

「自慢かよ」

と、ぼそりとした声が聞こえた。光輔は隣を見て、若井も大きな目を運転席に向けた。架川が、窓枠に片肘《かたひじ》を乗せて頬杖《ほおづえ》をついて外を見るといういつもの格好《かっこう》で座っている。たちまち車内の空気が緊張し、光輔は話を変えようとした。その矢先、若井は言った。

「鈴蘭町の主婦殺害事件の話を聞きました。コンビ結成早々、大活躍ですね」

「ありがとうございます。あの事件は」

ほっとして話しだそうとした光輔を遮り、若井はこう続けた。

「しかし、捜査手法には問題ありです。まず、令状なしの家宅捜索を行ったこと。次にその家宅捜索に、所属長の許可なく鑑識係員を同行させたこと。さらに」

「それがどうした」

今度は架川が若井を遮る。光輔は焦り、会話に割り込もうとした。が、架川は顔を上げて後ろを振り向いて言った。

「俺らはホシを挙げてヤマを解決し、関わった連中にもきっちりカタを付けたんだ。それ以上何を望む？　そもそも、現場を知らないやつに上からものを言われる筋合いはねえ」

「そういう現場至上主義が、違法捜査や誤認逮捕を生むんです。二〇二〇年の被疑事件の不起訴率を知っていますか？　三十七・二パーセント、つまり十人に四人近くが、嫌疑不十分で不起訴になっているんです」

「だからなんだ。数字なんか、どうでもいいんだよ」

後ろに首を突き出し、架川がわめく。光輔は「ちょっと」とまた割り込もうとしたが、若井もシートベルトを締めた状態で身を乗り出し、反論した。

「よくありません。なぜなら——窓枠から腕を下ろして下さい。違法ではありませんが、危険です。市民に見咎《みとが》められたら、説明できるんですか？」

挑むように問われ、架川は顔を険しくして応戦しようとした。が、言葉が浮かばないらしく、一旦《いったん》開いた口を閉じた。負け惜しみのつもりか、豪快な舌打ちをして前を向く。車内に静寂と、気まずい空気が流れる。

署を出て十分でこれか。辟易《へきえき》するのと同時にこれからを考えると憂鬱《ゆううつ》になり、光輔はハンドルを握り直してため息をついた。

5

二十分ほどで、最初の目的地に着いた。光輔は通りの端にセダンを停め、架川、若井とともに降りた。傍らには、「ホンマデンキ」という看板を掲げた小さな電器店がある。

ガラスのドアを開け、光輔を先頭に店に入った。左右の壁に設《しつら》えられた棚はがらんとしていて、レジカウンターの脇のワゴンにだけ、電球や電池などの消耗品が並んでいる。光輔たちが店内を進むとチャイムが鳴り、レジカウンターの奥のドアから男が出て来た。永峰弓江の遺体の第一発見者、本間《ほんま》東彦《はるひこ》・五十六歳だ。

「桜町中央署の蓮見です。昨日別の者がお話を伺いましたが、追加でいいですか？」

警察手帳を見せて問うと、本間は光輔と、その後ろに距離を多めに取って立つ架川、若井に視線を走らせ、「ええ」と頷《うなず》いた。中肉中背でベージュの作業服姿。バーコード状に薄くなった髪を七三分けにしている。

「昨日、永峰弓江さんの遺体を発見した時の状況を教えて下さい」

「先週注文してもらった電気炊飯器を届けに行ったんです。裏門のインターフォンを押したんですけど反応がなくて、木戸が少し開いてました。『こんにちは』って声をかけながら中に入ったら勝手口のドアも開いてて、廊下に倒れてる永峰さんが見えたんです」

「その時、永峰さんの近くに人がいたり、声や物音を聞いたりしませんでしたか？」

「いいえ。何も」

本間が首を横に振る。捜査会議で配られた資料にあった通りの答えだ。光輔は「わかりました」と言い、スーツのジャケットのポケットから手帳とペンを出した。

「永峰さんとの付き合いは長かったんですか？」

「そうですね。私が親父《おやじ》からこの店を継ぐ前からだから、八年になるかな」

「永峰さんは、どんな人でしたか？」

「いい人でしたよ」

光輔の目を見て、本間は即答した。光輔が黙ると、こう続けた。

「はっきりものを言う人だったけど、気風《きっぷ》がよくてね。量販店やネットの方がずっと安いのに、『地元の店を応援したい』って炊飯器やら洗濯機やら買ってくれました。だから驚いちゃって。倒れてるのを見つけた時は、病気か何かだと思ったんですけどね」

光輔はふんふんと頷き、メモを取った。ここは最上家から車で五分ほどで、通りには他に青果店やドラッグストアなどがある。

「永峰さんは、最上家の家族の話をしましたか？」

「たまにね。みんな仕事で忙しいとか、ご主人は出張が多いとか」

光輔の肩越しに向かいを見ながら、本間は答えた。光輔も横目で窺《うかが》うと、架川は両手をスラックスのポケットに入れて店内を見回し、若井は無表情にこちらの話を聞いている。

「長男の賢太郎さんの話は？」

光輔が切り出すと、本間は「う〜ん」と言って首を傾げた。

「ないねえ。ずっと家にいるっていうのは、噂で聞いてたけど……あの人が犯人なの？　まだ逃げてるんでしょ？　嫁さんが怖がっちゃって」

好奇心丸出しのタメ口になり、本間は光輔の顔を覗《のぞ》いた。潮時だと判断し、光輔は「ありがとうございました」と会釈してメモとペンをポケットに戻した。

続いて、金雀枝町の隣の竜胆《りんどう》町にあるクリーニング店に向かった。こちらも小さな店で、六枚並んだガラス戸の上の看板には「クリーニング　みずしな」とある。ガラス戸の奥のカウンターには中年女が着き、後ろにはビニールカバーがかかったクリーニング済みの衣類が並んだハンガーラックが見えた。

店の脇の駐車場には配達用の白いワンボックスカーが停められていて、開いたバックドアの前に女の姿があった。光輔は女に歩み寄り、声をかけた。

「すみません。桜町中央署の蓮見といいます。水品《みずしな》理奈《りな》さんですね？」

「はい」

光輔の顔と、その脇の警察手帳を見て理奈は答えた。理奈は、殺害される前の弓江に会った最後の人物だ。

「永峰弓江さんの事件について、お話を聞かせて下さい」

「昨日、別の刑事さんに話しましたけど」

眉《まゆ》をひそめ、理奈は返した。小柄だがすらりとして、細身のシャツとスキニージーンズがよく似合っている。胸には、クリーニング済みの衣類が入ったスカイブルーの大きなコンテナボックスを抱えていた。

「念のため、確認を。お忙しいのに申し訳ありません」

警察手帳をしまい、光輔は一礼した。後ろには架川と若井が、距離を多めに取って立っている。仕方がないといった様子で理奈が「わかりました」と応《こた》えたので、光輔はペンと手帳を出した。

「昨日は午前十一時半ごろ永峰さんにクリーニング済みの衣類を届け、十五分ほどで最上家を出たそうですね。間違いありませんか？」

理奈は口が重そうなので、こちらから水を向ける。コンテナボックスをワンボックスカーの床に下ろし、理奈は「ええ」と頷いた。

「集配中に十五分というのは、結構長いですよね。何かあったんですか？」

「いえ。永峰さんは衣類を届けると、その場で間違いがないか確認していたんです。いつもたくさん洗濯物を出して下さったし、前回の分の支払いもしていたので、毎回十五分ぐらいかかっていました」

捜査資料の通りの説明だったので、光輔が「なるほど」と相づちを打とうとした矢先、

「たくさんって、どれぐらいだ？ どんなものを出してた？ 金額は？」

と架川が進み出て来た。その風体とぶっきら棒な口調に、理奈が固まる。光輔は笑顔を作り、「念のためです」と補足した。

「毎回十五から二十点ぐらい。下着にスーツ、ワンピースといろいろで、代金は月十万円前後です」

架川のダブルスーツを眺めながら、理奈が答える。とたんに、架川が声を上げた。

「十万⁉ 資産家ってのは、パンツまで他人に洗わせるのか」

　驚き、理奈が肩を揺らした。慌てて、光輔は言った。

「いいじゃないですか。下着と言ったって、パンツとは限らないし」

　最後に「ですよね？」と微笑みかけたが、理奈は顔を強《こわ》ばらせ、怯《おび》えと警戒の入り交じった目で架川を見ている。

　勘弁してくれよ。これからが本題なのに。光輔の胸に焦りと苛立《いらだ》ちが湧いた直後、今度は若井が進み出て来た。

「シルクやレースなど扱いの難しいものもあるし、プロに任せた方が安心です。それに、最上家の奥さんと娘さんは、セレクトショップで働いているんでしょう？　なら、洗濯物が多いのは当然です」

　相変わらずの無表情で口調も淡々としているが、理奈への気遣いが感じられた。それが伝わったのか、理奈は表情を少し和らげて「はい」と頷いた。

　ちゃんと捜査資料を読んでるんだな。光輔は感心し、若井を見た。すると、若井はさらに理奈に語りかけた。

「私は金雀枝町生まれです。今も金雀枝公園で町内会の夏祭りをやっていますか？子どもの頃、とても楽しみでした」

「ええ。うちも毎年出店で参加しています。かき氷なんですけど」

「覚えています。メガネをかけた小柄な男性から、イチゴのかき氷を買いました」

「それ、父です。ほら」

ぱっと顔を明るくし、理奈はワゴン車の斜め後ろを指した。クリーニング店の脇に出入口があり、開いたドアの向こうにメガネをかけた中年男の横顔が見えた。中年男は大きなアイロン台の上に身をかがめ、天井から延びたコードで繋《つな》がったアイロンを摑《つか》んだ手を動かしている。あの中年男が理奈の父親なら、カウンターに着いていた女は母親だろう。

理奈が指す方を見て、若井は「ええ。あの方でした」と首を縦に振った。理奈はさらに明るい顔になり、場の雰囲気も和らぐ。光輔は質問を再開した。

「こちらのお店は、家族で経営されているんですね。理奈さんは跡取りですか？」

「一応。私は専門学校を出て就職したんですけど、今年の頭から店を手伝うことにしました」

「そうでしたか。理奈さんも金雀枝町生まれですよね。ちなみに、金雀枝小学校出身？」

「はい」

「それなら、最上賢太郎さんと同じですね。歳も同じでしょう？」

テンポよく本題を切り出すと、理奈は真顔に戻り、「ええ」と頷《うなず》いた。光輔は「どんな人でしたか？」と畳みかけ、理奈は答えた。

「同じクラスになったのは三年生の時だけだし、大人しい子だったから特には――でも、一つだけ覚えています。賢太郎くんとは一度隣の席になったことがあって、算数の授業中に私が先生に指されて困っていたら、小声で答えを教えてくれたんです」

「へえ」

「で、『頭がいいんだね』って言ったら、『でも、運動は苦手で逆上《さかあ》がりもできない』って言うから、私が教えてあげたんです。放課後、二人で校庭の鉄棒に行って。一週間ぐらいかかったけど賢太郎くんは逆上がりをマスターして、二人で『やったね』ってハイタッチしました」

　一気に語り、理奈はまた笑顔になった。しかし光輔が、

「そうでしたか。賢太郎さんにとっても、いい思い出でしょうね」

と返すと、理奈は「ですかね」と応えて首を傾げた。

　その後、五分ほど理奈と話して、光輔たちはクリーニング店を出た。セダンに向かって歩きながら、光輔は後ろを振り返った。

「若井さん。さっきは助かりました。金雀枝町出身が活《い》きましたね」

「というより、架川さんの態度に問題があります。いつもあんな威圧的な地取りをしているんですか？　人権侵害だと指摘されますよ」

　そう返し、若井は自分の斜め前を歩く架川に目を向けた。むっとして足を止め、架

川も若井を見た。

「どこが威圧的だ。率直な感想を述べただけじゃねえか」

「その率直さが問題なんです。水品理奈は本気で怯えていましたよ。違いますか？」

若井に強気に問われ、架川は言い返そうとしたが、またもや言葉が浮かばない様子だ。

「とにかく、次に行きましょう。先は長いですよ」

光輔が作り笑顔で言うと、若井と架川は何か言いたそうな様子ながらも黙った。ほっとして、光輔は通りの先のセダンに急いだ。

6

翌朝も、桜町中央署三階の会議室で捜査会議が開かれた。自動車検問を実施し、潜伏先として考えられそうな場所を捜索しているが、賢太郎は依然逃走中だ。防犯カメラの映像を解析したところ、一昨日自宅を飛び出した直後、金雀枝町内の通りを横切る姿が録画されていたが、以後の足取りは摑めていない。会議が終わると刑事たちは捜索や地取りに向かい、架川は光輔と会議室に残った。

「昨日わかったのは、永峰弓江の気前の良さと信頼の厚さ」

光輔が言った。ホワイトボードの前に立って、手帳のページを捲《めく》っている。向かいの長机にふんぞり返って座り、架川は「ああ」と返した。

弓江は本間と理奈の店以外にも、近所の酒店や米店、青果店などで買い物をして配達を頼んでいた。架川と光輔、若井はそれぞれの店を訪ね話を聞いたが、返事は「永峰さんにはお世話になった」「度々注文してもらって助かった」というものばかりだった。また別の刑事によると、最上佐紀子は生活用品の買い物や公共料金の支払いなどは、弓江に一任していたという。家計簿や領収書でチェックはしていたが、使い込みなどの問題は一度もなかったそうだ。

「でも、ちょっと気前がよすぎる気がしますね」

「まあな。とくにあの電器屋、家電なんてそうしょっちゅう買い換えるもんじゃねえからな」

首を傾け、架川は言った。

「その通り。架川さん。若井さんとケンカするばっかりじゃなく、ちゃんと仕事もしてるじゃないですか」

光輔に笑顔で返され、架川は「うるせえな」と言って顔を背けた。その若井は「警務課に用がある」と言い、さっき会議室を出て行った。手帳をさらに捲り、光輔は話を続けた。

「それと、水品理奈。賢太郎の話を出したら、顔が強ばりましたね。小学校時代の賢太郎についても、一度はとくになにもないと流そうとしたのに、思い直したみたいに逆上がりの話を披露した。これも不自然です」

途中で顔を上げ、強い眼差《まなざ》しで語る。逆上がりの話は架川も覚えているが、理奈の表情や態度の変化は気づかなかった。

こいつ、鋭いな。五月の事件の時にも思ったが、観察力と記憶力、そこから人の気持ちを読み取る能力に長《た》けてる。どれも優秀なデカが兼ね備えているものだが、元長野県警の父親譲りか。あるいは「蓮見光輔」になりすまし、警視庁に勤務するうちに身につけた術《すべ》か。そう考えながら彫りの深い整った顔を見ていると、光輔はすぐに気づき、

「何ですか？」

と訊いてきた。ついでに警戒心が強くて、ガードも堅いんだよな。さらにそう考え、架川は「何でもねえよ」と返した。それから気持ちを切り替え、訊《たず》ねた。

「俺は賢太郎が気になる。足取りと潜伏先捜しの他に、情報はねえのか？」

「梅林さんたちが改めて家族から話を聞きましたが、特には。親やきょうだいとすらほとんど接触がなかったのに、家政婦の弓江との間に何が起きたんでしょうね」

「賢太郎は引きこもりだったんだから、あの部屋に手がかかりがあるはずだ。たとえば、壁の凹《へこ》み」

「ああ。拳《こぶし》で殴ったやつですか。賢太郎は家族と言い合いになると、ものを投げたり壊したりしていたそうですからね」

「いや、それとは違う。俺はマル暴時代に、麻薬中毒《ヤクチュウ》や攻撃衝動をコントロールできねえやくざ者の部屋で、ああいう凹みを見た。しかし、そういう連中の作る凹みは所《ところ》構《かま》わずで、これ見よがしなのも多い。だが賢太郎の作った凹みはジャンパーの下の、ぱっと見はわからねえ場所だったろ？　あれは自分の行為、ひいては自分自身を恥じてる証拠だ。それでも抑えきれない気持ちがあって、あそこを殴ってたんだろう」

そう架川が語ると、光輔は「確かに」と頷いた。

「賢太郎はもう三年以上引きこもり生活を送っているのに、壁の凹みは新しいものばかりでした。最近、自分を恥じるような出来事があったのかもしれませんね」

「だろ？　引きこもりだって世の中の一員である限り、何かしらの軋轢《あつれき》やらしがらみやらからは逃れられねえ。たとえばネットだ。賢太郎のタブレット端末とパソコンはどうだ？　怪しげなサイトに入り浸って、ヤバい連中と揉《も》めてたんじゃねえか？」

身を乗り出し、畳みかけているうちに自信が湧き、胸も弾んだ。が、光輔は素っ気なく答えた。

「鑑識が解析中ですが、どうかな。賢太郎はSNSや協力プレイ型のオンラインゲームなどをやっていて知り合いはいたようですが、深い交際はなかった様子ですよ」

「じゃあ、親きょうだいだ。家族だって組織だぞ。組長の親父を頭《カシラ》に、若頭のおふくろ。本来は長男の賢太郎が若頭補佐なんだが役に立たねえから、本部長の長女がヤキを入れるか、型にはめるかした。で、裏で長女のケツをかいてたのは、若中《わかちゅう》の弓江ってオチだ」

「ケツをかく？　文脈からすると、そそのかすって意味の隠語ですか？　賢太郎以外の最上家の人たちは、素行も金銭面も問題なしの善良な市民ですよ。ついでに、弓江の死亡推定時刻のアリバイも完璧《かんぺき》」

さくっと否定され、架川は腹立たしさともどかしさに駆られて席を立った。

「共犯者《レツ》がいるかもしれねえだろ。鑑識で何か出なかったのか？」

「残念ながら。現場で検出された指紋や毛髪は、弓江と最上家の人たちのものだけです。勝手口のアプローチからは弓江、賢太郎のものの他に本間と理奈の足跡《ゲソコン》が見つかりましたが、本人たちの証言と一致します」

「そうかよ……じゃあ、檀家《だんか》まわりだ。絶対何か見つかる。行くぞ」

話を決め、架川は出入口に向かおうとしたが、光輔は笑って返した。

「檀家まわり？　ホシは賢太郎でほぼ決まりだし、じきに逮捕されますよ。それとも、昨日理奈を怯《おび》えさせて若井さんにフォローされたのを挽回《ばんかい》したいとか？」

「そんなんじゃねえよ！」

ムキになって言い返したが、広い部屋に自分の声が反響するのを聞き、気まずくなる。架川は顔を背けて両手をスラックスのポケットに入れ、改めて前を向いた。

「家族にしろ暴力団にしろ、組織ってのは力を持つやつがそれを正しく使うとは限らねえんだよ。警察も同じで、俺はその理不尽さをイヤってほどわかってる。お前も同じだろ？」

そう問いかけると、光輔の顔からすっと笑みが消えた。目が鋭くなり、緊張と警戒の色を帯びる。その目を見返し、架川は続けた。

「俺がなんでお前の隠し事を見逃すと言ったのかわからなくて、不安なんだろ？」

口調を和らげて訊ねたつもりだったが、光輔は無言。しかし図星だと、架川にはわかる。

光輔は架川の出した条件を、「やりましょう」と受け入れた。だが一緒に行動しながら架川の言葉や表情を読み、本意を聞き出そうとしているのを感じていた。

「隠し事を知った時、お前に手錠をかけるのが俺の義務だと感じた。だが同時に、お前の話が本当なら、真相を明らかにする機会は永遠に失われるなと思ったんだ。お前は『やらなきゃならないことがある』と言ったが、俺も同じだ。そのためには、マル暴デカに返り咲かなきゃならねえ。だから、今の俺にはお前が必要なんだよ」

真意をそのまま言葉にしたつもりだ。だからといって光輔に伝わるとは限らないし、彼がまだ自分に秘密にしていることを明かしてくれるとも思えない。だが、これは理屈じゃなく筋《すじ》だ。架川は自分で自分に向かって言い、眼差しで光輔にも伝えた。

と、光輔が口を開こうとした。だが次の瞬間、光輔は、

「何ですか？」

と尖《とが》った声で問い、視線を架川の後ろに向けた。そのままホワイトボードの前を離れ、出入口に駆け寄る。驚き、架川は振り向いた。

「どうした？」

「いま、シャッターの音がしませんでしたか？」

「いや。何も聞こえなかったぞ」

そう返しながら、架川も出入口に向かった。光輔の隣に行ってドアを見ると、五センチほどだが開いていた。深刻な顔でドアの隙間を見下ろし、光輔は言った。

「さっきまで閉まってたのに」

「勘違いだろ。そうぴりぴりすんなって。行くぞ」

テンポよく言って光輔の肩を叩《たた》き、架川はドアを開けた。廊下はがらんとして、周りに人はいない。先に光輔が廊下を小走りに駆けだし、架川も続いた。

7

架川さん、耳が遠くなり始めてるんじゃないか？　あれは絶対にカメラのシャッターの音だった。心の中で呟《つぶや》くと胸がはやり、光輔は廊下を駆ける脚を速めた。後ろで架川が何か言ったが、無視して進む。廊下の人通りは増え、光輔は行き交う署員を確認したが、不審な動きを見せる者はいない。と、前方に若井のライトグレーのパンツスーツの背中を見つけた。手ぶらで、刑事課の部屋の方に歩いている。

「若井さん」

光輔が声をかけると若井は足を止め、振り向いた。

「遅くなりました。どうかしましたか？」

こちらの表情を読んだのか、怪訝《けげん》そうに訊ねる。光輔は「いや」と返し、気持ちを鎮めて笑顔を作った。

「出かけましょう。架川さんに何か策《さく》があるようです」

後ろを指してそう告げると、若井は光輔の肩越しに架川を一瞥《いちべつ》し、「わかりました。バッグを取って来ます」と返して歩きだした。

三人で署屋を出て駐車場に行った。セダンの運転席に座り、光輔は訊《たず》ねた。

「で、どこに行くんですか？」

「通りに出たら左に行って、駅方向に進め」

助手席でシートベルトを締めながら、架川が返す。後部座席でも、若井がシートベルトを締めている。

「金雀枝町とは逆方向ですよ」

光輔は言ったが架川に、「いいから行け」とつっけんどんに返されたので、エンジンをかけてセダンを出した。言われたとおりに進んで五分もしないうちに、架川は言った。

「停めろ。飲み物を買う」

「だったら、この先に自販機が」

光輔はフロントガラス越しに前方をさしたが、架川はまたつっけんどんに「いいんだよ」と返した。光輔がセダンを道の端に寄せて停め、架川はシートベルトを外して降車した。どうするつもりかと光輔、若井も続くと、架川は歩道を横切って一軒の店に入った。小さな酒店で、出入口の脇にはビールケースが積み上げられ、日本酒の名前を染め抜いた幟《のぼり》も立っている。架川の後から光輔と若井も日本酒やワインの瓶が並ぶ棚の間を抜け、店内を進んだ。

「おう。刑事さん」

奥のカウンターの中で、店主らしき初老の男が笑った。真っ黒に日焼けして、白髪頭を五分刈りにしている。

「こんちは。腰の具合はどう？」

架川も笑顔で応《こた》え、カウンターの脇の冷蔵ショーケースに歩み寄った。

「相変わらずだよ。でも、刑事さんが教えてくれたマッサージ店に行ったら、ちょっと楽になった。あそこはいいね」

「だろ？　マッサージ師は美人ばっかりだし。『いいね』ってそっちの意味か？」

からかうように問いかけ、架川は冷蔵ショーケースの扉を開けた。慣れた手つきで缶コーヒーと緑茶、ミネラルウォーター、コーラなどを取り出し、後ろの光輔と若井に渡した。

「違うって。やめてよ、裏に嫁さんがいるんだから」

初老の男は言い、後ろのドアを指した。架川は「悪い悪い」と笑い、冷蔵ショーケースの扉を閉じてカウンターの前に行った。光輔と若井も続き、カウンターの上に飲み物の缶やペットボトルを置く。

「ところで、金雀枝町の事件は知ってるだろ。あの館《やかた》に配達に行ったことはあるか？」

そう問いかけ、架川はスラックスのポケットから長財布を出した。長財布は表裏に

ＧＵＣＣＩのブランドロゴがちりばめられ、表面の中央に吠《ほ》える虎の顔のイラストがドカンと入っている。架川が札入れから出したピン札の一万円札を受け取り、初老の男は答えた。

「ないなあ。でも、知り合いの酒屋のお得意さんだよ。最上さんだろ？　半月に一度くらい、二万円近く注文してくれるってさ」

「二万⁉　すげえな。パーティでもやってるのか？」

「俺もそう思って訊《き》いたんだよ。でも、『金持ちだから』としか教えてくれなかった。旦那《だんな》さんか奥さんが、高い日本酒やワインが好きなんだろ。じゃなきゃ、息子だ。一日中家にいて、ジュースをがぶ飲みしてたんじゃないの？　まだ捕まらないんだろ。大変だな」

白くて太い眉《まゆ》をひそめて言い、初老の男はレジから釣銭を出して架川に渡した。架川は光輔たちが飲み物の缶やボトルを抱えたのを確認し、初老の男に告げた。

「これが仕事だからな。何か小耳《こみみ》に挟んだら、報《しら》せてくれよ」

そして受け取った釣銭の中から千円札を一枚、レジの隅に置かれていた何かの募金箱に押し込み、「じゃあな」と手を挙げて店を出た。後に続く光輔たちの耳に、「はいよ。毎度あり！」という初老の男の威勢のいい声が届く。

セダンに戻ると架川は買い込んだ飲み物の中から缶のブラックコーヒーを選び、光輔たちに「好きなのを選べ」と言った。光輔は礼を言ってペットボトル入りの緑茶を選んだが、ミネラルウォーターを選んだ若井は「お金を払います」と言い張り、「いらねえよ」と拒否する架川と押し問答になった。それに割り込み、光輔は問うた。

「知り合いの店だったんですね。でも、さすがに現場から離れすぎでしょう。最上家が一度に二万円近く注文してるって話は、昨日別の酒店の店主からも聞いたし」

しかし架川は「いいんだよ」としか答えなかった。光輔は後部座席に置かれた飲み物を見て、さらに言った。

「さすがに買いすぎでしょう。こんなに飲めませんよ」

「誰がお前に飲めと言ったんだよ。さっさと車を出せ。次の信号を右だ」

鬱陶《うっとう》しそうに返し、架川はブラックコーヒーの缶を口に運んだ。若井が金を払うと訴え続けているので、光輔は「後で渡しておきます」と架川の代わりに小銭を受け取り、セダンを出した。

架川の指示通りにセダンを走らせ、次に着いたのは管区の西の外れだった。東名《とうめい》高速道路にほど近いこのエリアは最近オフィス街として再開発され、瀟洒《しょうしゃ》なビルがいくつも建っている。広い歩道をスーツや制服姿の男女が行き来し、ビルとビルの間の広場には弁当などを売る車が停まり、開店の準備をしている。

「徐行しろ」

そう指示され、光輔はセダンを通りの端に寄せてスピードを落とした。ハンドルを握りながら架川の視線を追うと、傍らのビルを見ている。一階がガラス張りの大きなビルで、ガラスの前には若者たちがいた。みんなオーバーサイズのジャージやハーフパンツを身につけ、こちらに背中を向けて踊ったり、地面に座り込んで喋《しゃべ》ったりしている。ガラスを鏡代わりにして、ダンスの練習をしているのだろう。重たいリズムの音楽も聞こえてきた。

「停めろ」

架川が言い、光輔はブレーキを踏んだ。若者たちは複数のグループに分かれ、その一つが歩道の向こうにいる。架川は「寄こせ」と言って、若井からさっき買い込んだ飲み物を受け取った。助手席の窓を開け、外に首を突き出す。

「よう。やってるな」

その声に若者たちが振り向き、男女四人がセダンに歩み寄って来た。架川は四人に「飲め」と飲み物を渡す。すると、四人の中の男二人が言った。

「架川さん、どうなってんですか。パトカーや警察官がウロウロしてますよ」

「俺ら、ここ二日で職務質問《しょくしつ》二回ですよ。勘弁して下さい」

二人とも歳ははたちそこそこで、黒いジャージ姿。一人は赤いキャップをかぶり、もう一人は金色のパーマヘアに白いヘアバンドを着けている。架川は顎《あご》を上げて笑い、返した。

「そりゃ、とばっちりだな。だがお前らのその風体じゃ、無理もねえぞ」

「え〜っ。架川さんに言われたくないですよ」

「今日のダブルスーツは黒ですか。そのまま葬式に行けそうだな」

　二人が軽いノリで言い返し、隣の女二人が笑う。「ほっとけ」と睨《にら》んだ架川だったが、本気ではない。四人を見回し、架川は訊ねた。

「職質は、逃げた容疑者を捜してるからだ。この男を見たことねえか？……おい」

　最後のひと言は、光輔を振り返って言った。「はい」と応え、光輔はポケットから賢太郎の顔写真を出し、腕を伸ばして四人に見せた。首を突き出し、写真を覗《のぞ》いた四人だが、女二人と赤いキャップの男は「知らない」「見たことないですね」と答えた。

　そりゃそうだろ。最上家はここから五キロ近く離れてるし、賢太郎がこんなオフィス街に逃げ込むはずがない。心の中で呆《あき》れ、光輔は写真を引っ込めようとした。と、

「もしかしたらだけど、見たことあるかも」

　と金色のパーマヘアの男が言った。架川は光輔の手から写真を取り、「本当か？　よく見ろ」と言って金色のパーマヘアの男に渡した。写真を凝視して、金色のパーマヘアの男は頷《うなず》いた。

「いつ、どこで見たんですか？」

光輔が問い、金色のパーマヘアの男は答えた。

「三ヵ月ぐらい前からほぼ毎晩。ダンスの練習場所にはルールがあって、俺らがここを使えるのは昼間だけなんです。だから夜は、竜胆町にある区民体育館の玄関のガラス戸を使ってます。で、夜の十時半頃になると、この男が体育館の前を通るんです」

「この男は一人か？　移動は徒歩、あるいは自転車か？」

今度は架川が問うた。竜胆町は金雀枝町と隣り合っていて、最上家から区民体育館までは一キロあるかないかだ。

「いや、歩きでしたよ。いつも黒っぽい服を着て、一人でした……ああでも、ここ何日かは見てないな」

「わかった。ありがとうな。これ、みんなで分けろ」

そう言って、架川はジャケットのポケットから何かを出して四人に差し出した。目をこらし、光輔が確認すると缶バッジとキーホルダー、マーカーペン。どれも桜町中央署のシンボルマスコット・チェリぽのイラスト入りだ。光輔は驚き、女二人は「何これ」「やば～い」と眉をひそめて笑った。当然の反応だと光輔が思った時、

「新作じゃないですか。やった！」

「うん、多分そう」

「ありがとうございます」

と男二人が声を上げ、顔をほころばせてチェリぽグッズを受け取った。

「マジ⁉」

思わず声を上げてしまった光輔に、金色のパーマヘアの男が「はい」と頷いた。

「見た目は微妙なんですけど、ネットのフリマサイトやオークションで高く売れるんですよ。俺ら、貧乏人なんで助かってます」

「へえ。そうなんだ」

光輔は感心したが、後部座席から顔を険しくした若井が身を乗り出してきた。

「無償で配った非売品を換金しているということですか？　それは――」

「じゃあな。他にも何か思い出したら、連絡をくれ……おい。早く出せ」

前半は四人に笑顔で、後半は光輔にしかめ面で言い、架川は助手席の窓を閉めた。

若井は「ちょっと待って下さい。停まって！」と騒いだが、光輔は構わずセダンを出した。

少し走ると、赤信号に捕まった。光輔はセダンを停め、隣を振り返った。

「今のが檀家《だんか》まわりですか？　さっきの酒店もそうですよね」

「ああ。俺の情報源は、エスと檀家まわりだ。エスは元構成員や風俗店の従業員など暴力団関係者から選ぶことが多いが、そこから得られない情報は檀家、つまりカタギの市民を頼る。対象は、商店主やアパートやホテルの管理人、新聞配達員、公共料金の検針員《けんしんいん》からストリートミュージシャン、ダンサー、ホームレスまで街にいるありとあらゆる人だ」

窓枠に片肘《かたひじ》を乗せ、外を見ながら架川は答えた。はっとして、光輔はさらに訊《たず》ねた。

「だからしょっちゅう出かけてたんですか？　樹庭夢のママやＧＲＩＭのお姉さん方、公園で飲んでた方々や洋品店の主人も架川さんの檀家？」

「そうだ。事件が起きていきなり話を聞きに行っても、相手は緊張するし警戒もするだろ。だから日頃からアンテナを張り巡らせ、地域の状況を把握するんだ。檀家の方も、懇意《こんい》にしてる刑事がいりゃ何かと安心だしな。俺のスマホ三台には、檀家の連絡先がぎっしりだ」

「そうだったんだ。じゃあ、一昨日《おととい》駐車場で諏訪さんと話してたのも檀家まわりのため？　情報提供のお礼に渡す、チェリぽグッズをもらっていたんでしょう？　前に署の食堂でアンケートに協力しようとして、逃げられたこともありましたよね」

二ヵ月前の出来事を思い出して問うと、架川は「なんで知ってるんだよ」と煙たそうな顔をしてから、「その通りだ」と頷いた。

「諏訪さんに事情を話して、グッズを分けてもらってる。檀家に金を払う訳にはいかねえし、ゆるキャラって言うのか？　警察のキャラクターグッズってのは、意外とウケるんだよ。とくに飲み屋のねえちゃんと、ねえちゃんを口説きたい野郎に喜ばれる」

「へえ」

相づちを打ちつつ、光輔は若井がまた何か言うのではと身構えたが、不機嫌そうに黙っている。

「お前、俺が毎日遊び歩いてると思ってたんだろ？」

架川に問われ、光輔はハンドルを握ったまま「すみません」と頭を下げた。すると架川は、「ふざけんなよ」と笑い、光輔の肩を軽くパンチした。若井は黙ったままだが、じっとこちらを見ているのがわかる。

「とは言っても、マル暴時代の上司の受け売りだ。『コーヒー一缶、煙草一箱でも、自販機じゃなく店で買って顔を売れ』ってな。エスの獲得法から檀家との付き合い方まで、全部その人に教わったんだ」

そう付け加え、架川はスラックスの脚を組んで前を向いた。表情は柔らかく、眼差《まなざ》しは遠くを見ている。今でもその上司を尊敬し、愛情も持っているのが伝わってきた。

信号が青になると、架川は言った。

「このまま直進だ。竜胆町に行くぞ」

「いや。一旦《いったん》署に戻りましょう」

そう光輔が返すと、架川は「なんでだよ」と問い、若井も怪訝《けげん》そうな顔をした。

「さっきのダンサーが賢太郎を目撃したのは、夜の十時半頃だったんでしょう。なら、その時間に行かないと。ほとんど毎晩目撃されていたのなら、賢太郎は同じルートを同じ時間に歩いていたはずです」

「賢太郎は、シマを地回《じまわ》りしてたってことか。なら、納得だ」

「縄張《なわば》りを見回ってたって言いたいんですか？　いちいち隠語を使わなくても……とにかく署に戻って、課長に報告します」

光輔は言い、ウィンカーを出して通りを曲がった。

署に着いたのは、正午過ぎだった。光輔が駐車場にセダンを停めた直後、若井のスマホが鳴った。相手は警務課の誰からしく、若井は「そのファイルでしたら」と説明を始めた。通話を続けながら光輔たちに「すみません」と断ってセダンを降り、小走りで署屋に向かう。続いて降車した架川も、「腹が減った。メシだ、メシ」と言って歩きだす。光輔もセダンを降り、強い日射しと熱気に顔をしかめながら歩きだした。と、視界の端に何か映った気がして足を止めた。傍らにセダンの後部座席の窓があり、その奥に光るものが見える。

若井さんの忘れ物かな。そう思い、光輔は身をかがめて窓ガラス越しに後部座席を覗《のぞ》いた。次の瞬間、光るものが銀色のコンパクトデジタルカメラだと気づき、光輔の胸は大きく鳴った。架川を呼び止めようとしたが、かなり先まで行ってしまっている。落ち着かない気持ちで、光輔はセダンのキーを出してドアを解錠した。前方を窺《うかが》い、若井が戻って来ないのを確認してから後部座席のドアを開けた。

コンパクトデジタルカメラは、淡いグレーのシートの座面に転がっていた。迷わず、光輔は腕を伸ばしてコンパクトデジタルカメラを摑《つか》み上げた。電源を入れると起動音がして、液晶画面が明るくなった。メニューが表示されたので体を起こし、もう一度前方を窺ってから、保存された写真を再生した。

最新の一枚には、自分と架川が写っていた。場所は署の会議室で、光輔は永峰弓江殺害事件関係者の写真や最上家の見取り図などが貼られたホワイトボードの前に立っている。一方架川は、長机に着いた後ろ姿。間違いない。今朝聞いたシャッター音は、この写真を撮った時のものだ。光輔がそう確信したとたん、胸の鼓動が速まって全身が緊張した。

液晶画面の脇のボタンを押し、写真を次々と再生した。三十枚以上あり、光輔と架川のツーショットもあったが、大半は架川が一人で写っている。ほっとした光輔だったが、架川が檀家まわりをしている姿や、明らかにプライベートの姿と思われるものもあり、違和感を覚えた。また、保存された写真の最後の数枚は、ひと月半前、光輔と架川が「目的」を共有した日のもので、署屋の裏から出て来る二人の姿がはっきり写っていた。

不安が一気に膨らみ、コンパクトデジタルカメラを持った手が強《こわ》ばるのもわかる。同時に、光輔は胸の底に冷ややかな怒りが湧くのを感じた。

8

この二人には、何かある。そう思い、若井美波は前方を凝視した。セダンのルームライトが、助手席に座った架川英児と運転席の蓮見光輔の横顔に影を落とす。二人は顔を寄せ合い、言葉を交わしながらカーナビのフロントパネルを覗いている。

架川が怪しいのは当然だが、光輔にも架川の怪しさをフォローし、取り繕おうとする気配が感じられる。相棒で上官と下僚《かりょう》という関係性を加味しても、知り合ってたったの二カ月。親密過ぎる。加えて、署の駐車場と会議室で会話の断片を立ち聞きした際に「目的」「やらなきゃならないこと」「隠し事」といったキーワードも確認している。

「今の俺にはお前が必要なんだよ」。若井の頭に会議室での架川の発言と、光輔に向けられたまっすぐで強い眼差しが蘇《よみがえ》った。あの熱い眼差し、まさか二人は――。若井は慌てて頭を横に振った。

しっかりしなきゃ。こんなことだから、デジカメを落としたりするんだわ。自分を戒《いまし》め、セダンの後部座席で背中を伸ばした。

写真撮影にスマホではなくコンパクトデジタルカメラを使ったのは、高倍率のズームがあることと、シャッター音が静かだからだ。だが、消音モードにしていてもカメラの内部でシャッターが開閉する微音は消せず、今朝、会議室を撮影中に光輔に気づかれた。すぐに逃げてコンパクトデジタルカメラをスラックスのポケットに入れたものの、セダンのシートに落ちたのに気づかなかった。署に戻ってから気づき、適当な口実でセダンのキーを借りて回収したが、冷や汗をかいた。

「ダンサーの目撃情報から賢太郎が自宅を出た時間を逆算して、区民体育館へのルートを想定しました。その通りに動いてみましょう」

後ろを振り向き、光輔が告げた。はきはきとした口調で笑顔を浮かべている。若井は、「わかりました」と返し、シートベルトの位置を直した。光輔はルームライトを消し、通りの端に一時停止していたセダンを出した。勤務開始から十二時間以上経過しているが、光輔は明るく爽《さわ》やかでライトグレーのスーツにも乱れはない。一方助手席の架川は黒いダブルスーツのジャケットのボタンを外し、出発前に仮眠でも取ったのか、髪はぼさぼさだ。

しかも、何度も注意したのにまだ窓枠に腕を乗せ続けてるし。心の中で呟《つぶや》くと腹が立ち、若井は眉《まゆ》をひそめた。とたんに架川が振り向き、

「何か言ったか？」

と睨《にら》んできた。「いいえ」と返し、若井は顔を上げてまっすぐ前を見た。不機嫌そうに鼻を鳴らし、架川も視線を前に戻した。

十分ほどで、金雀枝町に着いた。若井が腕時計を覗くと、時刻は午後九時半過ぎだ。通りはしんとして、人影はまばらだ。光輔がゆっくりセダンを走らせ、最上家のある通りに入った。と、最上家の前に誰かいる。近づくと長女の亜由美だとわかった。誰か来ていたのか、通りの先に走り去って行く車のテールランプが見えた。光輔は館《やかた》の門の脇にセダンを停めた。降車して、亜由美に会釈をする。

「こんばんは。遅くにすみません」

「刑事さん。どうも」

亜由美も会釈を返し、光輔の後に続く架川と若井にも視線を走らせる。しかしすぐに不安そうな顔になり、「何かありましたか？」と訊《き》いてきた。帰宅したばかりなのか、ベージュのジャケットとスカート姿だ。

「いえ。ちょっと調べたいことがあって。お客様ですか？」

車が走り去った方を見て、光輔は問うた。亜由美は「ええ」と返す。

「一昨日《おととい》弓江さんが受け取ってくれたクリーニング済みの衣類を見ていたら、スカーフが一枚足りないのに気づいたんです。ダメ元で電話したら、水品さんのお嬢さんがまだお店にいて届けに来てくれました」

説明しながら、手にした小さなビニール袋を持ち上げて見せた。ビニール袋の中には、プレスして折りたたまれたスカイブルーのスカーフが入っている。街灯と門灯の明かりで、若井にはスカーフの素材が上質なシルクだとわかった。光輔もスカーフを見て言った。

「へえ。届け忘れは、よくあるんですか？」

「いいえ、初めてです。『衣類を運んでいる箱と同じ色だから見逃したみたいで、いま気がつきました』ってすごく恐縮して、お詫《わ》びまで下さいました」

そう言って、亜由美はもう片方の手に持った熨斗《のし》付きのタオルを見せた。若井の頭に、昨日地取りした時の理奈の姿が蘇る。確かに、スカイブルーのコンテナボックスを使っていた。「そうですか」と返し、光輔は話を変えた。

「賢太郎さんが、毎晩今頃の時間に外出していたのをご存じでしたか？」

「いえ、全然。私も両親も帰りが遅いし、家にいても違う部屋にいると気がつかないから」

驚いて目を見張り、亜由美は答えた。これだけ大きな館なら、あり得る話だわ。若井は思い、架川も同じ事を思ったのか、塀の向こうの館を見上げている。

「わかりました。総力を挙げて、賢太郎さんを捜していますので」

光輔が表情を引き締めて告げると、亜由美は「ご迷惑をおかけします」と深々と頭を下げ、門の中に入って行った。

最上家を出発し、賢太郎が歩いたと思《おぼ》しきルートでセダンを走らせた。目に付いた場所で停車し、手分けをして行き会う人に話を聞いた。

一通り話を聞き終え、セダンに戻ると運転席の脇に光輔が立っていた。

「お疲れ様です。どうでしたか？」

「向こうの広場にいたストリートミュージシャンが、賢太郎らしき人物を見たそうです。いつも通りを北方向に進み、三十分ぐらい後に戻って来て南方向に歩き去ったとか」

「僕が話を聞いた深夜営業のパン店の人も、賢太郎は北に進んで南に帰って行ったと言っていました。この通りの先は……竜胆公園がありますね」

北に向き直って光輔が言い、若井も「ええ」と同じ方向を見た。

最上家から区民体育館への道々に賢太郎の目撃者はいなかったが、区民体育館に行くと、昼間会ったのとは別のグループのダンサーが「この男が歩いて行くのを見た」と通りの先を指した。その方向に進んだ結果、今いる繁華街に着いた。

「やはり繁華街は目撃者が多いですね。昼間とは街の表情が違うから、行き交う人の視点も変わるのかもしれないな」

光輔が自分が感じていたのとほぼ同じことを言ったので、若井は「私もそう思います」と返した。すると光輔は、「やった」と嬉《うれ》しそうに笑った。左頬にだけ、えくぼが浮かぶ。

再採用で警視庁は二年目ながら、刑事課のエースで明朗快活。素行も問題なく、署長のお気に入り。それは事前に得た情報の通りだが、こうして行動を共にすると、光輔のふとした拍子に見せる、無邪気な表情や仕草の方が印象深い。

エナメルの靴がアスファルトを踏む音がして、架川も戻って来た。

「竜胆公園でランニングをしていた男に話を聞いた。昨夜《ゆうべ》、公園脇の空き家から物音が聞こえたそうだ」

緊張を帯びた口調で告げ、立てた親指で公園の方向を指す。たちまち光輔も緊張の面持ちになり、「行きましょう」と言ってセダンのドアを開けた。

竜胆公園は、池や雑木林、グラウンドなどがある大きな公園だ。住宅地と隣接していて、ランニングをしていた男が指摘した空き家もその一角にあった。手前にセダンを停め、三人で通りを進んだ。

「空き家と言うより、廃墟《はいきょ》だな」

空き家の前に着くと、架川は言った。鉄筋二階建ての大きな家だが、手前の半分ほどは屋根と外壁がない。解体工事の途中で放置されたらしく、屋根と床、外壁の縁からはひしゃげた鉄柱が飛び出している。敷地は瓦礫《がれき》だらけで、周りにはフェンスが取り付けられているが、あちこちに隙間がある。

「ええ。でも半分は無事だし、雨露《あめつゆ》はしのげますよ」

潜めた声で言い、光輔が空き家を見上げた。その隣の若井も空き家を見上げたが、人の気配はなく物音も聞こえなかった。

持参した懐中電灯を手に、フェンスの隙間から空き家の敷地に入った。光輔を先頭に懐中電灯で足下を照らし、瓦礫を越えて建物に接近した。外壁が壊されたところから建物の一階に入り、室内に懐中電灯の明かりを巡らせ、耳も澄ました。

天井の高い広々とした空間だが、コンクリートの床には瓦礫と鉄柱、鉄骨が積み重なっている。さらに、不法投棄された自転車と冷蔵庫、洗濯機なども大量に転がっていた。壁のスプレーのいたずら書きも、侵入者の仕業だろう。じめじめとした空気が立ち込め、埃《ほこり》と錆《さ》びた金属の臭いがした。

「僕らは二階を調べます」

光輔は架川に告げ、若井に目で合図をした。若井は頷《うなず》き、一階の奥に進む光輔に付いて行った。後ろから架川の「気をつけろよ」という声が聞こえた。

奥の壁に沿って、階段が設《しつら》えられていた。手すりがないので若井と光輔は壁に手をつき、階段を上がった。二階に着くと光輔は片手で懐中電灯を構え、足を少し開いて腰を落とし、戦闘態勢を取った。緊張の面持ちで部屋の一方を指し、「僕はこっちを調べます。若井さんは反対側を」と囁《ささや》いて歩きだした。頷き、若井は片手で懐中電灯、もう片方の手で肩にかけたバッグの持ち手を摑《つか》み、光輔に言われた方向に足を進めた。

暗闇に懐中電灯の明かりを巡らせた。瓦礫はあるが不法投棄されたものはなく、がらんとしている。壁の前まで行くと、床に丸まった毛布と、中身が残ったペットボトルの炭酸飲料が転がっていた。よく見ようとした矢先に声が聞こえ、若井は身を硬くして振り返った。

と、「いてぇな。なんだよ」とまた声がして、それが架川のものだと気づいた。壁と天井に反響し、一階の音が近くに聞こえるのだろう。瓦礫に躓《つまず》きでもしたのか、ぶつくさ言い続けている架川にイラッとしながら、若井は歩きだそうとした。すると今度は部屋の反対側から何かが軋《きし》むような音と、「うわっ」という光輔の声が聞こえた。

「大丈夫ですか？」

若井は問いかけ、声のした方へ向かった。懐中電灯の明かりの中に、こちらを向き、視線を落として立つ光輔が見える。あと数歩という所まで行くと、光輔ははっとして顔を上げ何か言おうとした。その時、若井は自分の足下の異変に気づいた。ローヒールのパンプスの下はコンクリートのはずなのに、中途半端に柔らかくデコボコしたものに変わっている。若井が視線を落とそうとした直前、めりめりという音がして足下が大きく沈んだ。体が後ろに傾き、若井は反射的に懐中電灯とバッグの持ち手から手を離し、前に伸ばした。

まず懐中電灯が床に転がり、続いてバッグが肩から滑り落ちた。気がつくと、若井が伸ばした手の片方を、光輔が握っていた。がくんという衝撃があり、足下が沈むのが停まった。

「動かないで！　そこ、板が割れかけています」

光輔が言い、もう片方の手に持った懐中電灯で若井の足下を照らした。四十センチ四方ぐらいの、老朽化した木の板が敷かれている。

「後から螺旋《らせん》階段を設置するつもりで穴を開け、板で蓋《ふた》をしたんでしょう」

光輔の説明が耳に届き、一度は安堵《あんど》した若井の胸に焦りが湧いた。板には複数の裂け目が走り腐ってもいて、若井の足は今にも板を踏み抜きそうだ。すると光輔が、

「今こっちに引っ張りますから」

と言ったので、若井はほっとして「お願いします」と返した。しかし光輔は、固まったまま動かない。どうしたのかと訊《き》こうとした刹那《せつな》、光輔は言った。

「若井さん。何の目的で架川さんを調べてるんですか？」

とっさに意味がわからず、若井は「えっ？」と訊き返した。すると光輔も「えっ、いや」とうろたえ、一旦《いったん》口を閉じてから改めて訊《たず》ねた。

「僕たちの行動を見張って、写真を撮ってますよね？　デジカメのデータを確認しました」

何のことかわかり、若井の焦りが増す。それでも頭を働かせ、答えた。

「何の話かわかりません」

「でも昼間、車にデジカメを取りに行きましたよね。全部見ましたよ。時間がないので、質問に答えて下さい。その板、保《も》って五分ですよ」

だんだん突き放すような口調になり、光輔は告げた。若井を見る眼差《まなざ》しも冷たく尖《とが》り、これまでとは別人のようになる。

状況を理解し、若井の焦りは恐怖に変わった。一階までは五メートル以上あり、一階の床には鉄柱や冷蔵庫が転がっている。落ちれば重傷、下手をすれば死ぬ。しかし、まさか光輔がそんなことを、という思いがよぎり、話しかけようとした。すると光輔は、若井の手を握る力を緩めた。とたんに、光輔に預けていた若井の体重が板にかかり、めりめりと音を立てて裂け目が広がった。思いは吹っ飛び、若井は叫んだ。

「わかったから！　やめて」

ぐい、と光輔の手の力が戻り、板が裂ける音は止んだ。ほっとして、若井は言った。

「桜町中央署に異動になる前、私は本庁警務部人事第一課監察係にいました。でも担当は、ファミリーホットライン。警視庁職員の家族の相談窓口です。すると上官に呼び出され、『架川英児警部補の調査に成功したら、監察業務に就かせる』と言われました」

「調査とは？」

「本庁の組対四課は今年の三月、鷲見組とロシアのマフィアが都内で覚醒剤《かくせいざい》の取引を行うという情報を得ました。そこで組対五課と協力して摘発作戦を計画しましたが失敗、捜査員が重傷を負いました。その後、作戦は事前に鷲見組に漏れていたとわかり、架川さんの仕業だという疑惑が浮上したのです」

「架川さんが、鷲見組の犬だったということですか？」

光輔は問うたが、取り乱す様子はなく、むしろ目の輝きが強くなった気がした。しかし若井にそれを気にする余裕はなく、「はい」と頷いて答えた。

「架川さんは疑惑を否定し、証拠も見つからなかったので所轄の刑事課に飛ばされることで表向き事態は収束しました。でも組対の上層部と監察係は架川さんはクロだと考え、証拠を掴むために私を桜町中央署に送り込んだのです」

一気に語り、若井は光輔を見た。光輔の目もこちらに向いていたが、全然違うものを見ているように感じられた。切れ長の大きな目は鋭く尖り、一方で、自ら発光するように輝いている。思わず状況を忘れ、若井は光輔の目に見入った。すると、光輔は言った。

「わかりました。架川さんのことは、好きに調べて下さい。僕には関係のないことなので」

「えっ⁉　だってあなたたちは」

最後まで言うのがはばかられ、若井は口をつぐんだ。不審そうな顔をした光輔だったが、こう続けた。

「ただし、僕には構わないこと。あと、頼みを一つ聞いて下さい。そうすれば、今の話は架川さんに黙っています。もちろん、若井さんの調査が僕にバレたと、監察係の上官にも言いません」

「取引しようって言うの？」

若井は強い怒りを覚え、それを光輔にぶつけようとした。しかし、どうしてここまでという疑問も湧き、胸に広がっていった。足下でめりっと音がして体が大きく沈み、若井は心を決めた。

「ええ。取引しましょう」

「了解」

そう答えるやいなや、光輔は若井を自分の方に引っ張った。若井は板を蹴《け》り、コンクリートの床に飛び乗った。その衝撃で板は真っ二つに裂け、大量の木片とともに一階に落ちた。光輔の傍らにうずくまり、安堵と脱力で動けない若井の耳に、

「何だ、今の音は」

という架川の声が聞こえた。

9

光輔が若井とともに一階に降りると、架川が階段の前で待っていた。

「不注意にも程があるぞ。これだから、現場を知らねえやつは」

呆《あき》れたように言いながらも、懐中電灯の明かりを動かし、若井にケガがないか確認しているのがわかる。若井が黙ったままなので、代わりに光輔が「僕のせいなんです。すみません」と応《こた》えて頭を下げた。

一階にはホームレスが寝泊まりしているような痕跡《こんせき》があり、ランニングをしていた

男が聞いた物音もそれだろうという結論になった。三人で来た道を戻り、空き家を離れた。その後も地取りを続け、賢太郎の目撃情報を集めた。午後十一時を回って人通りが減ったので、光輔たちはセダンに戻った。

「聞いた話をまとめると、賢太郎が目撃されるようになったのは三カ月ほど前から。いつも一人で俯《うつむ》き加減に歩き、着ているものは黒いジャンパーとスウェットパンツ。行きは手ぶらですが、帰りはコンビニのレジ袋を提げている。移動ルートはこんな感じかな」

そう語り、光輔は自分のスマホを隣の架川と後ろの若井に見せた。画面にはネットの地図が表示され、この近辺の通りには、目撃証言に従って青いラインが引かれている。

「現状で往復約三キロってところか。ほぼ毎晩って考えりゃ、結構な距離だ。賢太郎のやつ、全然引きこもりじゃねえじゃねえか」

「九割の引きこもりは、趣味の用事を済ませるとか、コンビニで買い物をするとかで外出しているという記事を読みましたよ。他者と関わりたくないだけで、外が嫌いとか怖いって訳じゃないんでしょう」

「じゃあ離れ小島とか山の中で暮らせばいいだろうと思うが、そういうことじゃねえんだろ？　面倒くせえなあ」

また言って、架川は若井を見た。だが、若井はノーリアクション。目を伏せて何か考え込んでいる。それを見て怪訝《けげん》そうな顔をした架川だったが、何も言わず視線を前に戻した。

さっき空き家で一階に下りる前に、光輔は若井に取引条件の頼み事を伝えた。「やってみます」と答えた若井だったが、その後はいつにも以上に無表情になり、言葉も最低限しか発しなくなった。

助けるつもりで手を摑《つか》んだのに、若井を脅してしまった。光輔は自分のしたことが信じられず、胸がどきどきした。だが、あんなタイミングでもなければ若井が架川を調査する目的は聞き出せなかった。それに若井は野心家で上昇志向も強い。調査が光輔にバレたと監察の上官に知られれば左遷は必至なので、光輔と取引したことは他言しないはずだ。

誰にも邪魔はさせない。心の中で唱えると、昼間抱いた若井への怒りは鎮まり、自信を取り戻した。光輔は話を続けた。

「このままだと、賢太郎はコンビニに買い物に行ってただけってことになりますね。コンビニは、多分コスモマートでしょう。賢太郎の部屋でレジ袋を見ました」

「ああ。そうだったな」

架川が頷《うなず》き、光輔はスマホを操作して地図にこの近辺にあるコスモマートを表示させた。

「賢太郎の移動ルートの先に、一軒あります。行ってみましょう」

光輔は言い、スマホをポケットにしまってセダンのエンジンをかけた。


しかし、移動ルートの先のコスモマートに、賢太郎を見た人はいなかった。店員に声をかけ、別の曜日の同じ時間帯に勤務している店員にも連絡してもらって顔写真を見せたが、「知らない」「見たことがない」と言われた。念のため明日、店長のいる時間に防犯カメラの映像を確認させてもらえるように頼み、光輔たちは店を出た。

「おかしいな。コスモマートに行ってたのは確かなのに」

駐車場に停めたセダンに乗り込むなり、光輔は首を捻《ひね》った。

「コスモマートの他の店なんじゃねえか。もう一度地図を見てみろ」

さすがに疲れたのか、あくびをしながら架川が言う。手にはコスモマートで買った缶コーヒーを持っている。若井は依然黙ったままだ。

「そりゃ大手チェーンですから、店はたくさんありますけど」

そう返しながら、光輔はスマホを出して画面にさっきの地図を表示させた。位置を移動したり、一部分をズームしたりして調べていると、ある場所で手が止まった。画面には、ここから通りを二百メートルほど進んだ場所にあるコスモマートと、その周辺の建物が表示されている。

「どうした？」

架川が訊《き》いてきた。光輔は返事の代わりに「もしかして」と呟《つぶや》き、スマホをしまってセダンのエンジンをかけた。

駐車場を出て通りを進むと、すぐに前方に別のコスモマートの看板が見えた。しかし光輔は、その五十メートルほど手前でセダンを停めた。

「なんだよ。もっと先だぞ」

架川が訝《いぶか》しげな顔をしたので、光輔は運転席の窓の向こうを指し「見て下さい」と言った。缶コーヒー片手に架川が身を乗り出し、若井も窓の外を見た。

反対車線を挟んだ向かい側に、一軒の店がある。ドアに「CLOSED」の札は下がっているが店の中には明かりが点《とも》り、ガラスの窓越しにカウンターに着いてノートパソコンに向かう水品理奈の姿が見えた。

「そうか。暗くて気づかなかったが、ここは理奈のクリーニング店がある通りか」

まず架川が言い、続いて若井も口を開いた。

「ひょっとして、賢太郎の外出の目的地はここ？　毎晩理奈を見に来てたんじゃないですか？　で、手ぶらだと怪しまれるからコスモマートで買い物をした」

「ええ。僕もそう思います」

光輔が頷くと、架川は缶コーヒーを助手席のドアポケットに入れて振り返った。

「賢太郎は理奈に惚《ほ》れてたのか？　だが、部屋に閉じこもってたんだから話すどころか、顔もロクに見てねえだろ」

「洗濯物の集配に来た時に、こっそり覗《のぞ》いてたんじゃないですか？」

若井が身を乗り出し、光輔の頭に最上家の見取り図が浮かんだ。素早くシミュレーションしたが、賢太郎の部屋からは理奈が出入りしている勝手口と裏門は見えない。それを若井に伝えようとした時、光輔の頭の中にスパークが起きた。目がちかちかし、頭が猛スピードで回転を始めた。

最初に浮かんだのが、白い壁の巾木《はばき》の上にある鉄格子がはまった長方形の穴。一昨日《おととい》弓江の遺体発見現場で見た、セントラルヒーティングの通風孔だ。次に「配管の加減で、そっちの音声が聞こえるんだ」という架川の声が聞こえ、賢太郎の部屋にある通風孔も浮かぶ。そこに同じ部屋の壁の、賢太郎が拳《こぶし》を打ち付けた凹《へこ》みが重なり、光輔が弓江の人柄を訊《たず》ねた時の「いい人でしたよ」という本間の返事と、同じ答えを返した別の人たちの声が流れる。その声が消えたと思ったら、檀家《だんか》まわりで訊ねた酒店の店主の「でも、『金持ちだから』としか教えてくれなかった」という声と日焼けした顔、さっき最上家の前で会った亜由美が手にしていたスカイブルーのスカーフが現れ、最後にスカーフと同じ色のコンテナボックスを抱えた理奈の姿が浮かび、消えていった。

「おい。何ごとだ？」

戸惑う声がして視界が戻り、光輔の顔を覗く架川に気づいた。身を乗り出したまま、若井も光輔を見ている。シートベルトを外し、光輔は架川に向き直った。

「架川さん。鑑識の仁科さんと親しいんですよね？」

「いきなりなんだよ。あいつとはまあ、親しいっていうか、腐れ縁っていうか」

「すぐに連絡がついて、無理を聞いてもらえたりしませんか？　それができれば架川さんの、『じゃあなんで、賢太郎は弓江を殴り殺したんだ』って疑問の答えが出るはずです」

早口で訴えると、架川はにやりと笑い、「任せとけ」と答えてジャケットのポケットを探り、黒いスマホを取り出した。

10

翌朝、九時の開店と同時にクリーニングみずしなのシャッターは開いた。光輔は架川、若井とともにセダンを離れ、店のドアの脇に看板や幟《のぼり》を出している理奈に歩み寄った。白いブラウスとジーンズ姿で、濃紺の胸当てエプロンを着けている。

「おはようございます。ちょっといいですか？」

声をかけた光輔を振り向き、理奈は一瞬顔をしかめた。しかしこちらの雰囲気から何かを感じ取ったらしく、「駐車場で待ってて下さい」と告げ、店に戻った。母親を呼んでいる気配があったので、光輔たちは店の脇の駐車場に向かった。

ドアに店の名前が入った白いワンボックスカーの脇で待っていると、すぐに理奈がやって来た。話を始めようとした光輔より早く、こう訊ねた。

「賢太郎くんが捕まったんですか？」

「いいえ。僕たちは、犯人逮捕と同じぐらい大切なことを確認するために来ました」

光輔が答えると、理奈は黙った。その顔を見て、光輔は話し始めた。

「昨晩、あなたは最上亜由美さんにスカーフを届けに行きましたね。衣類を運ぶ箱と同じ色だったから、うっかり見逃した。それは本当でしょう。しかし、『いま気がつきました』というのはウソなんじゃないですか？　集配には、いつもあれを使っているんですよね。だったら、他の家の洗濯物を出し入れした時にスカーフに気づくはずだ」

「あれ」と言った時にはワンボックスカーの中のコンテナボックスを指し、光輔は切り込んだ。しかし理奈は、小さな顔をふるふると横に振った。

「違います。本当に、ゆうべ電話をもらうまで気がつかなかったんです」

「そうでしょうか。弓江さんは、受け取った衣類をその場で確認していたんですよね？　しかし三日前は何かトラブルがあり、確認しなかったんじゃないんですか？」

また理奈が黙る。光輔は「これを見て下さい」と告げてジャケットのポケットから折りたたんだ書類を出した。書類には写真が印刷されていて、写っているのは未舗装の小径《こみち》、最上家のアプローチだ。その上にはいびつな縦長の白いかたまりが複数置かれ、かたまりの表面にはでこぼこした模様がある。写真を見て、理奈は首を傾げた。

光輔は続けた。

「三日前、最上家の勝手口のアプローチに残されていた足跡を採取したものです。足跡は二種類あり、一つはホンマデンキの本間さんのもので、もう一つはあなたのもの。それぞれ裏門と勝手口を往復していました」

「ええ。だから三日前は、洗濯物を届けに」

「わかっています。しかし詳しく調べてもらった結果、あなたの足跡だけが、裏門と勝手口を二往復しているとわかったんです」

写真の足跡を指して告げる。理奈は無言。だが、目を見開いている。

昨夜あの後、架川は仁科に電話をかけた。署で残業中だった仁科は露骨に迷惑そうだったが、架川が「また折り入って頼みたいことがあってな。もちろん聞いてくれるよな？　さもなきゃ、懐かしのあのショットを」と切り出したとたん、「わかった！」

と脇で聞いている光輔と若井にも聞こえる大声で返した。満足げな架川に「ほらよ」とスマホを渡されたので、光輔は仁科にアプローチのゲソコンを調べ直して欲しいと告げた。

鑑識は現場、写真、指紋、足跡と四つの係に分かれていて仁科は足跡係ではないが、すぐに再検出に取りかかってくれた。すると今日の明け方、仁科から、「足跡の数と深さからして、水品理奈はアプローチを二往復してるね。地面がぬかるんでた上に足跡は重なり合ってたから、見落としたんだと思う」と報告と謝罪の電話があった。

「理奈さん。本当は洗濯物を届けてすぐ、忘れ物に気づきましたね？　だからアプローチを戻り、勝手口に向かった。しかしあなたは、弓江さんにスカーフを渡さずに帰った。理由は、勝手口のドア越しに弓江さんと賢太郎さんが言い争う声を聞いたから。内容は、クリーニングの代金。あなたは弓江さんに、実際より高い金額を請求していたんですね。つまり、水増し請求だ」

「違う。そんなこと――」

「弓江さんと付き合いのあった他の店の人も、否定しました。でも最上家の人に調べてもらったら、買った商品の数と支払った金額が合わないとわかりましたよ」

光輔が切り札を出すと、理奈は絶句した。体を強《こわ》ばらせ、目は虚《うつ》ろになる。と、後ろでやり取りを聞いていた架川が進み出て来た。

「店の人はみんな、『断ろうとしたけど、他の店に乗り換えると言われた。経営が苦しくて最上さんは大事なお得意さんだから、言われたとおりにするしかなかった』と話した。あんたも同じだろ？　おやじさんとおふくろさんの大事な店だ。潰《つぶ》す訳にはいかねえよな」

厳しい中にも、思いやりが感じられる口調で語りかける。理奈は涙ぐみ、俯《うつむ》いてうんうんと頷《うなず》いた。架川の話は事実で、弓江は傾きかけた店を狙って水増し請求させ、差額を窃取していた。

「でも後ろめたくて苦しくて、ずっと悩んでいたんです、だから三日前、『もうやめたい』と永峰さんに言ったら、『やめるなら、あんたの店には頼まない。店は潰れるかもね』と脅されました。諦《あきら》めて帰ろうとした時にスカーフに気づいて戻ったら、永峰さんがケンカしてて。相手は誰かわからなかったんですけど、途中で賢太郎くんだと気づいて驚きました。しかも、水増し請求のことを知ってたし。怖いし訳がわからなくて、そのまま帰っちゃったんです」

「通風孔ですよ」

そう光輔が告げると、理奈はきょとんとした。

「あの館《やかた》の暖房には古いセントラルヒーティングの設備が残っていて、その通風孔が勝手口の奥の壁と、賢太郎さんの部屋にあるんです。配管の加減で、勝手口の音声は賢太郎さんの部屋の通風孔に伝わり、彼はあなたと弓江さんの会話を聞いていたんでしょう。そしてあなたの店の水増し請求の件で口論になり、賢太郎さんはブロンズ像で弓江さんを殴打した」

「でも、なんでうちのなんですか？　他のお店も水増し請求をしてたし、賢太郎くんはその会話も聞いていたはずですよね」

涙で濡《ぬ》れた顔のまま、理奈は疑問を呈した。「その通り」と光輔は頷き、答えた。

「賢太郎さんにとってあなたは、特別な存在なんでしょう。一昨日《おととい》話してくれたもの以外に、賢太郎さんとの思い出はありませんか？　居場所を捜す手がかりになるはずです」

「そう言われても……やっぱり、逆上がりの練習だけです」

困惑気味に理奈が答えると、若井も進み出て来た。光輔に問う。

「金雀枝小学校は既に捜索したはずですが、漏れはありませんか？」

「確認しましょう」

振り向き、光輔が告げると若井は大きく頷いた。

11

理奈もセダンに乗せ、クリーニングみずしなを出た。金雀枝小学校は、最上家から一キロほどの住宅街の外れにあった。校長を訪ねたところ、三日前に別の刑事が捜索に来たが異常はなかったという。光輔は再捜索の許可を得て、警備の担当者だという若い男の教諭と校舎を出た。

校舎の裏と体育館、プールを調べたが異常はなく、校庭に向かった。グラウンドや遊具、植え込みを見て回ったがこちらも異常なしだった。

「ここで逆上がりの練習をしたんですか？」

校庭の隅で足を止め、光輔は訊《たず》ねた。脇には三欄《さんらん》つながった鉄棒がある。一番低いものは九十センチほどで、脇には内側にカーブした鉄パイプにカラフルな板を張った、逆上がりの補助板もある。

「ええ。懐かしいですね」

一番低い鉄棒の握り棒を手でさすり、理奈は答えた。その隣に行き、光輔は校庭を眺めた。

「やはり、倉庫の中を見せてもらおうかな」

視線を前に向けたまま、光輔は言った。校舎の脇には体育倉庫がある。

「でも、前に来た刑事さんは『カギがかかっていて、こじ開けた跡もないからいいです』って言っていましたよ」

若い男の教諭が進み出て答えた。振り向いて恐縮した顔を作り、光輔はさらに言った。

「念のため。すみません」

「まあ、いいですけど」

露骨に迷惑そうな顔になり、若い男の教諭は腕時計を覗《のぞ》いた。光輔が頭を下げようとした時、理奈が言った。

「あの体育倉庫って、私が通っていた頃と同じですか？　だったら、裏の窓はサッシの建て付けが悪くて、外からがたがた動かすとカギが外れるんですよ」

驚き、光輔は訊ねた。

「本当ですか？」

「はい。子どもの間では有名だったので、とっくに先生に伝わって修理されているかもしれませんけど」

返事をしながら、理奈は若い男の教諭を見た。他の三人の視線も動き、若い男の教諭はうろたえたように「いや。そのままだと思います。調べた方がいいですね」と言ってチノパンのポケットからカギの束を出した。

光輔は若い男の教諭からカギを借り、外にいる子どもたちに校舎に入ってもらうように指示した。若い男の教諭が深刻な顔で歩きだし、光輔は電話で刑事課長の矢上に状況を報告した。その後、架川、若井とともに体育倉庫に向かい、自分も行きたいと主張した理奈には、離れた場所で待機するように告げた。

体育倉庫は、外壁が薄茶色の鉄板の古く大きなプレハブだった。子どもたちが校舎に入ったのを確認し、体育倉庫の裏に廻《まわ》った。窓は幅百五十センチ、高さ五十センチほど。閉じられているが、体育倉庫と後ろのフェンスの間に生えた雑草には踏まれた痕跡《こんせき》があった。それを見て、架川が言った。

「倉庫のカギを開けろ。中に賢太郎がいるなら、窓から逃げようとするはずだ。俺が捕まえる」

「応援を待つべきです。矢上課長もそう指示したはずです」

すかさず、若井が返す。今朝出勤して来たら、いつも通りに戻っていた。

「大ごとにしたくねえんだよ。俺は賢太郎から直接、事件を起こした理由を聞きてえんだ」

「既に十分大ごとでしょう。人が一人亡くなっているんですよ」

「つべこべ言うんじゃねえよ。いいからカギを寄こせ。俺が扉を開ける」

痺《しび》れを切らしたように言い、架川は光輔のジャケットのポケットを探ろうとした。説得は無理だと判断し、光輔は身を引いて架川に告げた。

「わかりました。僕が扉を開けますから、架川さんはここにいて下さい」

若井が何か言おうとしたが、光輔は構わず身を翻した。体育倉庫の前に戻り、ポケットからカギを出した。外壁と同じ鉄板が張られた引き戸に歩み寄ると、若井がやって来た。離れたところに立った理奈は、心配そうにこちらを見ている。

引き戸にはサビだらけの掛け金と、表面がすり切れた南京錠《なんきんじょう》が取り付けられていた。光輔は引き戸に耳を押し当て、倉庫内に動きがないのを確認してから解錠した。南京錠と掛け金を外し、両開きの引き戸の片方を開けた。

向かいの窓から差し込む光が、横長で薄暗い庫内を照らす。石灰で白くなったコンクリートの床の上にボールが山盛りになったカゴと体操用のマット、カラーコーン、ハードル、ラインマーカーなどが置かれ、埃《ほこり》っぽい空気が漂っている。左右の壁際には棚が設《しつら》えられ、折りたたんだネットやタープテント、プラスチック製のカゴやケース等が並んでいた。

人影はなかったが緊張を維持し、光輔は庫内に入った。片側に歩きながら、置かれたものの陰や隙間を確認する。若井も庫内に入り、反対側に進んだ。奥まで行ったが、潜伏者もその痕跡もなかった。外れかと思いつつ、扉の方に引き返した。反対側の棚の前には若井が立ち、きょろきょろしているが何も見つからないようだ。若井も諦《あきら》めたのか、こちらに歩きだそうとした。と、その背後で動きがあり、光輔は立ち止まって目をこらした。

若井の後ろに置かれた跳び箱の陰から、誰かが出て来た。黒い服に黒いメガネ。最上賢太郎だ。そう気づいた直後、光輔の目に賢太郎が片手に握りしめた金属製の棒が映った。棒は長さ十五センチほどで先端は尖《とが》り、下端はフック状になっている。テントを固定する時に使うペグだろう。

「おい！」

光輔が駆けだし、若井は驚いて立ち止まる。賢太郎は何か叫びながら片手で若井の肩を摑《つか》んで引き寄せ、もう片方の手で握ったペグを若井の首に突き付けた。

「来るな！　こいつを殺すぞ」

「やめろ！」

賢太郎の向かいで足を止め、光輔は怒鳴った。若井は両手を体の脇に垂らし、固まっている。

「てめぇ！」

後ろで声がして、架川が庫内に飛び込んで来た。すると賢太郎は若井の首にペグを突き付けたまま、

「来るなって言ったろ！」

　とうろたえた様子で叫び、若井を連れて後ずさった。光輔は呼吸を整え、できるだけ穏やかに語りかけた。

「最上、落ち着け。大丈夫だ。俺たちはお前を傷つけたりしない」

「うるさい！　出て行け」

「お前だって、本当は誰も傷つけるつもりはなかったんだろ？　お前はただ、理奈さんを守りたかっただけだ。でもあんなことになって、怖くて逃げたんだろ？」

　賢太郎は無言。ペグの先は若井の首に突き付けられたままだが、その目は光輔を見ている。

「ここの鉄棒で、逆上がりの練習をしたんだよな。理奈さんが話してくれた。水増し請求のこともだ。彼女もここに来てるぞ」

　そう告げると賢太郎はさらにうろたえ、「やめろ！」と怒鳴った。

「絶対連れて来るなよ。顔なんか見たくないし、向こうだって同じだ。全部ムダだし、もう手遅れなんだよ！」

　最後は泣き声になり、賢太郎はペグを握った手を振り上げようとした。焦り、光輔は腰のホルスターの中の拳銃《けんじゅう》を摑んだ。すると、架川が口を開いた。

「何がムダで、手遅れなんだ？　教えてくれよ。それを聞くために、俺はお前を丸三日捜したんだ。通風孔から声が聞こえるのに気づいたのも、俺だぞ。いいだろ？」

ぶっきら棒に問いかけ、架川は床に置かれていた古タイヤを引き寄せ、上にどっかりと座った。賢太郎を見上げ、「さあ話せ」と言わんばかりに顎《あご》をしゃくる。その横柄かつ飄々《ひょうひょう》とした態度に圧《お》され、賢太郎は戸惑い顔になる。よし。そう思い、光輔もその場にあぐらを掻《か》いて座った。話を聞く気満々で自分を見上げる二人に、賢太郎はますます戸惑い顔になった。光輔が「任せて」の意味で目配せをすると、若井も「了解」と言うように目配せを返してきた。

ペグを握る手を数回動かしてから、賢太郎は話し始めた。

「水増し請求を知った時は、もっとやれ、親父もおふくろもいい気味だと思ったんだ。だけど理奈ちゃんが来るようになって、昔のことを思い出した」

「向こう」が「理奈ちゃん」に変わった。光輔は手応《てごた》えを覚え、架川は「へえ」と呑《のん》気《き》な相づちを打って言った。

「それで店を見に行くようになったんだな。理奈さんは働き者だし、がんばってるもんな」

すると賢太郎はこくりと頷《うなず》き、話を続けた。

「必死で店を立て直そうとしてるのがわかった。そうしたら、自分が情けなくなって。頭じゃ変わらなきゃ、何とかしなきゃと思うんだけど、体が動かないんだ」

記憶が蘇《よみがえ》ったのか、賢太郎は苦しそうに顔を歪《ゆが》めた。光輔の頭に、ジャンパーの下の壁の凹《へこ》みが浮かぶ。勢いが付いたのか、賢太郎はさらに語った。

「そうしたら三日前に理奈ちゃんが来て、水増し請求はやめるって言ったんだ。でも弓江はひどいことを言って、俺は我慢できなくなった。だから理奈ちゃんが帰ったあと勝手口に行って、水増し請求をやめないと親にバラすと言ってやったんだ。だけど弓江のやつ」

　言葉に詰まり、賢太郎が俯《うつむ》く。それでもペグは握ったままだ。まっすぐ前を見て、架川は訊《たず》ねた。

「弓江はお前に、何と言ったんだ？」

「勝手にしろ、お前の言うことなんて誰も信じない。この家では、私はお前の何倍も信頼されてるし、力もあるって。お前なんか私の下、底辺だって。俺、滅茶苦茶《めちゃくちゃ》腹が立って、弓江を黙らせようと思った……気がついたら、弓江は廊下に倒れてた」

「そうか」

　低い声で架川は返し、賢太郎はまたこくりと頷いた。

　そういうことだったのか。光輔は納得し、「家族だって組織だぞ」という架川の言葉を思い出した。そして一昨日《おととい》の捜査会議中の、「賢太郎は組織や上下関係、抗争とは無縁の引きこもり」という自分の発言は間違いだと気づいた。組織や上下関係とは無縁と感じられる者ほど、実は人間関係や世間の中における自分の立ち位置が見えず、不安やジレンマを抱えているのかもしれない。

「わかっただろ。だから全部ムダだし、手遅れなんだよ。二人とも、出て行け」

賢太郎の声に力が戻った。片手でペグを握り直し、もう片方の手で若井の腕を摑んで引き寄せる。短い悲鳴を上げ、若井が脚をふらつかせた。

「うるさい！」

そう怒鳴り、賢太郎はペグを振り上げるが、一瞬躊躇《ちゅうちょ》を見せた。その隙を見て光輔と架川は同時に立ち上がり、飛び出した。

架川が腕を伸ばしてペグを握った賢太郎の手を摑み、光輔は若井の腕を捕らえている賢太郎のもう片方の手を引き剝《は》がした。唸《うな》り声を上げ、賢太郎はペグを握った手を無茶苦茶に振り回し、体も左右に振った。同時に架川の脛《すね》を蹴《け》って手を振り払うと、またペグを振り上げた。

「コラ！」

そう叫び、光輔はとっさに若井の手を摑んで手前に引き、もう片方の手でペグの先端を握った。若井が光輔の脇を抜けて床に倒れ、光輔は手のひらに鋭い痛みを覚えた。

賢太郎はさらに唸り声を上げ、光輔の手からペグを引き抜こうと片手を左右に振った。その度にペグの先端が光輔の手のひらに食い込み、痛みも増して血が流れた。しかし光輔はペグを放さず、もう片方の手を賢太郎に伸ばした。体勢を立て直した架川も、賢太郎に摑みかかる。

「やめて！」

切羽詰まった声が響き、賢太郎は動きを止めた。光輔と架川も動きを止め、振り返った。引き戸の前に、理奈がいた。目を潤ませ、賢太郎を見ている。

「賢太郎くん、もうやめて。だって、全然違うから。私なんて、ちっともがんばってない。永峰さんの言いなりになって、水増し請求しちゃったじゃない。私のためにケンカしてくれてる賢太郎くんを置いて、逃げちゃったんだよ？　あの時私が止めに入っていれば、事件は起きなかったのに」

強い口調で捲《まく》し立てる。しかし理奈の怒りは賢太郎ではなく、自分に向けられたものだとわかった。賢太郎も理奈を見て、何か言おうとした。しかし口をぱくぱくと動かすだけで、言葉が出て来ない。目から涙を溢《あふ》れさせ、理奈は言った。

「ごめんね。賢太郎くんは、本当は優しい人なのに。だから、そんなことしないで。自分を罰しなきゃいけないのは、私の方だよ」

「違う。それは違う」

ようやく声を絞り出し、賢太郎は首を横に振った。気づくと、ペグを握る賢太郎の手からは力が抜けている。すかさず、光輔は賢太郎の手からペグを奪い、架川は賢太郎の両腕を摑《つか》んで後ろに回させた。と、体育倉庫の外で声がして、複数の足音が近づいて来た。賢太郎と理奈がはっとし、光輔は言った。

「なら、これからがんばればいい。二人とも、やらなきゃいけないことがたくさんある。ムダとか手遅れとか言うのは、それを全部やってからだ」

考える余裕はなく、頭に浮かんだままを口にした。そして他人になりすまして父親の無実を証明すると決める前に、幾度となく「そんなことしてもムダじゃないか」「もう手遅れかも」と逡巡《しゅんじゅん》したことを思い出した。と、「そうだ」と架川の声がして、光輔は隣を見た。

「やれることは全部やれ。そうすりゃいつか、何の迷いも後ろめたさもなく、昔のようにハイタッチできる日が来る」

力のこもった声で告げ、架川は賢太郎と理奈を交互に見た。二人も架川を見る。するとまず理奈が「はい」と頷き、促すように賢太郎を見た。一瞬躊躇するような表情を浮かべた賢太郎だったが、両腕を架川に拘束されたまま大きく息をつき、うなだれた。と、引き戸が全開になり、刑事と警察官がどっと庫内になだれ込んで来た。女性警察官が理奈を庫内から出す。

「蓮見さん。大丈夫ですか？」

いつの間に立ち上がったのか、若井が隣に来て光輔の手を見た。言われたとたん、忘れていた痛みがぶり返したが、光輔は「はい」と答えて血まみれの手を体の前に上げた。

矢上に「向こうに救急車が来てるから」と言われ、他の刑事に付き添われて体育倉庫を出た。数歩歩いて振り向くと、手錠をかけられて大勢の刑事に囲まれた賢太郎が体育倉庫から出て来た。賢太郎は俯き、その傍らには厳しく強い目で彼を見つめる架川がいた。

「何の迷いも後ろめたさもなく、昔のようにか」

気がついたら、呟《つぶや》いていた。「何か言ったか？」と付き添いの刑事に訊《き》かれ、光輔は「いえ、何も」と答えて前を向き、校庭を歩いた。

12

ヒールの音を響かせ、若井は廊下を進んだ。一つのドアの前で足を止め、制服の乱れを直した。背筋を伸ばして気持ちを引き締め、ドアをノックする。くぐもった声で返事があったので、ドアを開けて「失礼します」と一礼して部屋に入った。白い壁に囲まれた室内の手前にソファセットが置かれ、制服姿の男たちが座っている。

「おはよう。元気そうじゃないか」

手前のソファに座った男が言った。中背で細身、前髪を額の真ん中で分けている。警視庁警務部人事第一課監察係係長の小谷野《こやの》友治《ともはる》警部、歳は三十六だ。

「おはようございます。お陰様で」

若井は返し、ソファの脇に進み出て改めて一礼した。

「所轄にも慣れたようだな。家政婦殺害事件の解決に一役買ったと、松代さんに聞いた」

小谷野の向かいのソファでも、男が言う。こちらは富塚雅孝《とみづかまさたか》警視正、五十歳だ。人事第一課のトップは警察庁キャリアの課長だが、監察業務の現場を取り仕切るのは首席監察官の富塚だ。ここは警視庁本部庁舎十二階にある人事第一課の首席監察官室で、若井が登庁したのは桜町中央署に異動になって以来初めてだ。「ありがとうございます」と礼をした若井だが、出過ぎた行為だと咎《とが》められるかと身構えた。だが富塚は、

「きみの報告書を読んだ。この蓮見光輔という巡査長が、架川の不正行為に加担しているというのか？」

とローテーブルの上の書類を取り、本題に移った。頭を上げ、若井は答えた。

「鷲見組への情報漏洩《ろうえい》との関係は未確認ですが、何かを共謀しているのは確かです。蓮見にも非違事案《ひいじあん》行為があるのではと考え、小谷野係長に身元照会を依頼しました」

非違事案とは「警視庁監察規程」「懲戒処分の指針」など、警察官の違法・触法行

為を定めた規則に反することを指す。非違事案が疑われると監察係による行動確認が行われ、クロと判断されれば免職、停職、減給、戒告のうちいずれかに処される。

　金雀枝小学校の体育倉庫で、最上賢太郎を逮捕してから約十日。賢太郎は取り調べに素直に応じているという。また理奈を始めとする商店の従業員による水増し請求については、最上家の人たちが「家族も同然だった家政婦のしでかしたこと。商店のみなさんを罪に問う気はない」と断言したそうだ。また最上家の人たちは、「賢太郎も弓江の被害者の一人。みんなで支えていく」とも話しているらしい。事件は解決し、若井は警務課に戻り、業務をこなしながら架川の監視を続けている。しかし最近では、架川より光輔が気になる。

　賢太郎にペグで刺されそうになった時、光輔は若井の手を摑《つか》んで引き寄せ、自分の手を犠牲にして助けてくれた。だがその前夜、光輔は同じように若井の手を摑んで脅し、取引を強要した。どちらが本当の光輔で、真意はどこにあるのか。その疑問に、若井は強く惹《ひ》きつけられた。

「ああ」と頷《うなず》き、小谷野も書類を手にした。

「再採用で入庁二年目。賞状二回、賞誉《しょうよ》一回。身上調査票によると借金、賭《と》博《ばく》、過度な飲酒行為はなく、思想、交友関係も問題なし。ついでに交際相手も『無』だ」

「そうですか」

落胆と安堵《あんど》が入り交じった想いで返すと、小谷野はこう続けた。

「だが、念のために兵庫県警時代の記録を取り寄せたところ、看過できない事実が判明した……羽村《はむら》くん、よろしく」

「はい」

そう答え、小谷野の隣で身を乗り出したのは三人目の男。背が高く色白で、黒く太い眉《まゆ》と一重まぶたの細い目の対比が印象的だ。羽村琢己《たくみ》警部、三十五歳で若井たちと同じ警務部人事第一課所属だが、監察ではなく人事情報管理係。警視庁内の人事情報はコンピュータシステムにインプットされており、そのシステムの開発と運用、管理を担うのが人事情報管理係だ。係長の羽村は、警視庁職員約四万六千人の情報の番人といえる。

「兵庫県警内の人事記録は蓮見光輔が再採用応募時に提出したものと一致し、何ら問題はありません。しかし二ヵ月ほど前にも兵庫県警に蓮見の身元照会を依頼した者がおり、それが架川英児であると判明しました」

「えっ」

若井は思わず声を上げたが、羽村は振り向きもしない。手にした書類に目を落とし、話を続けた。

「さらに架川の依頼で身元照会が行われた後、兵庫県警内に残っていた蓮見の写真と資料数点がなくなっていたとわかりました。二年前、僕は警視庁採用センターに勤務していました。記憶にありませんが、蓮見の再採用の選考に関わった可能性があります」

　話しながらだんだんと顔が引きつり、目が険しくなっていくのがわかった。羽村はいわゆる準キャリアで、切れ者として知られる一方、「自分のミスも他人のミスも許さない」「笑い顔を見た人がいない」と評判だ。羽村の心中を察したのか、小谷野は「それは今はいいじゃないか」と作り笑顔でフォローし、若井に向き直った。

「という訳で、羽村くんに協力を仰いで蓮見の身元を再調査することになった。きみには架川と併せ、蓮見の行動確認も頼みたい。いいね？」

「はい」

　若井が応《こた》えると、羽村が振り返った。切羽詰まった顔で若井を見据え、言う。

「蓮見光輔には間違いなく何かある。今度こそそれを突き止め、見逃してはならない」

「わかりました。よろしくお願いします」

　表情を動かさずに返した若井だったが、胸の中は揺れていた。

　架川の監視を光輔に知られ、取引を承諾させられたことは、小谷野たちに報告していない。報告すればただちに監視の任を解かれ、罰俸転勤《ばっぽうてんきん》という警察独特のやり方で左遷されるだろう。だが、脅しに屈したと見せかけて光輔の真意を探り、正体を突き止めれば、架川の疑惑の真相にも辿《たど》り着けるかもしれない。有り余る結果を出せば、ミスは黙殺されるはずだ。

13

同日同時刻。光輔は東京都北《きた》区にいた。小さな商店街に、テレビや映画のロケに使えそうな古式ゆかしい駄菓子店や銭湯がある。その一角にこれといった特徴のないビルがあり、複数のオフィスが入っている。

ビルの裏手に回り、光輔は片手の手のひらを開いたり閉じたりした。ネット式の包帯を付けていて、傷はまだ少し痛むがここでの目的を果たす分には問題なさそうだ。と、分厚い鉄のドアが開いてスーツ姿の若い男が顔を出した。

「蓮見さんですか？」

「はい」

光輔が答えると若い男は、「湯《ゆ》浅《あさ》です」と名乗り、ドアを開けて光輔を招き入れた。

ここは警視庁組織犯罪対策部組織犯罪対策第三課の附属機関、警視庁暴力団対策情報室だ。所在地は公開しておらず、このビルのフロアガイドにも名前は載っていない。

湯浅の後に続き、廊下を進んでエレベーターではなく階段で五階に上がった。湯浅は人通りがないのを確認してから廊下に進み、足早に歩いた。左右に並ぶドアはどれも脇にセンサーがあり、認証を受けないと出入りできない。

湯浅はドアの一つの前で足を止め、センサーにＩＤカードをかざした。ドアは解錠され、二人で室内に進んだ。パーティションで区切られた机と椅子が並んでいるが、他には誰もいない。

「帰る時には声をかけて下さい」と告げて、湯浅は部屋を出て行った。一人になり、光輔は手近なパーティションブースに入って椅子を引いて座った。机上にはパソコンの液晶ディスプレイとキーボード、マウスがセットされている。

マウスを動かすと液晶ディスプレイが明るくなり、使用者のサインインを求める枠が表示された。光輔は枠の中に氏名と、アルファベット二文字と三桁《けた》の数字からなる警察官の識別番号を入力した。ＩＤカードの認証も求められたので、傍らのカードリーダーにＩＤカードをかざした。この部屋にも防犯カメラはあり、てきぱきと済ませたかったが、無理をすると手が痛む。

最上賢太郎を制止しようとして手のひらに負った傷は、少し縫ったが腱《けん》や骨に異常はなかった。間もなく抜糸で、今朝のように、「病院に寄ってから出勤する」という名目で動けるのは悪くない。

認証をクリアし、光輔はここに来た目的であるG資料にアクセスした。暴力団対策情報室は暴力団やフロント企業、反社会的勢力とその配下にある暴走族や不良グループ、海外の犯罪組織などの情報をデータベース化している。いわば警視庁の組織犯罪捜査のシンクタンクで、中でも暴力団とその組員の情報に特化しているのがG資料だ。それだけに秘匿性も高く、基本的に組対内部の者しか閲覧できない。架川を利用して何とか潜り込めないかと考えていた光輔だったが、取引の条件として若井に持ちかけたところ、昨晩「算段をつけた」と連絡があった。

罠《わな》かもしれないとは思う。しかしこうしてG資料にアクセスできたのなら、得られる情報は全て得るべきだ。そう判断し、光輔はデータの閲覧を始めた。

条件を入力して検索をかけると、求めていた人物の情報が表示された。「組織名：鷲見組系暴力団信濃《しなの》一家」「氏名：当麻《とうま》秀和《ひでかず》」「役職：組長」「年齢：六十三歳」。さらに何年の何月に誰から杯をもらい、何年後に組の若中になったかといった経歴が表示され、張り込みや逮捕時に撮影された写真も添えられている。

すごいな。既に知っている情報もあったが光輔は興奮し、画面に見入った。と、「チャート・相関図」というバーがあるのに気づき、マウスを動かしてクリックした。

画面が切り替わり、大小の四角い枠と、それを結ぶ矢印付きの線が表示された。正にチャート図だ。

「うわっ」

興奮は増し、思わず声が漏れた。慌てて口を閉じ、光輔はチャートを見た。

画面左端中央に「当麻秀和」の枠があり、そこから延びた複数の矢印には「フロント企業」「トンネル会社」等々の但書がされ、その先には不動産会社や建設会社、リゾート企業らしき社名が書かれた枠があった。

チャート図には他に当麻と関係が深いカタギの企業や議員、スポーツ選手や芸能人の名前も載っていた。その中に「内縁関係」と記された矢印があり、その先の枠には、「小《こ》浜《はま》三《み》代《よ》子《こ》」とあった。「内縁関係」の矢印はもう一つあり、その先の枠に「田《た》並《なみ》史《ふみ》江《え》」の名前を見て、光輔の胸はどくんと鳴った。頭には、一枚の写真が浮かぶ。

写っているのは、あるクラブのソファに並んで座る女たち。真ん中で艶然《えんぜん》と微笑む着物姿の中年女が、ママの小浜三代子だ。周りのホステスたちも着物やドレスをまとい、端の方に長い髪を明るい茶色に染めた小太りの若い女と、童顔で痩《や》せた、三十代前半の女が並んで写っていた。小太りの女の方が、田並史江だ。

当麻と史江が内縁関係？　最近そういう仲になったのか？　あるいは——。仮説を立て、光輔が愕然《がくぜん》とした瞬間、写真は映像に変わった。

映像に映ってるのは、写真にいた童顔で痩せた女。古く狭いアパートの一室に、血まみれの下着姿で倒れている。その胸と腹は血まみれで、傍らには包丁が転がっていた。かっと見開いた女の目に映るのは、メタルフレームのメガネをかけた中年男。光輔、本名・梶間直人の父・梶間優人だ。優人の手も血まみれで、額から汗をしたたらせ、呼吸は荒い。

しっかりしろ。惑わされるな。しかしショックと混乱から抜け出せず、すがるような気持ちで語りかけた。

「お父さん」

しかし頭の中の父親は無言で死んだ女を見下ろし、肩で息をしていた。

第三話　裏切り者に罠を張れ

1

架川英児の向かいに、男がぶら下がっている。

男は目を閉じて俯《うつむ》き、こけた頬には無精ヒゲが目立つ。痩《や》せた体を着古したシャツとスラックスに包み、筋張った首に巻かれたロープは、壁のエアコンの通風孔に結びつけられていた。と、蓮見光輔が言った。

「ホトケは首藤俊範《しゅどうとしのり》、五十五歳です」

「なに⁉」

架川が振り向くと、光輔は白手袋をはめた手で手帳のページを捲《めく》り、こう続けた。

「この部屋に越して来て、四カ月だそうです。職業は警備会社のガードマンで、そちらも入社四カ月。その前に何をしていたかは、架川さんも知ってますよね」

「……ああ。警察官だろ。本庁の生活安全部《セイアン》の参事官《さんじかん》、警視正だ」

呆然《ぼうぜん》としながらも答えると、光輔は言った。

「五十五で警視正なら、ノンキャリア。すごいな。大出世というより、奇跡に近い。

なんでそんな人が」

　そこまで言って口をつぐみ、室内を見回す。架川も倣った。

桜町中央署管区の茜町《あかねちょう》に建つ、築四十年ほどの団地の三階。ここはダイニングキッチンで、首藤が首を吊《つ》ったエアコンは奥の掃き出し窓の上に取り付けられている。部屋は他に二つあるが、テーブルやカラーボックスなど必要最低限の家具しか置かれておらず、壁際には未開封の引っ越し業者の段ボール箱が積まれていた。

　架川は組対にいた頃、所轄署の署長だった首藤に捜査で世話になったことがある。だが遺体の首藤に当時の面影はなく、気がつかなかった。架川は言った。

「首藤さんは、去年の十二月に退職したんだ」

「それほど昔じゃないですね。まさか——」

　光輔が何か言いかけた時、ダイニングキッチンに刑事課長の矢上慶太が入って来た。

「ホトケは近所づきあいはせず、訪ねて来る人もいなかったそうだ」

　ハンカチで汗を拭《ふ》きながらそう告げ、前方を指す。ダイニングキッチンの手前に廊下があり、その先にある玄関のドアは開け放たれている。振り返った架川の目に、玄関を出入りする刑事たちと外の通路で梅林昌治、鳥越国明と話している年配の男女が映った。

　年配の男はこの団地の管理組合長で、女は集金当番だ。今日は管理費の集金日で、集金に来た女が首藤が出て来ず、玄関が施錠されていなかったため、管理組合長に連絡。室内を覗《のぞ》いた管理組合長が首藤を見つけ、通報したそうだ。時刻は午後十時前。八月も半ばを過ぎたが暑さは続き、エアコンを切った室内は蒸し風呂《ぶろ》のようだ。すぐに発見されると考えて、集金日を選んだのか。腹の中を空にしていたのか、縊《い》死《し》につきものの糞尿《ふんにょう》の垂れ流しもない。遺体と現場の処理にあたる者への気遣い、あるいはプライドか。複雑な気持ちになり、架川は遺体を振り返った。

「遺書は見つかりませんでしたが室内に争った形跡はありませんし、自殺でしょうか」

「多分な。鑑識も済んだし、ホトケを署に運ぼう。元奥さんに来てもらってるから、身元確認を頼むよ」

「わかりました」

「俺も立ち会う」

架川が言うと矢上は「えっ、でも」とうろたえた。構わず、架川は光輔を目で促して玄関に向かった。

遺体が搬送車に乗せられるのを確認し、セダンで署に戻った。遺体は署の地下一階の霊安室に運ばれ、架川と光輔も向かった。

遺体は、床も壁も白いタイル張りの霊安室の中央に設《しつら》えられた、ステンレス製の検死台に寝かされていた。奥の壁際には香炉《こうろ》が載った祭壇があり、線香の煙と香りが漂う。間もなく、ドアが開いて鳥越に付き添われた女が入って来た。歳は四十代後半で小柄、長い髪を肩に垂らしている。検死台の前で立ち止まった女に、架川と光輔は一礼した。女も会釈し、光輔が言う。

「山川華絵《やまかわはなえ》さんですね？　お手数ですが、遺体の確認をお願いします」

「はい」

華絵は答えた。強《こわ》ばった顔で、白い布がかけられた遺体を見ている。光輔は検死台に歩み寄り、目を閉じて合掌してから遺体にかけられた布をめくった。遺体の顔を一目見て、華絵は硬い声で言った。

「首藤です。間違いありません」

光輔は遺体に布をかけ直し、「わかりました。ありがとうございます」と再度頭を下げた。鳥越に促され、華絵は霊安室を出た。架川と光輔も続く。廊下を歩きだそうとした華絵に、架川は語りかけた。

「架川と言います。首藤さんには、以前大変お世話になりました」

すると華絵は足を止め、振り返った。

「そうですか。首藤とは、先月離婚したんです」

「失礼ですが、こういうことになったのは例の事件が原因ですか？」

「何もこんな所で。山川さんには、今から話を聞きますから」

顔をしかめ、鳥越が割って入る。こんな所だからこそ、本音が漏れるんだよ。心の中で言い返し、架川は続けた。

「首藤さんは再就職もして、新たな生活を始めようとしていたはずです。その矢先になぜでしょうか」

「わかりません。首藤が家を出てからは、弁護士さんを通したやり取りだけだったので。ただ、気持ちが切り替えられずに悩んでいるとは聞きました。それと」

華絵は言葉を切り、目を伏せてから改めて架川を見た。

「事件の後、首藤は『あれは罠《わな》だ。俺は嵌《は》められた』と何度も言っていました。でも私が、『いったい誰がそんなことを？』と訊《き》いても答えてくれませんでした……もういいですか？　父親が亡くなったと、子どもたちに報《しら》せないと」

そう訊《たず》ねた華絵の声は震えていた。「はい」と返すと、華絵は鳥越と歩き去った。

その後、首藤の遺体に不審点はないとして、警察官による死体見分が行われた。また警備会社の上司から話を聞いたところ、首藤は仕事はこなしていたが塞《ふさ》ぎがちで、職場に馴染《なじ》もうという様子も見られなかったとわかった。結果、首藤は自殺として処理されることになった。

2

署の敷地に入って数歩進んで足を止め、架川は後ろを振り返った。午後五時を廻《まわ》ったところで大勢の署員が通用門を出入りし、その向こうの通りも賑《にぎ》やかだ。しかしとくに異常はなく、架川は気のせいかと歩きだそうとした。すると「どうしたんですか？」と、後ろから来た光輔に声をかけられた。

「最近、誰かに見られてる気がするんだよ」

「ああ。あれですよ」

光輔は笑って後ろを指した。通用門を出たところに女の三人組がいて、囁《ささや》き合いながらこちらを見ていた。三人とも私服姿で、一人は若くて胸が大きく、二人は中年でメガネをかけている。架川と目が合うと、三人組はぎょっとして身を寄せ合った。

「なんだ。桜町三姉妹か」

鼻を鳴らし、架川は前に向き直った。光輔は「なんですかそれ？」と訊き、三人組に「お疲れ様です」と笑顔で会釈した。裏返った声で何か返し、三人組は通りを歩いて行った。

「メガネの二人、なんとか姉妹ってお笑いコンビに似てねえか？　もう一人の若いのは、妹分って感じだし。で、桜町中央署だから桜町三姉妹。上手《うま》いこと考えただろ？」

説明しながらつい、笑ってしまう。すると光輔は「ノーコメント」と答え、こう付け足した。

「でも架川さん、周りの人間に興味ないみたいに見えて、ちゃんと見てるんですね」

「大きなお世話だ。お前は今日は当番か？」

光輔が手に弁当やスナック菓子、ペットボトルの飲み物が入ったコンビニのレジ袋を提げているのに気づき、問うた。警視庁の刑事課では六日に一度当番勤務、つまり当直がある。大規模署で十人、中規模署では二人から四人の当番がおり、事件が発生すると現場に駆けつけ初動捜査にあたる。

「はい。架川さんは檀家《だんか》まわりの帰りですか。なんか、年齢性別に関係なく網羅《もうら》しまくってるって感じですね」

光輔は感心しているとも呆《あき》れているともつかない口調で言い、架川が両手に抱えたものを眺めた。缶コーヒーや栄養ドリンク、菓子パンの他に饅頭《まんじゅう》や密閉容器に入った惣菜《そうざい》、果てはセミの抜け殻まである。全部世間話のついでに買ったり、「あげる」と渡されたりしたものだ。架川は「ほっとけ」と返し、歩きだした。

「調べごとがあるし、いつ誰の力を借りるかわからねえからな」

「それ、首藤さんの件ですか？　だったら、ざっとですが調べてみました」

そう返し、光輔も歩きだした。架川を促し、署屋の脇に入る。人気《ひとけ》のない場所まで行き、スーツのジャケットのポケットからスマホを出した。

「首藤さんの退職と離婚の原因って、これですよね」

光輔は言い、スマホの画面を架川に見せた。そこには週刊誌の記事の一部を複写したものが表示され、中央には夜の街を並んで歩く男女の写真があった。男はスーツ姿で、ややメタボ気味だが姿勢がよく、堂々としたオーラを放っている。架川が知っている、警視庁時代の首藤俊範だ。一方女は髪が長く、すらりとした体に白いコートをまとっていた。目には黒い目隠しが入っているが、歳は二十代前半だとわかる。写真の脇には、「警視庁幹部、美女と禁断の不倫!!」という文字が躍《おど》っていた。

「この記事が出たのは、昨年の十一月。警察職員の不倫は懲戒処分の対象になりますが、首藤さんは処分の前に依願退職したんですね。首藤さんは春の人事異動で本庁組織犯罪対策部の部長に就任すると噂されていたので、騒ぎになったのを覚えています。組対にいたんだし、当然架川さんも知ってますよね？」

光輔に問われ、架川は記事に目を落としたまま「まあな」と答えた。

「だが、お偉いさんの話だと意に介さなかった……この記事には、不倫相手の女は都内のタピオカ店勤務のフリーターで、スポーツクラブで首藤さんと知り合ったとあるぞ。二十代のフリーターが、警視庁の幹部御用達《ごようたし》のスポーツクラブに通えるか？」

「親が金持ちって可能性もありますけど、不自然ですね」

「それに、女の勤務先も引っかかる。タピオカってのは、やくざ者の新手《あらて》のシノギなんだよ」

「そうなんですか？」

驚き、光輔が大きな目を見開く。その目を見返し、架川は語った。

「タピオカドリンクってのはミルクティーの方が原価が高くて、一杯三十円から四十円だ。一方タピオカは、安い店で大量に仕入れりゃ、一杯二十グラムとして原価は六円。だから『サービス』と言ってタピオカを大量に入れりゃ、ミルクティーの量は少なくて済み、儲《もう》けは増える。特別な技術や設備がなくても作れるってところも魅力だ」

「知ってます。脱サラした人や学生が、移動販売で出店したりしてますよね」

「そこに、やくざ者も目を付けたんだよ。無論、ほとんどはまっとうな店だ。だが、風俗店やカジノといった昔ながらのシノギが厳しくなり、タピオカだの高級食パンだの、カタギの流行《はや》り物に手を出す連中が増えてるのは確かだ」

「なるほど。それなら、この女のバイト先も調べる価値はありますね」

光輔が大きく頷《うなず》き、架川も「ああ」と頷いた。しかし疑問が湧き、訊ねた。

「手を貸すって意味か？　首藤さんが自殺なのは間違いないし、無許可の独断捜査になる。いいのか？」

「ええ。協力するって約束ですから」

光輔は答えた。だが無許可の独断捜査ではマル暴復帰のための点数稼ぎにはならず、それは光輔もわかっているはずだ。

なぜだ？　こいつが意味のないことをするとは思えない。疑問は増したが、光輔の観察力や記憶力は使える。まあいいかと気持ちを切り替え、架川は「まずは、この記事の原本を手に入れるぞ」と告げて光輔にスマホを返した。

3

「架川と蓮見が、建物の脇から出て来ました」

双眼鏡越しの光景を、若井美波は報告した。私服姿でセダンの助手席に座り、車窓から外を窺《うかが》っている。通りを行き来する車と人の向こうに桜町中央署の通用門があり、その奥に署の通用口に向かう架川と光輔の姿が見えた。

「こちらからも見える」

隣の運転席から、愛想と抑揚のない声が返って来た。スーツ姿の羽村琢己がいて、前方を窺っている。架川と光輔は、通用口から署屋に入った。双眼鏡を下ろし、若井は腕時計を覗《のぞ》いた。

「午後五時十一分、送り込み」

「送り込み」とは監察係の隠語で、行動確認、略して行確《こうかく》の対象者が自宅や署に戻ることを指す。反対に対象者が外出することは、「吸い出し」と言う。

架川に加え、光輔の行確も行うようになって間もなくひと月。若井は二人を監視し、羽村は情報を収集している。準キャリアの羽村は地方への転勤も多く、その時に人脈を培《つちか》ったようだ。だが今のところ、架川の鷲見組への情報漏洩《ろうえい》と光輔の身元、どちらも有力な手がかりは得られていない。

「上官の許可を得たので、蓮見の監視はこちらで引き受ける。きみは引き続き架川を担当してくれ」

羽村が言った。膝《ひざ》の上に載せたタブレット端末を操作している。一瞬躊躇《ちゅうちょ》してから、若井は問うた。

「私見《しけん》ですが、警視庁内部に蓮見の協力者がいるのではないでしょうか」

光輔と取引してすぐに、若井は暴力団対策情報室の湯浅基《もとき》巡査部長と会った。湯浅とは以前同じ所轄署にいたことがあり、光輔が暴力団対策情報室のデータベースを閲覧できるように取り計らってもらった。若井は光輔が閲覧したデータの履歴を求めたが、湯浅に「履歴は全て削除済みで、いつ誰が削除したのかはわからない」と言われた。若井は驚き、同時に、そもそもなぜ光輔が暴力団の情報を求めたのかと疑問が湧いた。疑問は日ごとに深まり、その答えに光輔の疑惑の真相がある気がしてきた。

「だから、それが架川なんだろう。そもそも、二人が何か共謀していると言ったのはきみだ」

羽村は冷ややかに答えた。細い目は、若井に興味を失ったようにタブレット端末の画面に向く。

「はい。おっしゃる通りなんですが」

だとしたら、データベースの閲覧も架川に頼むのでは？　言い返したくなったがそうもいかず、若井の胸にもやもやとしたものが残った。

4

当番勤務の刑事は、交替で休憩と仮眠を取る。午後九時過ぎに光輔は休憩になり、他の刑事に「買い物に行って来ます」と告げて署を出た。

歩道の人通りは、かなり減った。光輔は周りを確認しながら、目的地に向かった。少し歩き、車のショールームの前に差し掛かった。既に営業を終えていて、店内は暗い。光輔はショールームのガラス張りの壁に、ちらりと目をやった。自分の周りを歩く学生のグループやサラリーマンが映り込んでいるが、異常はない。腕時計を覗き、光輔は足を速めた。

角を曲がって別の通りに入ると銀行があり、そこも壁がガラス張りだった。光輔は足早に銀行の前を進みながら、目の端でガラスを見た。と、胸がざわめき緊張を覚えた。光輔の十メートルほど後ろに、車のショールームのガラスに映っていたのと同じ男がいる。歩を緩めず、緊張が背中に表れないように注意して、光輔はもう一度ガラスを見た。

さっきと同じ男だ。尾行《つけ》られてる。光輔は確信し、素早く頭を巡らせた。と、前方に横断歩道が見えた。青信号が点滅しているのを確認し、前進を続けた。そして信号が赤に変わった瞬間、ダッシュで横断歩道を渡った。車のクラクションを聞きながら向かいの歩道に飛び込む。後ろを振り向きたい衝動にかられたが、必死に堪《こら》えた。そのまま歩道を進み、ビルのショーウィンドウで男が付いて来ないと確認した。

三分遅れで、目的地の路地に着いた。待ち合わせの相手は既に来ていて、光輔は歩み寄りながら謝罪しようとした。が、振り向いた相手を見て、思わず笑ってしまう。相手も、照れたように笑った。だが薄暗がりの中で向かい合うと、二人の顔から笑みは消えた。周囲を警戒しながら潜めた声で、二人は話を始めた。

5

同じ頃、若井は居酒屋にいた。同じ店には架川がいて、カウンター席で酒を飲んでいる。この店の常連なのか、厨房《ちゅうぼう》に立つ店員の若い男と親しげに言葉を交わしていた。

一時間ほど前、架川が桜町中央署から出て来た。若井は羽村のセダンを降り、尾行を始めた。架川は電車を乗り継ぎ、新橋駅で降りてこの店に入った。中を覗くと客層は様々で意外と広さもあり、運良く団体客が来たので一緒に入店した。

架川と離れたテーブル席でウーロン茶を飲み、つまみを食べていると、出入口の引き戸が開いた。黒いTシャツを着た店員たちが、「いらっしゃい」と威勢のいい声を上げる。

入って来たのは、目つきの鋭い痩《や》せた男。スーツ姿で、封筒を手にしている。若井ははっとし、架川は立ち上がって男に頭を下げた。組織犯罪対策第四課広域暴力団対策係係長の藤原要警部、架川の元上官だ。藤原は片手を上げて架川に応《こた》え、隣に座った。

藤原もここの常連らしく、店員の若い男と話している。そこに架川も加わり、店員の若い男は声を立てて笑った。藤原が何か注文すると、店員の若い男は店の奥に入って行った。背中を丸め、藤原と架川が話しだす。

話を聞かなくてはと思い、若井は店内に視線を巡らせた。架川たちの後ろのテーブル席が空いている。間に通路はあるが、架川たちとの距離は二メートルあるかないかだ。迷った末、若井は通りかかった店員を呼び止めて席を移りたいと告げた。

こちらは私服だし、背中合わせに座れば気づかれないはず。そう考えながら用心のために髪をアップにしてヘアクリップで留め、メガネをかけてテーブル席に着いた。ウーロン茶のお代わりを頼み、ざわつく店内で後ろに意識を集中して耳を澄ました。

「……そうですか、麻里《まり》ちゃんが。大変な時に呼び出してすみません」

架川の声が聞こえた。「いや」と返した低くかすれた声は、藤原のものだろう。

「女房が大袈裟《おおげさ》に騒いでるだけだ。もう大学生なんだし、帰りが遅くなることもある」

「藤原さん、宗旨《しゅうし》替えしたんですか。前は『門限は九時。外泊は禁止』って断言してたじゃないですか」

「一人娘だし、ついな。だが、厳しくすりゃいいってもんじゃないらしい。思い知ったよ」

後半は独り言のようになり、藤原が返す。架川は「へえ」と相づちを打ち、若井はこっそりと後ろを振り返った。藤原はビールの入ったグラスをカウンターに置き、封筒を取って架川に渡した。

「頼まれたものを持って来た」

「すみません。所轄で目立つことをしたくないんで」

「気にするな。最近こっち方面できな臭い動きがあって、県警と連絡を取り合ってる。しかし、こんな昔の事件を調べてどうする？」

藤原は問いかけたが、架川は無言。封筒から出した書類を読み始めている。

「県警」「事件」といったキーワードが引っかかり、若井は目をこらした。架川が読んでいるのは、警察内部の捜査資料のようだ。若井はさらに目をこらし、身も乗り出した。と、気配を察知したのか架川が資料を封筒に戻して振り返った。慌てて身を引き、若井は前を向いた。緊張しながらウーロン茶を飲んでいると、架川が前に向き直る気配があった。

「元セイアンの首藤さんが自殺しました」

「知ってる。お前のところの管内だろ。例の事件から、立ち直れなかったんだな」

「ええ。しかし、引っかかることがあって」

話しだそうとした架川を、藤原はため息で遮った。

「『目立つことをしたくない』と言ったばかりだろう。余計なことに首を突っ込むな」

「わかってますよ」とふて腐れたように架川が返すと、藤原は続けた。

「俺はじきに幕引きだ。後のことはお前に託すつもりだから、無茶して欲しくねえんだよ」

「隠居するって意味ですか？　またまた。俺以上に根っからのマル暴デカのくせに」

架川が笑い、そこに店員の若い男がつまみを運んで来た。藤原は「おっ。旨《うま》そうだ」と嬉《うれ》しそうに呟《つぶや》き、割り箸《ばし》を手にする気配があった。

架川たちの会話は、すぐに昔話になった。若井はそっと席を立って会計を済まし、居酒屋を出た。

6

若井が警視庁本部庁舎に着くと、羽村は既に十一階の人事情報管理係にいた。事情は居酒屋を出たあと電話で説明したが気持ちがはやり、若井は小走りで羽村の席に向かった。

「お疲れ様です」

返事はなく、羽村は机上のパソコンの液晶ディスプレイを見たまま「これ」と書類の束を差し出した。受け取って見ると、捜査資料だ。

「架川が読んでいたのと同じものですか？　どうやって入手したんですか？」

驚き、資料と羽村を見て訊《たず》ねた。午後十一時近くになり、室内に他の職員の姿はない。液晶ディスプレイから目をそらさず、羽村は答えた。

「藤原は『県警』と言ったんだろう？　なら、捜査資料はファックスで取り寄せたものだ。本庁で受信したファックスは、ネットワーク上のＦＴＰサーバーに転送される。だから、サーバーの広域暴力団対策係のファイルにアクセスしたんだ」

　交番勤務の警察官の活動日誌から刑事の実況見分調書、捜査報告書等々、警察職員の業務には書類作成がつきものだ。しかもそのほとんどは手書きで、警視庁管内の別の署や他府県の警察から請求があった場合は、基本的にファックスで送信する。デジタル化しないのはハッキングなどによる情報漏洩《ろうえい》を防ぐためと言われているが、ファックスの誤送信も起きており、矛盾していると若井は感じる。

　羽村の隣席に着き、若井は捜査資料を読んだ。送信元は長野県警で、十年前に県中部の春蘭《しゅんらん》市で発生した殺人事件に関するものだった。

　事件の被害者は歌川《うたがわ》チカ、三十四歳。クラブホステスだったチカは、当時十六歳の息子・涼牙《りょうが》を独りで育てていた。しかし涼牙は暴走族に所属し、暴行や窃盗などの事件を起こしていた。これに対応したのが当時の春蘭警察署生活安全課係長・梶間優人警部補、四十一歳。梶間は涼牙を更生させようと尽力し、チカの相談にも乗った。

　そして十年前の七月五日の深夜。優人から通報があり、捜査員がチカの自宅アパートに駆けつけたところ、腹部や胸部を三十カ所以上刺されて亡くなっているチカを発見、脇には血まみれの包丁が落ちていた。その後、包丁から優人の指紋が検出され、チカの同僚ホステスたちからはチカと優人は愛人関係にあり、揉《も》めていたという証言を得た。春蘭署は痴情のもつれから優人がチカを刺したと判断し、優人を殺人容疑で逮捕した。優人は容疑とチカとの愛人関係を否定し、包丁の指紋はチカの蘇生《そせい》を試みた際に付着したものと主張。だが、優人の知人である長野県警の職員が事件前に春蘭市に出張した際、言い争う優人とチカを目撃しており、優人は起訴されて裁判で懲役十八年の判決が下された。

「梶間優人は、ガイシャを滅多《めった》刺《ざ》しにしていますね。優秀で温厚な警察官だったようですが、マスコミの格好の餌《え》食《じき》だったでしょう」

実況見分調書の現場写真を見て、若井は言った。写真には、レースのキャミソールを血に染めてアパートの床に横たわるチカの遺体や、血しぶきが散った床と壁などが写っている。

羽村はノーリアクションだったが、若井はさらに言った。

「梶間は無実を主張し続けましたが、上告はせずに結審しています。なぜ今になって」

疑問を覚え、捜査資料のページを捲《めく》ると、こちらにも写真が掲載されていた。一枚目は生前の歌川チカで、童顔で痩《や》せており、少女のように見える。二枚目は梶間優人で、髪を短く刈り込み、メタルフレームのメガネをかけていた。三枚目も優人の写真で、制服姿で賞状を手に、勤務先と思《おぼ》しき警察署の前に立っている。事件前、何かで表彰された時に撮ったのだろう。優人の横にワンピースを着た三十過ぎの女と、中学生ぐらいの男の子も写っていた。写真の下には、「梶間優人と妻・小百合、長男・直人」と但書がされている。

梶間小百合は目を引く美人で、若井はその顔を凝視した。自然と目が動いて隣の直人も見て、若井は「えっ」と声を上げた。反応して、羽村が振り向く。その眼前に、若井は優人たちの写真を突き出した。

「見て下さい。梶間の長男なんですが、蓮見光輔に似ていませんか？」

早口で言い、直人を指す。羽村は怪訝《けげん》そうに指された先を見た。直人は光輔より華《きゃ》奢《しゃ》で、顔の輪郭もほっそりしているが、くっきりした二重の大きな目と歪《ゆが》みのない高い鼻、唇の薄い小さな口は光輔にそっくりだ。しかし羽村は、

「いいや。どちらも整った顔立ちだから、似ているように思えるんだろう」

と素っ気なく言って身を引いた。

「いえ、証拠はこれです。蓮見の笑った顔を見たことはありますよね？」

そう問いかけ、若井は指を光輔の顔の横に移動させた。はにかんだように笑う写真の直人の頬には、左側にだけえくぼができている。ずい、と羽村が身を乗り出した。

「いいだろう。確かめてみるか」

羽村がぼそりと言った。写真の直人を見る目は鋭く、突き刺すように尖《とが》っていた。

7

二日後の夜。光輔は六本木《ろっぽんぎ》にいた。外苑東《がいえんひがし》通りから脇道に入った、クラブやバーなどが多いエリアだ。午後八時を過ぎ、大勢の若者やサラリーマンが通りを行き交っている。

「これがインスタグラムの画像で、こっちは高校の卒業アルバムの写真だ」

セダンの助手席に座る架川は言い、後部座席の男に写真を二枚差し出した。

「うわ。別人じゃないですか」

男は受け取った写真を見比べ、はしゃいだ声を上げた。一枚は、ブレザーの制服を着た黒髪ショートカットの地味顔の女。そしてもう一枚には、肩と腕を剥《む》き出しにしたチューブトップ姿でピースサインをかざす、長い髪に派手な化粧の女が写っている。

運転席から後ろを振り向き、光輔は言った。

「インスタグラムの画像は加工されてるので、実際はさらに容姿が異なる可能性があります。注意して下さい」

「わかってますって。劇団の公演で、ヘアメイクで化ける女優を見てますから。ええと、この子の名前は森沢未央《もりさわみお》。歳は二十二で、福島出身」

　顔を上げ、男が言う。すかさず、光輔は訂正した。

「福島ではなく、福岡です」

「そうでしたっけ？　すみません」

　呑気《のんき》に返し、男はあははと笑った。不安を覚え、光輔は助手席を見た。しかし架川は平然と、車窓越しに外を窺《うかが》っている。

　情報を集め、首藤の不倫相手・森沢未央の素性を突き止めた。さらにSNSのインスタグラムで、未央のものらしきアカウントを発見し、この近くのクラブの常連だとわかった。光輔は別件で未央に話を聞こうと提案したが、架川は「俺のやり方でやる」と言った。そして一時間ほど前、架川に促されて署のセダンに乗り、ここに来た。するとどこからか男が現れ、後部座席に乗り込んだ。架川は光輔に男を「俺のエスだ」と告げ、男は「架川さんの舎弟の秋場圭市です。売れない役者をやってます」と名乗った。

「秋葉原《あきはばら》のタピオカ屋はどうだった？　未央のバイト先だ」

　振り向いて、架川が訊ねた。真顔に戻り、圭市は答えた。

「それが、跡形もなくなってました。不倫騒動のすぐ後に閉店したらしいです」

「経営者は何者だ？　近所に聞き込みしたんだろ」

「したけど、わかりませんでした。もうちょい調べてみます」

圭市があっけらかんと返し、光輔はまた不安を覚えた。腕時計を見て、架川が言う。

「そろそろ行け」

「了解です」

そう応《こた》えた圭市だがセダンから降りず、両手を顔に当てて俯《うつむ》いた。光輔は問うた。

「どうしたんですか？」

「あ、気にしないで下さい。これから演じる役の仮面をかぶってるんです……俺はパリピ。ヤンキーあがりのプランナー」

俯いて両手を顔に当てたまま、圭市は答えた。光輔が絶句すると架川は腕を伸ばし、圭市の後頭部を引っぱたいた。

「何が仮面だ。どうせマンガかドラマの受け売りだろ。そもそもお前は、演じるまでもなく元ヤンキーじゃねえか。さっさと行け」

睨《にら》みを利かせた架川に突っ込まれると、圭市は顔を上げ、「それは言いっこなしでしょ。ひでえなあ」とぼやいてセダンを降りた。背丈は光輔と同じぐらいだががっしりして、愛嬌《あいきょう》のある顔をしている。身につけているのはＴシャツにダメージジーンズ、シルバーのアクセサリーで、光輔は私服だと思ったが、これも「仮面」の一つか。

「大丈夫なんですか？」

人波に消えていく圭市の背中を見て、光輔は問うた。窓枠に片肘《かたひじ》を乗せて頬杖《ほおづえ》をつき、架川は答えた。

「ああ。圭市はノリは軽いが、やることはやる」

「福島と福岡を間違えるし、明るく『わかりませんでした』って言ってましたけど」

「間違いはともかく、わからないことをわからないと言うやつは信用できる。もうちょい調べるという善後策も提示したしな。その場しのぎで、適当なことを言うエスも多いんだ」

「へえ」

相づちは打ったがいまいち納得できずにいると、架川はさらに言った。

「それに、さっきの圭市の答えで十分収穫はあった。タピオカ屋が閉店したのは、不倫騒動のしっぽ切りだろう。裏があるってことだ。おまけに、秋葉原は鷲見組のシマときてる」

「確かに」

今度は納得して、光輔は頷《うなず》いた。「買い出しに行くぞ」と告げ、架川はセダンを降りた。

二人で近所のコンビニに行き、おにぎりや菓子パン、飲み物を買った。店を出て歩き始めて間もなく、架川が足を止めた。つられて光輔も立ち止まると、架川は「隠れろ」と言って傍らの電柱の陰に入った。光輔も続く。

「どうしたんですか？」

コンビニのレジ袋を抱え、前に立つ架川に訊《たず》ねた。架川は今度は「見ろ」と言い、顎《あご》で前を指した。光輔は架川の体の脇から顔を突き出し、前方を窺った。

街灯と飲食店の看板の明かりが、通りを照らしている。その一角にタクシーが数台停まり、降車した十人ほどの男たちが通りを横断している。後ろを気遣いながら先頭を歩くのは、縁なしのメガネをかけた小柄なスーツ姿の男。歳は三十代後半だろうか。その後ろを、背が高く濃い顔立ちの男と、中背の小太りで髪を七三分けにした男が歩いて行く。二人とも歳は五十代半ばで、遠目に見ても高級品とわかるスーツを着ている。その後ろにも五、六人の男がいるが、こちらの歳はばらばらだ。光輔の目が、二番目を歩く濃い顔立ちの男に釘付《くぎづ》けになる。

「先頭の縁なしメガネは、本庁組織犯罪対策部組織犯罪対策第四課課長の船津《ふなつ》成男《なるお》警視正。後ろのソース顔のイケメンは、本庁警務部部長の有働《うどう》弘樹《ひろき》警視監。そのまた後ろの小太りは、本庁組織犯罪対策部部長の椛島《かばしま》寿夫《ひさお》警視長。他の連中は、三人の取り巻きだろう」

光輔の耳に、架川の抑えた声が聞こえる。通りの向かい側にあるビルの前に着いた男たちを、クラブのママとホステスと思《おぼ》しき女たちが出迎えている。光輔が有働を見つめ続けていると、架川はさらに言った。

「遅ればせながらの、椛島の組対部長就任祝いってところか。あの三人には、キャリア組ってこと以外にも繋《つな》がりがある。何かと言うと」

「鹿児島《かごしま》の同じ私立高校の出身ですね。有働と椛島は同期で、船津は有働の剣道部の後輩」

光輔が先回りして答えると架川は「よく知ってるな」と、顔を覗《のぞ》き込んできた。前を向いたまま、光輔は応えた。

「父親の事件が起きた時、長野県警の警務部長だったのが有働です」

「そうだったのか。有働は親父さんの事件に関係しているのか？」

「わかりません」

事実を伝えたのだが、つい口調が強くなってしまう。有働は笑顔でクラブのママらしき中年女と談笑している。その堂々とした様を目にし、光輔の胸に苛立《いらだ》ちともどかしさが湧く。女たちに誘《いざな》われ、有働たちはビルに入っていった。光輔と架川は、電柱の陰から出て歩き始めた。少しして、架川が言った。

「梶間優人さんの事件の捜査資料を読んだ」

「そうですか」

光輔は応えた。予想していたことなので、驚かない。

「物証と人証《にんしょう》があり、動機も確かだ。お前が優人さんを無実だと信じる根拠はなんだ？」

「逮捕される前、父は僕に何らかのトラブルに巻き込まれたと思しき発言をしています。それに、どんな状況にあっても父は罪のない人を傷つけたりしません」

きっぱりと返すそばから、光輔の頭にあの夜の記憶が蘇《よみがえ》る。「世の中には正しいことを喜ばない人間もいる」と優人は言い、いつもとは別人のように厳しく、疲れた顔をした。架川は「そうか」と言い、こう続けた。

「お前の言い分が事実なら、事件には相当力のある人間が関わってるな。お前は、そいつを敵に回す覚悟ができているんだろう。だが、優人さんはどうだ？　お前が事件の真相を明らかにすることを望んでいるのか？　裁判で上告しなかった理由は、そこにあるんじゃねえのか？」

「違う！」

立ち止まり、光輔は返した。架川も足を止めて振り向き、行き交う人が二人を見る。

光輔の頭に今度は、長野の自宅を取り囲む記者とカメラマンの姿が蘇り、そこに鳴り続ける玄関のチャイムと電話の着信音、ムギの鳴き声が重なった。続いて拘置所の面会室で、「こんなのもう無理」と泣きわめく小百合と、アクリル板越しにそれを茫《ぼう》然《ぜん》と見る優人の顔も再生される。あの時光輔は不安ともどかしさで胸が張り裂けそうで、でも両親の顔を交互に見ることしかできなかった。

何も知らないくせに。出かかった言葉を、光輔はかろうじて堪《こら》えた。だが持ち手を握る手が震え、レジ袋が小さな音を立てて揺れる。それを一瞥《いちべつ》した架川は光輔の肩をぽんと叩《たた》き、「とにかくメシだ」と言った。

セダンに戻り、コンビニで買ったものを食べた。そのあと待つこと約二時間、ムダ話にも居眠りにも飽きた架川がセダンを降り、光輔も付き合って降車した。二人でセダンの脇に立っていると、圭市が戻って来た。両手をスラックスのポケットに入れてセダンに寄りかかり、架川は訊ねた。

「首尾は？」

「クラブで一時間ぐらい待ってたら、未央と友だちが来ました。どこかのバーで一騒ぎしてから来たみたいで、もうノリノリ。一緒に踊って盛り上がって、テーブルに移って飲みながら話しました。待ってる間に調べたファッションイベントのサイトを見せて、『プランナーとしてこれに関わってるから、モデルをやらない？』と持ちかけました。もちろん、イベントのサイトに載ってたプランナーの名前を名乗りましたよ」

酔いで赤くなった顔で身振り手振りも交え、圭市は答えた。「声が大きいです」と注意しつつ、光輔は「ノリは軽いが、やることはやる」という架川の言葉は本当だなと思った。

「そうしたら友だちの方が、『私はいいけど、未央は名前とかバレるとヤバい』って言うから、速攻で『未央ちゃんって、実は有名人なの？』って訊《き》いたんです。未央は最初ごまかそうとしたけど、食い下がったら『実は』って偽名を使って不倫をして小遣いを稼いでるって話をしました。で、『もしかしてニュースの？』って、不倫相手が自殺した件も持ち出してみたけど、未央は知らなかっただけじゃなく、『そうなんだ』のひと言だけでしたよ」

圭市の話を聞き終え、光輔は架川を振り返った。セダンに寄りかかったまま、架川は言った。

「首藤さんが言ってた通り、不倫騒動は罠《わな》だな。タピオカ屋の裏にいるやつが未央を雇い、首藤さんに接近させたんだろう」

「ですよね」

同じことを考えていたので胸がはやり、光輔は頷いた。しかし、

「タピオカ屋の裏には鷲見組がいるとして、なぜ首藤さんを？」

と疑問を呈した時、「あれ？　架川さんじゃないですか」と甲高い男の声がした。

光輔と架川、圭市が振り向くと男の二人組がいた。どちらもさっき椛島たちと一緒に

いた男で、甲高い声の男は三十代前半、もう一人は架川と同年代で日焼けし、髪を三分刈りにしている。二人とも厚みのある体をして目つきが鋭く、独特の威圧感がある。架川は破顔して二人組に「久しぶりだな」と言い、光輔に「組対のデカだ」と告げた。

「こいつは所轄の相棒の蓮見だ。圭市は覚えてるだろ」

　歩み寄って来た二人組に、架川は光輔と圭市を指して告げた。光輔は「はじめまして」と頭を下げたが、甲高い声の男は圭市を見て言った。

「えっ。まだ、こいつの面倒を見てるんですか？」

「こいつ」と親指で指され、圭市はむっとした顔になった。それでも二人組に、「お久しぶりです」と会釈をする。「まあな」と答え、架川は話を変えた。

「この先にある、神群《しんぐん》会の三次団体の持ちビルを見たか？　テナントががらっと変わってる。調べた方がいいぞ」

　組対時代を思い出したのか、途中から口調が熱を帯びる。しかし甲高い声の男は、「はあ」と素っ気ない。日焼けした男は無言で架川を睨《にら》んでいる。構わず、架川は続けた。

「不動産会社のアダムエステートの社長が、ボディガードを探してるそうだ。馴染《なじ》みのやくざ者の中から誰か見繕《みつくろ》って、紹介してやれ。連絡先を送る」

「いやいや。ちょっと待って下さいよ」

甲高い声の男が苦笑いとともに言い、架川はジャケットのポケットからスマホを出す手を止めた。

「組対のデカが、暴力団の構成員に仕事を紹介しちゃまずいですよ」

「ボディガードは違法じゃねえし、末端の構成員はシノギにあぶれてる。足を洗うきっかけになるかもしれねえし、ダメでも貸しをつくれる。相手に貸しがあれば情報《ネタ》の集まり方が違うし、捜査もやりやすくなるぞ」

「いや、だから、そんなやり方で捜査がやりやすくなっちゃまずいんです。時代は変わっちゃったんですよ」

架川が口を閉じ、甲高い声の男はさらに言った。

「恩とか義理とか言ってデカが構成員と付き合い、情報をもらう。昔はそういうやり方もありだったと思います。でも暴対法《ぼうたいほう》が施行されて、そうもいかなくなった。昔と同じやり方をしてたらすぐにパクられるし、マスコミに嗅《か》ぎつけられて大騒ぎになりますよ」

暴対法とは暴力団対策法、正式名称「暴力団員による不当な行為の防止等に関する法律」の略で、施行されたのは一九九二年だ。これにより、構成員に占める犯罪前歴者の割合などの条件を満たす組織は、「指定暴力団」または「指定暴力団連合」に指定されるようになった。指定暴力団の構成員は、みかじめ料の要求や示談交渉への介入などの伝統的なシノギ全般を禁止され、結果、構成員の数は減少して対立抗争事件も減った。一方で暴力団は地下に潜り、カタギを装った「フロント企業」が急増した。すると「持ちつ持たれつ」という面のあったマル暴刑事と構成員の関係も変わり、マル暴刑事が暴力団の動向を摑《つか》むのはより困難になった。

それは光輔も知っていて、甲高い声の男の言うことはもっともだと思った。架川もむっつり黙ったままだ。すると甲高い声の男は、「生意気言ってすみません」と頭を下げた。架川は何か応《こた》えようとしたが、甲高い声の男はまた苦笑いを浮かべた。

「しかし今更ですけど、その格好はちょっと派手すぎませんか？」

そう問いかけながら、架川が身につけているダークグレーに白いストライプのダブルスーツを眺める。一方二人組のスーツはシングルで、甲高い声の男の方は二つボタンでジャケットの丈が短めの、流行のスタイルだ。

確かに架川の格好は、署でも浮いている。だが光輔は腹が立ち、甲高い声の男に言い返したくなった。その矢先、圭市が進み出た。甲高い声の男の向かいに立って顔を突き出し、顎《あご》を前後させながら捲《まく》し立てる。

「黙って聞いてりゃ、言いたいこと言いやがって。時代なんか関係ねえよ。架川さんは、自分なりに筋を通して生きてるんだ。お前にどうこう言われる覚えはねえ」

「やめろ」

架川も進み出て、圭市の肩を押さえた。しかし甲高い声の男も顔を突き出し、応戦した。

「なんだと？　カタギになったからって、いっぱしの口を利くんじゃねえよ」

「てめえ」

圭市はキレ、甲高い声の男に摑みかかろうとした。焦り、光輔は圭市を止めようとした。架川も「いい加減にしろ」と言って、圭市と甲高い声の男の間に割って入る。

と、ぱしんと音がして、甲高い声の男が片手で後頭部を押さえ、顔を険しくして振り向く。光輔たちも同じ方向を見た。

「バカ野郎。『いっぱしの口を利くんじゃねえよ』はお前だ」

低くかすれた声で言い、進み出て来たのは痩せた中年男。たちまち、甲高い声の男は手を下ろし背筋を伸ばした。

「藤原さん。すみません！」

うろたえて言い、深々と頭を下げる。藤原……そうか、架川さんの組対時代の上官だ。光輔は閃《ひらめ》き、架川を見た。架川は「どうも」とばつが悪そうに藤原に頭を下げ、圭市も藤原を知っているのか会釈をしている。

藤原が「もう行け」と通りの先を指すと、甲高い声の男は「失礼します」と素直に歩きだした。最後までひと言も発しなかった日焼けした男も藤原に会釈し、架川に鋭い一瞥《いちべつ》をくれてその場を離れた。二人組が立ち去ると、藤原は言った。

「悪かったな。寄り合いがあって、酒が入ってるんだ」

「俺こそ、余計なことを……藤原さん。こいつが例の相棒です」

そう言って、架川は光輔を指した。藤原の細く鋭い目が動き、光輔を見る。緊張し、光輔は挨拶《あいさつ》をしようとした。が、それより早く藤原は大きな体を折って一礼した。

「架川が世話になっています。こいつは弟みたいなもんなんです。ご迷惑をおかけしますが、よろしくお願いします」

「いえ、そんな……桜町中央署刑事課の蓮見です。よろしくお願いします」

三階級も上の本庁の係長に頭を下げられ、光輔も慌てて礼をした。戸惑い、恐縮するのと同時に、すごい人だと胸が熱くなった。永峰弓江の事件の捜査中に架川が、「エスの獲得法から檀家《だんか》との付き合い方まで、全部その人に教わった」と話していたのは、藤原のことだろう。

「やめて下さいよ。ガキじゃないんですから」

ふて腐れたように架川が言うと、藤原は体を起こして返した。

「なら、下らない揉《も》め事を起こすな。余計なことに首を突っ込むなと言ったばかりだろう」

口調は静かだが鋭く、全身から発せられる迫力と威圧感は架川以上だ。光輔はたじろぎ、圭市もはっとする。架川を見ると、「わかりました。すみません」とやや棒読みだが神妙に返し、頭を下げた。

8

藤原が立ち去り、今度は圭市が頭を下げた。

「すみません。黙ってられなくて」

「もういい。気にするな」

架川は返し、セダンに乗り込もうとしたが圭市は、「気にしますよ!」と言って光輔に向き直った。

「マル暴のデカがヤンキーのガキを見て何を考えるか、知ってますか?」

「いえ」

「『こいつはやくざ者になるか? なったとしたらエスとして使えるか?』ですよ。使えると思ったら、そいつが暴行だの窃盗だのをやっても、見て見ぬふりをするんです。で、そいつが暴力団の構成員になったとたん、『あの時見逃してやっただろう』って脅して、自分のエスにする。マジですよ」

顔をしかめて訴える。驚き、光輔が何も返せずにいると圭市はさらに言った。

「でも、架川さんは違った。俺がバカをやると、『まっとうに生きろ。お前ならできる』って叱ってくれた。シカトしてたけど架川さんは諦《あきら》めなくて、最後は根負けしました。いま俺がこうしていられるのは、架川さんのお陰なんです」

「大袈裟《おおげさ》なんだよ。それに、マル暴のデカが、みんなそんな手でエスを獲得してる訳じゃねえ」

鬱陶《うっとう》しげに告げ、架川は助手席のドアを開けた。圭市は「いやでも」とさらに語ろうとしたが、架川は「もう帰れ」と言って助手席に乗った。不服そうながらも圭市は歩きだし、光輔は運転席に乗り込んだ。

桜町中央署に戻るために、光輔はセダンを出した。しばらくすると、架川は言った。

「さっきの組対のデカだが、本当はあんなことを言うやつじゃねえんだ」

「はい」

ハンドルを握りながら、光輔は返した。午後十一時近くになり、通りは空車のランプを点《とも》したタクシーが目立つ。

「俺が組対を飛ばされた理由は、知ってるんだろ？」

来たな。光輔は思い、緊張を覚えつつ「はい」と答えた。スラックスの脚を組み、架川は話を始めた。

「異変に気づいたのは、去年の冬だ。ガサ入れの場所や日時、マル暴デカの個人情報などが鷲見組に漏れていたんだ。だから俺は、意図的にガセネタを流してみた。案の定、鷲見組はガセネタに反応して動き、組対内部に犬がいると確信した。だがこの一件で、みんなは俺が犬だと疑いだした。もともと、警視庁幹部《うえ》の覚えはめでたくなかったしな」

小さく鼻を鳴らし、架川は言葉を切った。光輔の頭に、廃墟《はいきょ》で若井から聞き出した架川の過去の話が蘇《よみがえ》る。

「そうこうしてるうちに三月の摘発作戦が決まり、俺は賭《か》けに出た。作戦当日に適当な口実で、段取りを変えさせたんだ。それで犬が動いたら捕まえるつもりだったが、上手《うま》くいかなかった。ロシアのマフィアは取引を中止して逃げ、どさくさで現場を仕切ってた組対五課のデカが重傷を負った。で、疑惑と責任がまとめて俺のところに来たって訳だ」

「そうだったんですか」

あくまでも架川の言い分だが、作戦失敗に至る経緯は初めて聞いたので驚き、リアリティーを感じた。組対五課は、薬物と銃器に関わる事件を専門に捜査する部署だ。

「だが、俺は犬じゃねえ。ハッタリはかますがウソはつかねえし、約束は必ず守る。ウソがねえってことが、相手より優位に立つ切り札なんだ」

気がつくと、架川は光輔を見ていた。その眼差《まなざ》しは鋭く、迷いがない。光輔は問うた。

「架川さんの話が本当なら、組対には今も犬がいるってことですよね。心当たりはあるんですか？」

「ない」

「マル暴デカに返り咲き、犬を見つけ出す。それが架川さんの『やらなきゃならないこと』ですか？」

「そうだ」

　無茶もいいところだな。でも、俺も似たようなものか。そう思い、光輔はおかしくなるのと同時に、架川に親しみを覚えた。だが気を取り直し、「わかりました」とだけ返した。

9

　翌朝、午前九時。若井は羽村とともに警視庁本部庁舎十二階にいた。監察係の会議室の一つを、架川と光輔の行確の本部として使っている。この三日間桜町中央署には出勤していないが、警務課長の松代が若井は本庁の研修会に参加中ということにしてくれている。

「どう考えても、蓮見光輔は梶間直人ですよ」

若井は言い、長机の上を眺めた。そこには小学校と中学校、高校の卒業アルバムや文集が広げられている。どれも梶間直人の卒業校のもので、連絡して取り寄せた。アルバムに載っていた梶間直人の写真は複写して拡大し、光輔の写真と併せて壁際のホワイトボードに貼っている。

「えくぼだけじゃなく、ほくろの位置や耳の形、血液型も同じです」

そう続け、若井はホワイトボードに歩み寄って写真を指した。アルバムの写真の直人が笑っていたり横顔だったりするものの隣には、同じ表情とアングルの光輔の写真を貼っている。すると、机上のタブレット端末を弄《いじ》っていた羽村が顔を上げた。

「類似は認められるが、同一人物だと断言はできない。事実、筆跡は異なっていた」

冷静に返し、ホワイトボードの端を見る。そこには中学に残っていた直人の作文と、光輔が書いた書類のコピーが貼られていた。どちらも手書きだが、直人の文字は活字のように端正で、光輔の文字は草書に近い殴り書きだ。光輔の文字の隣にはもう一枚、彼が兵庫県警時代に書いた書類のコピーも貼られており、その文字も草書に近い殴り書きだ。

「筆跡は変えられます。蓮見光輔になりすますために、猛練習したんでしょう」

「だが、何のために？」

結局そこに戻るのか。若井は思い、ため息をついた。羽村と話し合い、梶間直人は何らかの目的があって蓮見光輔になりすまし、警視庁に勤務しているという仮説を立てた。しかし、その目的がわからない。

「不明です。しかしその疑問は、梶間直人が行方不明になっているという点と関係があると思います」

若井が切り返すと羽村は、「同感だ」と頷《うなず》いた。

若井は梶間直人、羽村は蓮見光輔と手分けをして経歴を調べた。若井は春蘭市役所に連絡し、直人の戸籍謄本や住民票などを取り寄せた。それによると直人は今から二十七年前に長野市で生まれ、優人の転勤に伴い県内を転々として育った。春蘭市で暮らし始めたのは十二歳の時で、その四年後に優人は春蘭署生活安全課に赴任、歌川チカ殺害事件が起きたのは同じ年の七月だ。事件後間もなく直人の母・小百合は体調を崩して入院。直人は県内の親戚《しんせき》の家に預けられ、高校を転校した。しかし三ヵ月もせずに退学し、春蘭市内の印刷会社で住み込みで働き始めた。そして半年後に小百合が亡くなると直人は印刷会社を辞め、ぷっつりと足取りは途絶えた。

一方蓮見光輔が生まれたのも二十七年前で、兵庫県加古川《かこがわ》市出身だ。生まれて間もなく両親は離婚し、旅館の仲居《なかい》をしていた母親・敦子《あつこ》に付いて県内の温泉街を数ヵ月単位で転居しながら育った。学校には馴染《なじ》めず、小中は不登校、高校は通信制を卒業して兵庫県警に入庁した。いくつかの署を経て五年前に佐々尾署に配属されるも、敦子の看病のために退職。敦子が亡くなり、二年前に再採用に応募、警視庁に入庁した。羽村は光輔の写真を入手しようとしたが、兵庫県警入庁前のものは一枚も見つからなかったそうだ。

　直人だけでなく光輔の生い立ちも複雑で、どちらも桜町中央署の光輔と結びつきそうな気がする。だが、他人になりすまして警察官になるなどという行いの目的は想像も付かず、若井はますます光輔に惹《ひ》きつけられた。

「なりすましが事実なら、直人は生い立ちに目を付け、光輔を選んだのだろう。しかし長野と兵庫だ。直人はどうやって光輔の存在を知ったのか……きみの言う協力者の存在か」

　羽村は若井を見た。一度は否定された意見が認められて嬉《うれ》しく、若井は、「ええ」と返して頷いた。

「だが、桜町中央署に飛ばされるまで架川は蓮見と面識がなかったはずで、やつが協力者である可能性は低い。行確も成果はないし、決め手となる証拠を摑《つか》まないと先に進めないぞ」

「わかっています。資料が圧倒的に多いし、何か見つかるなら直人の方だと思います。連絡をした中では、小学六年生の時の担任教諭が最も直人を覚えていました。もう一度、その教諭と話してみます」

そう告げて、若井は机上のビジネスフォンを引き寄せた。相手の連絡先をメモした手帳を開き、番号をプッシュする。

担任教諭は蓬田郁子《よもぎだいくこ》と言い、現在は長野市内の小学校の校長だ。勤務先に電話をかけると、応対した職員が蓬田につないでくれた。若井は数日前に電話をかけた時と同じように、詳細は話せないが直人について調べていると告げ、他に何か覚えていることがあれば教えて欲しいと乞《こ》うた。

「他にと言われましてもねえ」

電話の向こうで、蓬田は息をついた。

「お忙しいところ申し訳ありません。些《さ》細《さい》なことでいいんです。直人くんがこんなことを言ったとか、こういう子と仲良くしていたとか」

両手で受話器を持ち、若井は語りかけた。横顔に羽村の視線を感じる。考え込むような様子があり、蓬田は応《こた》えた。

「昔のことだし、何百人っていう児童を受け持ちましたから。それに直人くんは担任をしていた時より、お父さんの事件が起きた時の方が印象が強くて。私が見たワイドショーは、直人くんにまでカメラを向けていました。直人くんは、ぼかしを入れていてもわかるほど顔色が悪くて、病院で診てもらった方が——ああ、そう言えば」

「何か思い出しましたか？」

思わず大きな声が出た。席を立ち、羽村が隣に来て受話器に耳を近づける。「ええ」と返し、蓬田はこう答えた。

「直人くんは友だちとふざけていて、胸を打ったことがあるんです。念のために私が病院に連れて行って、レントゲンを撮ってもらいました。異常なしだったんですけど、お医者さんに『肋骨《ろっこつ》が一本多いね』と言われました」

「一本多い？　どういう意味ですか？」

「普通、人間の肋骨は左右に十二本ずつあるんですけど、直人くんは右側だけ十三本あるんですって。特に問題はないと言われたので、そのまま帰りました」

「それは確かですか？　他の子ではなく、直人くんですね？」

詰問口調にならないように気をつけながら、若井は確認した。蓬田は即答した。

「ええ。駆けつけて来たお母さんがすごく心配していて、肋骨のことを伝えるべきか迷ったのを覚えていますから」

「わかりました。また連絡します」

興奮を抑えて電話を切り、若井は隣を振り返った。羽村は自分の席に戻り、タブレット端末を操作している。

「今の話が事実なら、直人には『頸肋《けいろく》』があるようだ。胎児の時に見られるもので成長と共に消えるが、まれにそのまま他の肋骨と似た形状になる場合もあるそうだ」

　そう説明し、羽村は若井にタブレット端末の画面を見せた。そこには人間の首から胸にかけてのレントゲン写真が表示されており、向かって右上に、第一肋骨と並行するかたちで頸椎《けいつい》から延びる白く細い骨が映っていた。

「頸肋の発生確率は〇・二パーセント。千人に二人か」

「当時の直人のレントゲン写真を取り寄せ、桜町中央署の蓮見のものも入手しましょう。健康診断で撮影した写真があるはずです」

　興奮を抑えて若井が告げると、羽村は「いや」と言いタブレット端末を下ろした。

「どうせ上に話を通すのなら、レントゲン写真ではなくＤＮＡだ。長野県警には、歌川チカの事件発生時に採取した梶間優人のＤＮＡが保管されている。それを使い、蓮見光輔のものも採取してＤＮＡ鑑定を行う。二人が親子だという結果が出れば、蓮見＝《イコール》直人ということになる」

　その手があったかと感嘆する一方、そこまでやるのかと怯《ひる》みもして、若井は言葉を失った。その間に羽村は、「まずは小谷野さんだな」と呟《つぶや》き、席を立ってドアに向かった。

10

桜町中央署を出て間もなく、光輔は言った。

「尾行《つけ》られてますね」

「ああ」

窓枠に肘《ひじ》を乗せて頬杖《ほおづえ》をついたまま、架川が応える。二人が乗ったセダンは、夜の通りを走っている。

「ナカ二《に》の、白いワンボックスカーです」

光輔がそう続けると、架川は「ナカ二？」と怪訝《けげん》そうな顔をした。

「刑事の隠語です。車で尾行する時はナカ一《いち》とかナカ二とか言って、対象者の車との間に他の車を一、二台挟みます」

「それは知ってる……次の角を曲がってみろ」

架川は告げ、視線だけを動かしてルームミラーとサイドミラーを確認した。「はい」と返し、光輔は差し掛かった角を左折した。ルームミラーを見ると、白いワンボックスカーも左折している。しばらく進み、赤信号に引っかかった。

「待ってろ」

そう言うなり、架川はシートベルトを外して助手席のドアを開けた。光輔が驚いている間にセダンを降り、歩きだす。光輔は急いでハンドルを切り、セダンを通りの端に停めた。降車して振り向くと、三十メートルほど後方の通りの端に白いワンボックスカーが停まっていた。その脇に、架川の姿がある。

「窓に防弾フィルムをびっちり貼って、シートは総革張り。おまけにナンバープレートの下二桁《ふたけた》は『37』。これじゃ、カタギのふりする意味ねえだろ」

近づいて行くと、架川の小馬鹿にするような声が聞こえた。運転席の脇に立ち、車内の人間と話しているようだ。ワンボックスカーは人気の高級車種だ。

光輔は架川の隣に行き、開いている窓から車内を覗《のぞ》いた。運転席に痩《や》せた二十代前半の男、助手席には少し年上の小太りの男が座っている。どちらも黒いジャージ姿で、ふて腐れたような顔をしていた。痩せた男が言う。

「勘弁して下さいよ。俺らは買い物に来ただけです。尾行とか、訳わかんねえし」

「こんな時間に買い物か？　しかも、お前らのシマから三十キロ近く離れてるじゃねえか。このまま職務質問《しょくしつ》かけて、トランクからお前らのポケットの中まで、洗いざらい調べてもいいんだぞ」

窓の上に手をついて身を乗り出し、架川はすごんだ。その声の大きさと迫力に、脇を通り過ぎる車のドライバーと、歩道を行き交う人が振り返る。時刻は午後十時前だ。

痩せた男は下を向き、苛立《いらだ》った声で「ふざけんなよ」と呟いた。すかさず架川は、「なんだと？」と反応する。挑発して何か聞き出すつもりか。と、小太りの男が口を開いた。

「架川さん、マジで勘弁して下さい。俺ら、職質かけられたら弁護士呼ぶように上に言われてるんですよ」

余裕たっぷりに言い、スマホの画面を見せる。暗くてよくわからないが、弁護士の電話番号が表示されているのだろう。架川が黙り、小太りの男はさらに言った。

「それに、架川さんはもうマル暴じゃないんでしょ？　こんなところで争い《ゴタ》起こしたら、ますます立場が悪くなるんじゃないですか」

蔑《さげす》むような口調に合わせ、痩せた男も薄笑いを浮かべる。

「なんだと？」

また架川が言った。しかし前とは違って声に怒りが滲《にじ》み、眼差《まなざ》しには余裕がない。慌てて、光輔は架川の腕を引いて囁《ささや》いた。

「行きましょう。無許可の捜査だし、トラブルはまずいです」

すると架川は窓の上についていた手を下ろし、改めて車内の二人を見た。

「こっちの動きに気づいたのか。だが俺らは、管内で起きたヤマの裏取りをしてるだけだ。首藤さんが俺のシマで死んだのは、何かの因縁かもしれねえな」

きっぱり告げて二人を睨《にら》み、元来た道を戻りだした。後に続く光輔の耳に、痩せた男の舌打ちの音が聞こえた。

ワンボックスカーが走り去り、光輔たちもセダンを出した。しばらくしても架川は無言で、光輔も喋《しゃべ》らなかったので車内に沈黙が流れた。いたたまれなくなり、光輔は言葉を探した。だが何も浮かばず焦っていると、架川が言った。

「さっきの連中は、鷲見組の三次団体・七緒《ななお》会の構成員だ。組事務所は浅草《あさくさ》にあるんだが、車のナンバープレートの下二桁を、組長の誕生日の三月七日で揃えてるからすぐにわかる」

「へえ。近頃のやくざは、みんな高級ワンボックスカーですよね。寄り合いとかあると、事務所の前にずら〜っと並ぶし。ベンツとかの高級セダンに乗らなくなったのは、警察や敵対組織に狙われたり、駐車を断られたりするからですか？」

ほっとして、光輔は語りかけた。黒いネクタイを少し緩め、架川は答えた。

「それもあるが、乗り降りしやすいからだろう。知ってるか？　暴力団の構成員と準構成員の中に七十歳以上が占める割合は、二〇〇六年末は二・六パーセントだったんだが、二〇一四年には六・二パーセントに増えた。一方で二十代の割合は一〇・七パーセントから五・一パーセントに激減。やくざの世界も、高齢化と後継者不足が深刻って訳だ。ところでお前、暴力団の二次団体とか三次団体の意味はわかるか？」

「本体が一次団体で、その幹部が一次団体に籍を置いたまま自分の組を持つと二次団体、二次団体の幹部が組を持つと、三次団体になるんじゃありませんでしたっけ？」

「正解。勉強してるじゃねえか。一次団体の若頭が、二次団体じゃ組長なんてこともある。暴力団は完全なピラミッド社会だからな。皮肉なことに、警察とそっくりだ」

調子よく語り、最後に顎《あご》を上げて笑う。「叩《たた》き潰《つぶ》すだけだ」とか言ってた割には、暴力団の話をすると機嫌がよくなるんだよな。光輔は矛盾を感じながらも「ですね」と返し、運転を続けた。

三十分ほどで、目的地に着いた。幡ヶ谷《はたがや》の甲州《こうしゅう》街道沿いにある、森沢未央の自宅だ。小さなワンルームマンションで、エントランスにあるオートロックのインターフォンのボタンを押したが、返答はなかった。ポストを見ると、チラシが溜《た》まっている。しばらく外で見張ることにして、マンションの手前に停めたセダンに戻った。

「未央は消されたなんてことはないですよね？　さっきの連中が僕たちを尾行してたんだから、首藤さんの事件に鷲見組が関わっていたのは確実ですよ」

不安になり、光輔は訊《たず》ねた。「コーヒーが飲みてえ」と呟いてから、架川は答えた。

「消しはしねえ。足の付かねえ場所に、ガラを移したのかもな」

一安心して、光輔はさらに質問した。

「なぜ鷲見組は、首藤さんを罠《わな》に嵌《は》めたんでしょうね。本庁の参事官でしょう？　暴力団と揉《も》め事を起こすような立場じゃなかったと思いますけど」

「まあな。だが警察官である以上、どこで誰の恨みを買っても不思議はねえ」

「確かに」

光輔が相づちを打った時、傍らでこんこんと音がした。セダンの窓ガラスの向こうに、女が立っている。「お疲れ様です」とこちらを覗き込んだのは、ダークグレーのスカートスーツを着た若井だった。窓を開け、光輔は訊ねた。

「お疲れ様です。どうしたんですか？」

「本庁で研修中ですが、用事を済ませに桜町中央署に行くところです。本庁の上官が、警務部の車を使っていいと言ってくれました。走っていたら見覚えのある車が停まっていたので、もしやと思って」

そう答え、若井はセダンの後方を見た。光輔も倣うと、銀色のセダンが停まっている。

「車を使っていい……また自慢かよ」

不機嫌そうに呟《つぶや》いたのは、架川だ。若井が何か言い返そうとしたので、光輔は笑顔で応《こた》えた。

「大変ですね。で、何か用ですか？」

「これは自分用に買ったものですが、よければどうぞ。アイスは溶けてしまうので、すぐに食べて下さい」

そう言って、若井は手にしたコンビニのレジ袋から小さな袋を二つ出し、光輔に渡した。アルミパックに入った、飲み口から吸うタイプのアイスクリームだ。光輔は礼を言い、アルミパックの一つを架川に渡した。「コーヒーが飲みてぇんだよ」とぼやいた架川だったが、すぐにキャップを外してアイスクリームを食べ始めた。光輔も倣う。

「旨《うま》いなあ」

甘さと冷たさが、体にしみこむようだ。

首藤の事件を調べ始めて四日。いま桜町中央署の刑事課は大きな事件は抱えていないが、仕事はあり、昼間はそれをこなしている。終業後、適当な口実で署のセダンを使って架川と捜査しているのだが、さすがにしんどい。架川はさらにしんどそうで、移動中や待ち時間、昼間の職務中まで居眠りをしている。

「一つ訊《き》いてもいいですか？　研修の課題で、リサーチをしています」

夢中でアイスクリームを食べていると、若井が言った。「ええ」と返し、光輔は若井を見た。「ありがとうございます」と言ってから一呼吸置き、若井は訊ねた。

「蓮見さんと架川さんが、警察官になった目的はなんですか？」

「なんだそりゃ。面接かよ」

そう騒ぐ架川を「まあまあ」となだめ、光輔は前に向き直って答えた。

「僕は再採用なので二度、私人《しじん》から警察官になっています。理由は……一度目は、正しいことをしたいと思ったから。二度目は、間違いを正したいと感じたからですね」

言葉は選んだが、本心だ。光輔を見下ろし、若井は口を開こうとした。が、それより早く架川が言った。

「俺は単純明快だ。『悪を滅ぼす』。正義のヒーローが、ガキの頃からの夢だ」

「その格好で？　むしろ、絵に描いたような悪役ですよね」

思わず突っ込むと、架川は「うるせえ」と返して光輔の頭を叩いた。光輔は笑い、アイスクリームを食べた。すると、若井は言った。

「ご協力ありがとうございました。失礼します——それ、捨てておきます」

てきぱきと告げ、若井は手に持ったままのレジ袋の口を開いた。ちょうどアイスクリームを食べ終えたところだったので、光輔は「すみません」と会釈してアルミパックをレジ袋に入れた。架川は「食ってる途中だ」と応えた。

若井のセダンが走り去るのを眺め、架川はぽつりと言った。

「『溶けてしまうので』と言いながら、『自分用』のアイスを二個も買ったのか」

だが光輔は「いやあ、旨かったですね」とだけ返し、セダンの窓を閉めた。

それから交替で寝ながら二時間ほど張り込んだが未央は姿を見せず、光輔と架川は帰路についた。

11

「……と言う訳で、桜町中央署管内には指定暴力団の本部事務所はありません。しかし、特殊詐欺や公的給付金制度を悪用した詐欺が暴力団の資金源となっており、予断を許さない状況です」

　架川の耳に、緊張気味の声が届いた。視界には、署の玄関先に立つ矢上の姿が入る。署屋の脇の通路を近づいて行くと、矢上の向かいにマイクを手にした女とテレビカメラを構えた男がいるのがわかった。その後ろには五、六人の署員と、チェリぽの着ぐるみの姿もあった。

　話すことを忘れたのか、矢上は「え〜」と言ってハンカチで額の汗を拭《ぬぐ》った。署員たちの中から「がんばって」と潜めた女の声が上がる。見れば、桜町三姉妹だ。その隣の光輔に気づき、架川は足を速めた。矢上が話を再開する。

「よって、桜町中央署刑事課としてはあらゆる暴力的不法行為を許さず、また、威圧的な振る舞いで住民のみなさんに不安を与える者には、断固たる態度で——」

「捜したぞ。何やってんだ」

架川は言い、光輔に歩み寄った。その声に矢上が黙り、マイクを手にした女とテレビカメラを構えた男、署員たちが振り向く。

「声が大きいですよ。いま、地元のケーブルテレビの取材を受けてて」

眉根《まゆね》を寄せ、光輔は潜めた声で説明した。架川が向かいに目を向けると、マイクを手にした女が、

「あの、こちらは」

と戸惑うように言い、架川の全身に視線を走らせた。今日の架川は、テカテカと光る生地の淡いグレーのダブルスーツに柄物のワイシャツ、黒いネクタイという出《い》で立ちでレンズが薄紫のサングラスをかけている。

「あ、彼ね。刑事課の一員なんですが、なんと言いますか」

明るく説明しかけた矢上だったが言葉に詰まり、光輔にすがるような眼差《まなざ》しを向けた。それを受け、光輔はマイクを手にした女に告げた。

「特殊任務中です。詳細は守秘義務ということで」

女は面食らいながらも「はあ」と頷《うなず》いた。架川にテレビカメラのレンズを向けようとした男を矢上が、「だめだめ。撮影はＮＧ！」と阻止する。と、チェリぽの着ぐるみが近づいて来て架川に手を振った。

「おう。暑いのに大変だな」

そう返すと、チェリぽは立てた手のひらを差し出して来た。架川も倣い、ハイタッチを交わす。チェリぽの中に入っているのは、広報係の諏訪珠美巡査部長だ。続いて、チェリぽの脇から桜町三姉妹が進み出て来た。

「おはようございます。今朝はまた一段と気合いの入ったお召し物で」

メタルフレームのメガネをかけた一人が言う。

「なんかもう、後光が差してるっていうか、自ら発光してるっていうか」

赤いプラスチックフレームのメガネをかけた一人も言い、若い一人が「ステキです」と頷く。三人とも、同じ笑顔を浮かべている。自分のスーツを見下ろし、架川は返した。

「これか？　今が勝負所だからな。なにしろ——ちょっと来い」

ここに来た趣旨を思い出し、架川は光輔の腕を摑《つか》んだ。光輔は何か訴えたが、無視して署の玄関に入り、人気《ひとけ》のないロビーの隅に連れて行く。

「昨夜あの後、名案を思いついた。今夜、一途《いっと》会の関係者に会うぞ」

「一途会って、暴力団ですよね。本部は葛飾《かつしか》区の立石《たていし》」

そう返し、光輔は周囲を見回した。薄暗くがらんとしているが、ロビーの物音や人の気配は伝わって来る。「そうだ」と頷き、架川は言った。

「一途会は老舗《しにせ》の暴力団で、都心の繁華街にシマを持ってる。昭和の終わりに鷲見組が東京進出を図った時、一途会を傘下に収めようとして抗争が起きた。二つの組は今も対立関係にあり、お互いの動向に目を光らせてる。一途会なら、首藤さんと鷲見組の繋《つな》がりについて情報を持ってるかもしれねえ」

「いやでも、対立関係だからって暴力団が警察に情報を話すとは」

言いかけた光輔を、架川は「と思うだろ？」と顔を突き出して黙らせた。

「やつらも必死だ。敵に確実にダメージを与えられるなら、相手が警察だろうがネタを流す。敵の敵は味方。マル暴の常識だ」

眼差しを尖《とが》らせ、見得《みえ》を切りつつ断言する。すると光輔は、「敵の敵は味方か。一理ありますね」と言って笑った。自分が「能面」と表した笑顔をこちらに向ける光輔に引っかかるものを覚え、架川は口を開こうとした。すると光輔は真顔に戻り、

「今夜、何時にどこですか？」

と訊いてきた。

12

同じ頃。若井は警視庁本部庁舎十一階の廊下を歩いていた。はやる気持ちを抑え、

肩にかけたバッグの持ち手をしっかりと握り、歩を進める。前方の人事情報管理係の部屋から羽村が出て来るのが見えたので、小走りに駆け寄った。

「おはようございます。昨晩、蓮見光輔のＤＮＡの採取に成功しました。検体は、口を付けて吸うタイプのアイスクリームのアルミパックです」

「本人に気づかれていないだろうな？」

目を光らせ、羽村が問う。若井が「大丈夫です」と返すと、羽村は安心したように頷いた。

「これから検体を科捜研に持って行きます」

そう続け、バッグからアルミパックを入れた封筒を出した。すると、羽村は言った。

「いや。僕が持って行こう。ＤＮＡ鑑定を担当する法医第二係には、多くの検体が持ち込まれる。まともに順番待ちをしていたら、いつ結果が出るかわからないぞ。僕なら法医第二係長と交渉し、最優先で鑑定してもらえる」

そう告げ、羽村は手を差し出した。科捜研は、本部庁舎に隣接する警察合同庁舎の七階に入っている。

ＤＮＡ鑑定で直人＝光輔だと判定すると決めてから、ほぼ一日で監察係長の小谷野と首席監察官の富塚を説得し、長野県警刑事部長の黒崎富博《くろさきとみひろ》に優人のＤＮＡ提供の許可を取り付けた羽村なら、きっとうまくやるだろう。

「わかりました。よろしくお願いします」

若井は羽村に封筒を渡した。封筒を手に、羽村は言った。

「気を抜かずに、架川たちの行確を続けろ」

「はい」

背筋を伸ばし、若井は返した。羽村は頷き、「よくやった」と告げて歩きだした。

一瞬、羽村が口の端を上げて微笑んだように思え、若井は目を見張った。しかしどうでもよくなり、廊下を反対方向に歩きだした。

13

午後九時。架川と光輔は乃《の》木《ぎ》坂《ざか》にいた。駅前の繁華街の一角で、二人の向かいにはこぢんまりとしたビルがある。

「お約束の高級ワンボックスカーは、停まっていませんね。舎弟もいないし」

通りを見回し、光輔は言った。ビルを見たまま、架川は返した。

「当たり前だ。相手はカタギだぞ」

「えっ。一途会の構成員じゃないんですか？」

「俺は『関係者』と言ったんだ。舎弟を引き連れてるような幹部が、いきなり出て来るはずねえだろ。これから会う相手は一途会の最高顧問だ。引退はしたが元幹部で、何十人といる顧問の筆頭だ」

「ふうん。つまりこういう時暴力団が寄こすのは、それなりに影響力と発言権はあるけど、いざとなったら無関係を主張できる人間ということですね」

独り言のように言い、光輔は頷いた。やっぱりこいつは鋭いな。光輔の横顔を眺め、架川は思った。それから気を引き締め、「行くぞ」と告げてビルのエントランスに進んだ。

エレベーターに乗り、五階で降りた。正面にアーチ形の木のドアがあり、大人の目の高さに取り付けられたライトが、「Ｃｌｕｂ０３　会員制」と書かれた木のプレートを照らしている。架川は腕を伸ばして、ドアの脇のカメラ付きインターフォンを押した。ややあって男の「はい」という声が応《こた》え、「架川です」と返すと男は「お待ちください」と言いインターフォンは切れた。

すぐにドアが開き、白いシャツに黒いスラックス姿の若い男が「いらっしゃいませ」と架川と光輔を店内に招き入れた。

黒革のソファがいくつかのコーナーに分かれて置かれ、その向かいに大理石のテーブルと、黒革の丸椅子がセットされている。ソファに座る客のほとんどは仕立てのいい服を着た年配の男で、その両脇と丸椅子にドレス姿の女が付いている。組対時代にはこの手の店を度々訪れ、暴力団の幹部を逮捕したり、エスに話を聞いたりした。既に懐かしさを覚えながら、架川は若い男の後に付いて店内を進んだ。物珍しそうにきょろきょろしながら、光輔も続く。

「久しぶりだな」

　奥の席に近づいて行くと、ソファに座った男が手を上げた。歳は八十代前半。恰幅《かっぷく》がよく、目つきは鋭いが笑顔は明るい。地味なシャツとスラックス姿だが、腕時計は三千万円以上するフランク　ミュラーだ。男の周りに座っていた女たちが席を離れ、入れ替わりで架川と光輔がソファに腰を下ろした。和服姿のママだという女が挨拶《あいさつ》に来たので、適当に水割りを作ってもらった。ママも席を離れ、架川は改めて男と向き合った。

「手嶌《てしま》さん、ご無沙汰《ぶさた》してます」

「相変わらずそのナリか。いいじゃねえか。デカを辞めるまで、それで通せよ。今度、俺がむかし着てたスーツをやる。アルマーニだぞ」

　目を細めて言い、手嶌は笑った。「ありがとうございます」と返した架川だが、警戒は緩めない。相手に「いい人だな」と思わせるのが、悪人のやり口だ。架川が知り合った頃には一線を退いていた手嶌だが、鷲見組との抗争では、武器と兵隊の調達に暗躍したらしい。

手嶌に光輔を紹介し、お互いの近況を報告し合った後、架川は本題を切り出した。

「昨年、組対部長候補だった男が、不倫騒動で退職した一件はご存じですよね。あの一件の裏には、鷲見組がいます。違いますか？」

単刀直入に訊《たず》ねたが、手嶌は答えない。煙草をくわえ、金無垢《きんむく》のライターで火を点《つ》ける。光輔は架川の隣で、やり取りを見守っていた。

ふっと息をつき、手嶌が笑った。クリスタルの灰皿に煙草の灰を落とし、架川を見る。

「あんた、意外と粗忽《そこつ》だな。もう答えは出てるじゃねえか」

意味がわからず、架川は黙った。すると、光輔が口を開いた。

「架川さんの言葉の中に、答えがあるという意味ですか？」

手嶌は無言のままだ。振り向いた架川と、光輔の目が合う。

「『組対部長候補だった男』『不倫騒動で退職』『あの一件の裏には鷲見組』。この中に答えがあります」

抜群の記憶力を発揮させ、光輔は告げた。頭を巡らせ、架川は答えた。

「『組対部長候補の男』か？」

光輔は「僕もそう思います」と答えて手嶌を見た。架川も手嶌に視線を戻し、改めて問うた。

「鷲見組は、男を組対部長にさせないために嵌《は》めたんですか？　しかしなぜ？　やり手ではありましたが、そこまでの脅威だとは思えません」

「なら鷲見組にとっちゃその男は、大した価値はなかったのかもしれねえな」

のんびりと返し、手嶌はグラスを口に運んだ。中には氷の球とウィスキーが入っている。

「答えは出てる」と言いながら、今度は「大した価値はなかった」だと？　俺をからかってるのか？　架川の混乱が怒りに変わりかけた矢先、また光輔が言った。

「『鷲見組にとって』は『大した価値はなかった』。ということは、別の人間には価値があり、嵌める必要があったということですね」

「ほう」と声を漏らし、手嶌はグラスをテーブルに戻して光輔を眺めた。

「あんた。女みたいなツラしてるが、頭は切れるな」

光輔の読みは当たっているようだが、その意味が架川にはわからない。と、耳元で光輔の声がした。

「何者かが鷲見組と結託し、組対内部にいる鷲見組の犬に命じて首藤さんを嵌め、組対部長の椅子を手に入れたんですよ」

「組対部長——椛島警視長か!?　だが、キャリア組の官僚だぞ。いくらなんでも」

目が覚める思いで、架川は光輔を見た。様々な感情を抑え込み、架川は話を始めた。

「連中が描いた絵が見えてきました。手嶌さん、犬の正体を知っていたら教えて下さい」

「知らねえし、知ってても教えられるかよ。鷲見組だけじゃなく、組対の上層部まで敵に回すことになる」

眼差《まなざ》しを鋭くして返し、手嶌は煙草を灰皿の底に押しつけた。確かにそうだ。架川は頭を切り替え、次の手を模索した。すっ、と隣で光輔が身を乗り出す気配があった。

「じゃあ、鷲見組とつながってる他の警察官を教えて下さい。そいつを使って僕らは組対内部にいる犬を捕まえ、一途会は鷲見組にダメージを与えるんです」

そのあっけらかんとした口調に、架川は驚いて隣を見た。光輔は目を光らせ、「能面」の笑顔を手嶌に向けている。手嶌は呆気《あっけ》に取られた後、体をのけぞらせて笑った。

「面白い男だな。デカにしておくのが惜しいぐらいだ」

架川はとっさに「すみません」と頭を下げたが、手嶌は光輔に言った。

「怖いもの知らずなだけです。本当にすみません」

他になす術《すべ》がなく、架川はまた頭を下げた。すると手嶌は真顔に戻り、さらに言った。

「その度胸に免じて教えてやる。鷲見組は最近、インターネットカジノというシノギを始めた。客は店の中のパソコンで、バカラだのスロットだので遊ぶ。当然違法だが、見逃して金を受け取ってる警察官《サツ》がいる。その証拠を掴《つか》み、持って来い。そうしたら一肌脱いでやる」

「わかりました」

光輔が即答する。ぎょっとして振り向いた架川の目に、光輔の横顔が映った。真顔に戻り、強い目で手嶌を見ている。そのふてぶてしさすら漂う様に、架川は言葉を失った。

その後すぐに店を出て、架川と光輔はエレベーターに乗った。カゴが動きだすと、架川は言った。

「どういうつもりだ。相手は、暴力団の顧問だぞ」

「すみません。架川さんの話を聞いたら、僕もハッタリをかましたくなっちゃって」

恐縮して頭を下げる光輔は、いつもの彼に戻っている。

「俺はハッタリはかますが、ウソはつかねえし、約束は必ず守ると言ったんだ。この後、どうする気だ」

「僕もウソはつかないし、約束は守ります。手嶌さんが教えてくれたインターネットカジノと、収賄をしている警察官を突き止めましょう」

「即答かよ。お前は頭が切れるんだか、キレてるんだかわからねえな」

思わず呆《あき》れ、架川は光輔の顔をまじまじと見てしまう。すると光輔は笑い、「ひどいなあ」と言った。

また「能面」か。こいつがこの笑い方をする時は、何か企《たくら》んでるってことだな。そう思い、架川は話を変えた。

「事件の黒幕に、椛島が浮かんで来るとはな。犬が誰か、ますます予想が付かなくなった。船津じゃ、すぐに飼い主がバレそうだしな」

「ええ。課長じゃ、こそこそ動き回れなそうですしね。まあ、まずはインターネットカジノですよ」

光輔が言った時、エレベーターは一階に着いた。ドアが開き、二人で降りてビルから出る。飲酒するので、今夜はここまで電車で来た。帰りはタクシーにしようと架川が言いかけた時、光輔は、

「用があるので失礼します。お疲れ様でした」

と告げ、会釈して身を翻した。

14

公衆電話が見つからず、光輔は夜の乃木坂を歩き回った。

乃木坂陸橋の近くでようやく電話ボックスを見つけ、入った。受話器を上げて投入口に硬貨を入れ、番号をプッシュした。しばらく呼び出し音が続き、女が出て「珈琲《コーヒー》名家《めいか》、新宿東口店です」と告げた。古い喫茶店で、店内には今どき珍しいピンク電話がある。

光輔は呼び出して欲しい相手の名前を告げ、投入口に追加の硬貨を入れた。二年前から公衆電話を使い始めたが、硬貨が収納されるタイミングはいまだによくわからない。

「もしもし」

受話器から聞き慣れた声が聞こえた。一緒に、店内に流れるクラシック音楽も聞こえる。

「頼みがあるんだ」

光輔は告げ、ガラス越しに周りを窺《うかが》った。相手が応じたので、頼みごとの説明を始めた。

ダメ元で架川の独断捜査に協力したが、思わぬ収穫があった。本庁の組対に近づけそうだし、一途会の最高顧問に気に入られた。「敵の敵は味方」は本当だな。確信を得て、光輔は受話器を手に説明を続けた。

15

架川は顔を上げ、向かいに並んだモニターを眺めた。モニターには、今いる住宅展示場の各所と出入口に設置された防犯カメラの映像が映し出されている。時刻は午後十時前で、場内はがらんとして出入口の外の通りを歩く人もまばらだ。

「異常はないですか？」

机に置いたスマホのスピーカーから、光輔の声が聞こえた。架川は答えた。

「ああ。そっちは？」

「こっちも異常なし。証拠もちゃんと持ってます」

「その証拠、本当に大丈夫なのか？」

モニターの一つに目をやり、架川は問うた。場内の駐車場が映し出され、光輔はそこに停まった黒い高級ワンボックスカーに乗っている。

「大丈夫ですって。何度も説明したでしょう」

「だが、証拠の出所は聞いてねえ」

そう返し、架川がモニター越しにワンボックスカーの運転席を睨《にら》むと光輔は黙った。

モニターの下には配電盤やスイッチ、キーボックスなどが並んでいる。

手嶌に会った翌日の午後。光輔は矢上に「手のひらの傷が痛むので、病院に行きます」と断って外出した。一時間ほどで戻った光輔は架川に目配せし、二人で人気《ひとけ》のない場所に行った。

「これです」と光輔が差し出したのは、数枚の写真。上野《うえの》にあるというビルの外観と、そこに入っている鷲見組のインターネットカジノの店内が写っていた。店内にはパーティションで区切られた机と椅子が並び、机上にはパソコンの液晶ディスプレイが載っている。一見普通のネットカフェだが、席に着いているのは中年男ばかりだ。架川が驚いていると光輔は、「こっちもどうぞ」と書類を手渡した。

書類はネット銀行の入出金明細で、口座の名義人は「コウダ エツコ」。本庁生活安全部保安課保安第一係所属の巡査部長、幸田《こうだ》民夫《たみお》の妻だという。そして入出金明細によるとコウダエツコには月に一度十万円の入金があり、振り込み元は「モルインターナショナル」。鷲見組の二次団体のフロント企業だ。鷲見組から幸田に金が流れている決定的な証拠だ。

架川は写真と入出金明細の出所を訊《たず》ねたが、光輔は「言えません。でも、どちらも確かなものです」としか答えなかった。納得いかなかったものの光輔に、「早く動かないと証拠を消されますよ」と急《せ》かされ、手嶌と会う算段を取り付けた。そして昨夜手嶌に証拠を見せると連絡があり、「馴染《なじ》みの組対のデカに『あんたらの捜査対象になってる一途会の構成員のリストと引き換えに、収賄の証拠を渡す』と持ちかけたら乗ってきた。今夜十時に、浜田《はまだ》山《やま》の住宅展示場で取引する」と告げられた。この住宅展示場の運営会社は一途会の傘下らしく、一途会のワンボックスカーも貸してくれた。相談し、光輔は一途会の構成員を装ってワンボックスカーの中、架川は場内の事務所で犬を待ち、現れたら身柄を拘束すると決めた。

「証拠は確かなものですよ」

沈黙の後、光輔は言った。スマホを見下ろし、架川は返す。

「確かだからこそヤバいんだ。お前、誰に力を借りてる？　頼る相手を間違えると、敵に辿《たど》り着く前に潰《つぶ》されるぞ」

光輔はまた黙った。しかし、気持ちを押し殺しているような気配を感じる。架川は「言いたいことがあるなら、言っちまえ」と告げたい衝動にかられた。すると、光輔が話を変えた。

「組対にいる犬じゃなく、幸田民夫本人が来たらどうします？」

「いや。椛島は必ず犬を使う。セイアンに恩を売るチャンスだからな」

と、視界の端に動くものがあり、架川は顔を上げた。出入口に設置された防犯カメラのモニターに、通りから住宅展示場に入る白いセダンが映っている。

「来たぞ。気をつけろよ」

緊張とともに告げると、光輔が「了解」と応《こた》えたので電話を切ってスマホをしまい、立ち上がった。場内はフェンス沿いにモデルハウスが並び、中央に事務所と駐車場があり、駐車場の一角にイベント用のステージが設《しつら》えられている。

事務所を出ると、通路を進んで来た白いセダンが駐車場に入るのが見えた。光輔の乗った黒いワンボックスカーは、ステージの前に停車している。その向かいで、白いセダンも停まった。架川は駐車場に入ってステージの脇に隠れ、前方を窺った。

白いセダンのエンジンが止まり、運転席のドアが開いた。遅れて黒いワンボックスカーの運転席のドアも開き、光輔がアスファルトに降り立つ。架川は身を乗り出して目をこらし、白いセダンを降りた人物を見た。

明かりは街灯だけで、白いセダンを降りた人物はこちらにスーツの背中を向けていた。しかし一目見るなり、それが誰か架川にはわかった。足が勝手に動き、ステージの脇を出た。

駐車場を進む架川の目に、白いセダンを降りた人物の向こうに立つ光輔の顔が映る。その茫然《ぼうぜん》とした表情を見て、架川は現実を受け入れた。

「藤原さん。あんたが犬だったのか」

白いセダンを降りた人物の手前で立ち止まり、架川は言った。振り返ってこちらを見たその顔は、藤原要のものだった。

「やっぱりお前か」

低い声でそう返すなり、藤原は腰に手を回してホルスターから拳銃《けんじゅう》を抜き取った。反射的に、架川と光輔も自分の腰のホルスターに手を伸ばす。が、藤原は片手に握った拳銃の銃口を自分のこめかみに向けた。

「おい！」

そう叫び、架川は光輔の隣に駆け込んで向かいを見た。

「藤原さん、なんでだよ。こんなバカげたやり方、あんたが一番許せねえはずだろ」

架川は問うた。ショックや怒りより、疑問が大きい。藤原は答えた。

「ことの始まりは、麻里なんだ。俺に反抗してグレ、車で轢《ひ》き逃げをした」

「轢き逃げ？」

問いかけながら、架川の頭に圭市の店で藤原と交わした言葉が蘇《よみがえ》った。

「ああ。ガイシャは軽傷だったが、ことが明るみに出れば俺も麻里も終わりだ。すると、船津に声をかけられた。麻里の件を知っていて、もみ消してやるから首藤さんを失脚させろと言われた。当然船津の後ろには、椛島がいるだろう。『汚れ役を演じてくれ』だとよ。殺し文句のつもりらしい」

「それで首藤さんに罠《わな》を仕掛けたのか？　しかし、なぜ鷲見組に。一度でも連中を頼ればどうなるか、知ってるだろ」

やりきれない気持ちになり、問いかけた。すると藤原は、ふて腐れたように返した。

「仕方がねえだろう。俺は、やくざ者の扱いしか知らねえんだから」

自分のことを言われたようで、架川は言葉を失った。隣から、光輔の視線を感じる。

「だが、お前は正しい。首藤さんの一件が片付くと、鷲見組は『組対の情報を流せ』と言ってきた。後はお前が勘づいた通りだ」

藤原は口を閉じた。すると、光輔が言った。

「一途会と鷲見組の関係を利用して組対を突《つっ》き、取引に持ち込みました。敵の敵は味方。藤原さんが架川さんに教えたんですよね」

すると藤原は、「その通りだ」と笑った。細い目がさらに細くなり、目尻《めじり》にシワが寄る。見慣れたその表情に架川が見入っていると、藤原は言った。

「マル暴デカとしての俺の魂は、ちゃんとお前が引き継いでる。思い残すことはねえ……この間言ったろ？　どのみち幕引きするつもりだったんだよ」

途中から真顔に戻って語り、藤原は拳銃の撃鉄を起こして引き金に指をかけた。とっさに、架川は叫んだ。

「やめろ！」

と、重く乾いた音が響き、傍らから強い光が差し込んだ。ステージの上の照明が全て点灯している。その眩《まぶ》しさに藤原は横を向き、拳銃を持った手を顔の前にかざした。

今だ。そう閃《ひらめ》くのと同時に、体が動いていた。藤原に駆け寄り、拳銃を握った手を両手で摑《つか》んで捻《ひね》る。光輔も駆け寄って来て、脇から藤原の手を押さえ込んだ。うめき声を漏らし、藤原は言った。

「わかった、やめろ！」

同時に藤原の手の力が緩む。その手から拳銃をもぎ取り、架川は藤原を解放した。光輔も後ろに下がる。架川が奪った拳銃をスラックスのベルトに挿していると、

「大丈夫ですか⁉」

という声がして、事務所の方から女が駆け寄って来た。若井だった。光輔が答える。

「はい。若井さんが、明かりを点《つ》けてくれたんですね」

「ええ。事務所のカギが開いていて、ステージの照明の電源があったので」

やり取りを聞きながら、架川は藤原を見つめた。藤原は手首をさすりながら顔をしかめている。

「ふざけるな。そんな幕の下ろし方で、何を引き継げって言うんだよ。マル暴デカならマル暴デカらしく、筋を通せ」

呼吸が荒くなるのを感じながら告げると、藤原がこちらを見た。

「今さら筋も何もねえだろう」

「船津にも鷲見組にも、いいように使われたままでいいのかよ。死ぬ度胸があるなら、

何もかもゲロするんだ。情けなくても惨めでも、自分の罪は自分で償うと麻里ちゃんに教えてやってくれ。あんたにはまだ、できることがあるんだ」

　そう訴えながら架川は、胸に激しい怒りと切なさを覚えた。この人をこのまま終わらせられないと、心の底から思った。じっと架川を見て、藤原は言った。

「確かに、ここで死ぬんじゃ楽をし過ぎだな……わかった。だがせめて、自首をさせてくれねえか？　最後の頼みだ」

　そう問いかけた藤原は、鋭く迷いのない、いつもの彼の目をしていた。架川が「わかった」と返すと、若井が反応した。

「逃走したらどうするんですか？」

　しかし架川は何も答えず、まっすぐ藤原を見返した。と、光輔も「自殺するかもしれませんよ」と囁《ささや》いてきた。それでも眼差《まなざ》しを動かさず、架川は応えた。

「大丈夫だ。俺が責任を取る……藤原さん。俺はあんたを信じてる。あんたが前を歩いているから、俺も歩き続けて来られた。その背中が、俺の支えだったんだ」

　溢《あふ》れるように言葉が出て来た。胸が締め付けられ、手が震える。そんな架川を藤原はじっと見て、「そうか」と呟《つぶや》いた。

「これから出頭する。これが捜査対象になっている、一途会の構成員のリストだ」

　そう言いながらジャケットのポケットを探り、折りたたんだ紙を差し出した。受け取った光輔は紙に目を通し、架川に頷《うなず》いて見せた。

「全部ゲロして、お前が組対に戻れるようにする。それと、お前は梶間優人の事件を調べてるんだろ？　詫《わ》び代わりって訳じゃねえが、伝えておきたいことがある」

「何ですか？」

架川は問う。光輔がはっとしたのがわかった。

「梶間優人の犯行を裏付けたのは、関係者の証言だ。とくに折原大悟《おりはらだいご》という当時の長野県警の会計係長が事件の数日前に、言い争う梶間とガイシャを見かけていた。折原は今じゃ会計課長補佐になってるんだが、三週間前に失踪《しっそう》した」

藤原が言葉を切ったので、架川は隣を窺《うかが》った。光輔は、食い入るように藤原を見つめている。藤原は話を再開した。

「折原には借金があったらしい。だがやつは他人名義の銀行口座を持っていて、そこにはかつて二千万円以上の金があったそうだ。その口座は鷲見組傘下の暴力団、信濃《しなの》一家が闇で売買していたものだとわかり、うちに連絡があった。梶間の事件との繋《つな》がりは不明だが、折原が問題の口座を使い始めたのも十年前だ」

話を終え、藤原は架川と光輔の顔を見た。光輔が黙ったままなので、架川は言った。

「わかりました。改めて、話を聞かせて下さい」

「ああ。だが、気をつけろよ」

「はい」

架川が頷くと藤原は光輔に向き直り、一礼した。

「架川をよろしく頼みます」

光輔は無言。だが背筋を伸ばし、礼を返した。藤原は、

「じゃあな。しばらく外《シャバ》に出られなくなるから、歩いて行く。車を頼むぞ」

と告げ、歩きだした。

あんたは俺が立ち直らせる。藤原の背中を見つめ、架川は誓った。すると、「あの」と若井が何か言おうとしたので、架川は振り返って告げた。

「礼は言わねえぞ。お前、三日前も俺たちを尾行《つけ》てただろ？」

はっとして、若井が黙る。光輔が言った。

「気づいてたんですか」

「当たり前だ。あんな下手クソな尾行、話にならねえ。お前も気づいてたんだろ？車の中で『尾行られてますね』と言われた時、こいつのことだと思った。俺らのセダンの二台後ろにこいつの車がいて、その後ろが七緒会だった」

「でしたね」と光輔が頷く。光輔はむっとした様子の若井に向き直り、言った。

「あのアイスクリームも、狙いがあったんですよね。あのアルミパックから、僕の指紋でも採ったんですか？」

「指紋ではありません」

力み気味にきっぱりと、若井は答えた。すかさず光輔は、「じゃあ何ですか？」と訊ねる。一度唇を引き結んでから、若井は言った。

「ＤＮＡです。あなたは蓮見光輔ではありません。本名は梶間直人。梶間優人の息子ですね」

「なんですか、それ」

お得意の「能面」で光輔が笑う。驚き、焦りも感じた架川だが、「お前、何言ってんだ？」と調子を合わせた。しかし若井は動じず、架川に「あなたも知っていたんですね」と告げた。驚きと焦りはさらに増したが、架川は「訳のわかんねえことを言ってんじゃねえよ」とすごんで見せた。冷ややかに、若井は返した。

「訳のわかんねえことかどうかは、間もなくわかります。私が採取したＤＮＡと、長野県警から取り寄せた梶間優人のＤＮＡを使い、鑑定中です」

「ふざけんな。何を勝手に」

「いいえ。これは人事第一課監察係の正式な調査です。間違いなく、蓮見光輔と梶間優人は親子だと判明するでしょう」

「それは誤った推測だった」

また誰かの声がして、架川は振り返った。いつの間に来たのか、後ろにスーツ姿の男がいた。背が高く目が細い。初めて見る顔だが、醸し出す雰囲気は警察官のものだ。

すると、若井が言った。

「本庁人事情報管理係の羽村係長です。先ほど、間もなくDNA鑑定の結果が出ると連絡があったので、居場所を伝えました……羽村さん。『誤った推測』とは？」

「DNA鑑定で、梶間優人は蓮見光輔の生物学的な父親ではないという結果が出た。我々の読みは外れたということだ」

表情を変えずに口だけを動かし、羽村は答えた。若井は目を見開き、訊ねた。

「まさか……確かなんですか？　何かの間違いでは」

すると羽村は、若井の眼前に書類を突き出した。表やグラフなどが描かれているようだ。

セーフってことか？　事態を把握できず、架川は眼差《まなざ》しで光輔に問いかけた。「はい」と答えるように、光輔が頷く。茫然《ぼうぜん》と書類を見ている若井に、羽村は告げた。

「もう帰れ。蓮見巡査長には、僕が事情説明と謝罪を行う。本来なら監察係を通して行われるべきだが、きみは独断で蓮見巡査長にDNA鑑定について報《しら》せてしまった。ゆゆしき行為だ。覚悟しておくんだな」

後半は叱責《しっせき》口調になり、尖《とが》った眼差しを若井に向ける。若井は「申し訳ありません」と硬い表情で頭を下げた。

若井が歩き去り、その場に残ったのは、架川と光輔、羽村の三人。こちらに向き直った羽村だが、眼差しは尖ったままだ。やる気か？　架川は睨《にら》みを利かせて身構えた。と、ふうと息をつく音がして、光輔が言った。

「いやあ。琢己にいちゃん、危なかったね」

白い歯を見せて笑い、羽村を見る。架川が驚くと、今度は羽村が笑い、返した。

「ああ。若井が直人の頸肋《けいろく》を突き止めた時には、肝を冷やした。それに比べりゃ、DNA鑑定用の検体を別人のものにすり替えるなんて、朝飯前だ」

「尾行で俺をビビらせた件は、これでチャラだね。いろいろありがとう。助かったよ」

和《わ》気《き》藹々《あいあい》と話す二人に戸惑い、架川は、「待て。どういうことだ？」と割って入り、「それ以前に、こいつは何者だ？」と羽村を指した。一瞬きょとんとしてから、光輔は答えた。

「すみません。さっき若井さんも言ってましたが、この人は本庁の羽村琢己さん。架川さん、前に僕が蓮見光輔になりすました方法を訊《き》いたでしょう？　その答えが、この人」

光輔に手のひらで示され、羽村は真顔に戻って会釈をした。光輔が説明を続ける。

「羽村さんは僕が子どもの頃からの付き合いで、父の事件が起きた時には警察庁に入庁していました。ずっと励ましてくれて、僕が事件の真相を突き止めると決めた時も、

『任せろ』と言って、兵庫県警の職員から、なりすませそうな人を探し出してくれました。それが、蓮見光輔さんです」

「僕は学生の頃、あることがあって死ぬつもりで春蘭市に行きました。でも梶間優人さんに止められて、立ち直れた。だから僕も優人さんの無実を信じているし、直人のために何でもしてやりたいと思っています」

羽村は前のめりになり、架川の顔を覗《のぞ》き込むようにして訴えた。その勢いに圧《お》され、

「そうか」と返してから、架川は改めて問うた。

「じゃあ、なりすましの算段はあんたがやったんだな。ひょっとして、鷲見組のインターネットカジノと、幸田民夫の収賄の証拠を用意したのもあんたか？」

すると羽村は、「さあ」と肩をすくめて見せた。今さらとぼけてどうするんだよ。突っ込みは浮かんだがこの際どうでもよく、架川は光輔を振り返った。

「こんがらがっちゃいるが、大体わかった。で、お前の隠しごとはこれで全部か？」

ストレートに訊ねると、光輔は「はい」と即答し、笑った。

ウソつけ。また「能面」じゃねえか。腹立たしく思う一方、これが光輔が自分を守り、支える術《すべ》なのかとも思い、いじらしさを覚えた。つい見つめると、「なんですか？」と訊かれたので、「なんでもねえよ。帰るぞ」と返し、両手をスラックスのポケットに入れて歩きだした。

16

若井は、自分のパンプスのヒールの音を聞きながら住宅展示場を出た。

そんなバカな。光輔は直人で間違いないのに。ショックと理不尽な思いで胸が収まらず、肩にかけたバッグの持ち手をきつく握って歩道を歩いた。

検体に問題があったのかもしれない。小谷野さんに、再鑑定を提言しようか。服役中の優人に協力させれば、今度こそ正しい結果が出るはずだ。通りに停めたセダンの前まで来てそう閃《ひらめ》き、若井は希望を感じた。が、直後に別の閃きがあり、足が止まった。

光輔の監視は自分が行うと主張し、ＤＮＡ鑑定を行うと決め、自分が科捜研に持って行くと言って、私に光輔の検体を渡させた。まさか、羽村さんが光輔の協力者？　そう考えれば、全ての辻褄《つじつま》が合う。光輔＝直人ではないと周知させるために、敢《あ》えて光輔が調査対象になるように仕向けたんだ。

「でも、なんで？」

思わず声に出して言っていた。歩道に人影はなく、通りを走る車の音が若井の耳に届く。

羽村が冒したリスクに愕然《がくぜん》としつつ、彼と光輔の強い絆《きずな》を感じた。光輔は頑《かたく》ななまでの意志の強さで、目的を果たそうとしている。その目的に思いを馳《は》せた若井だったが、ただならぬものを察知し、我に返った。

光輔、羽村、そして架川。これ以上、あの男たちに近づくのは危険だ。そう悟る一方、抗《あらが》えない力で光輔に惹《ひ》かれた。胸が高鳴るのと同時に切なさも覚え、混乱する。

あの男たちは、これからどうなるのか。そして自分はどうすべきなのか。そう突き付けられたようで、若井は歩道の闇に目をやり、茫然とした。

17

午後十一時を過ぎ、上りホームに人はわずかしかいなかった。

藤原はホームの中ほどに立ち、電車を待っていた。体にはいまいち力が入らないが、私鉄電車の駅まで歩いて来たことで頭は整理され、すっきりしていた。息をつき、藤原は顔を上げた。

こんなことを続けられるはずはないと思いつつ、命じられるままに手を汚してきた。摘発作戦の後、「せめてデカでいさせてやって下さい」と船津に頭を下げ、架川の左遷先を桜町中央署の刑事課にしてもらったのは、罪悪感からだ。そして心のどこかで、架川はこのままでは終わらないだろうと予感していた。

自首させてくれと頼むとは、最後の最後に見栄《みえ》を張っちまったな。心の中で呟《つぶや》き、藤原は肩を揺らして笑った。それを不気味に感じたのか、隣に立っていた若い女がスマホを弄《いじ》りながらその場を離れた。

ふと思い、藤原はスーツのジャケットのポケットからスマホを出した。自宅に電話をかけると、妻の正乃《まさの》が出た。しばらく帰れないと告げ、「麻里はいるか？」と問うた。正乃が受話器を置き、遠くで話す声が聞こえるが麻里は電話に出ない。夜はふけて電車の本数は減り、この駅は急行電車が停まらないので時間はある。

しばらくして、麻里が電話に出た。

「なに？」

ぶっきら棒に訊《たず》ねる。藤原の頭に、眉《まゆ》をひそめた麻里の顔が浮かぶ。

「しばらく帰れそうもない。お母さんを頼んだぞ」

「いつものことじゃん」

突き放すように、麻里が返す。「そうだな」と藤原は苦笑した。「いて欲しい時にいてくれなかったくせに」。以前口論になった時、そう言われたのを思い出す。藤原は言った。

「俺はお前を守りたかっただけなんだ。だが、世の中には、お前が想像も付かないような悪いやつがいる」

「説教？　だったらもう切る」

「すぐに終わるから、我慢しろ……もしまた何かやらかしたら、遠慮なく人に頼れ。だが、お前を楽させようとするやつはダメだ。耳の痛いことを言ってくれる人こそ、本物だ」

　スマホを耳に当て、向かいのホームに目を向けながらそう語りかけた。沈黙があり、麻里は言った。

「何の話？」

「お前の価値をわかってくれる人を大事にしろってことだ。そういう人がそばにいれば、やり直しは利く」

　そう言いながら、自分に語りかけているような気がして、藤原は気恥ずかしくなった。話を変えようとした時、頭上のスピーカーからアナウンスが流れ、急行電車が通過すると告げた。傍らを見ると、線路をライトを点《とも》した電車が近づいて来る。電車の走行音と通過を報《しら》せるチャイムで、ホームは騒がしくなる。

「わからなきゃ、それでもいい。何度でも話すから」

　声を大きくして告げ、藤原はスマホを構え直した。返事はないが、このままずっと話し続けていたかった。今この時が、かけがえのないものに思える。

警笛を鳴らし、電車がホームに入って来た。ライトが顔に当たり、藤原は後ろに下がろうとした。次の瞬間、背中に強い衝撃があり、藤原は前のめりになった。とっさに身を引こうとしたが間に合わず、藤原は自分の足がホームを離れ、視界が大きく揺れるのを感じた。

スマホを握ったまま線路に落下する藤原の耳に、つんざくような電車のブレーキの音が聞こえた。

18

光輔は架川と葬儀場を出て、駐車場に向かった。

すごい数の供花《きょうか》だったな。前を歩く架川の背中を見ながら、光輔は思った。祭壇に飾られた藤原の遺影の左右には、警視庁幹部の名札付きのスタンド花がぎっしりと並んでいた。参列者も多く、焼香台の前には長い列が出来ていた。

駐車場に停めたセダンに歩み寄り、二人でドアを開けていると声をかけられた。

「ご愁傷様です」

振り向くと、黒いパンツスーツを着た若井が立っていた。

「どうも。どうしたんですか？」

光輔が訊ね、架川は無言。若井は答えた。

「研修が終わったので、本庁に戻ります。お別れの挨拶《あいさつ》に来ました」

研修ね。心の中で冷ややかに呟きながら、光輔は「わざわざありがとうございます」と返して会釈した。架川は無言のままだ。

住宅展示場での出来事から五日。あの晩、羽村と別れ桜町中央署に戻った光輔と架川は、藤原が駅のホームから転落し、電車に轢《ひ》かれて死んだと知った。架川は本庁に出向き、警務部の監察官に藤原から聞いた話を伝え、インターネットカジノを巡る収賄の証拠も渡した。しかし椛島と船津は、「事実無根」と否定。上野のビルは既にもぬけの殻で、幸田民夫も退職していた。藤原は職務中の事故死として処理され、告別式の今日、家族に警視への昇任が伝えられたという。

「で、次は誰が俺を嗅《か》ぎ回りに来るんだ？」

両手を喪服のスラックスのポケットに突っ込み、架川が口を開いた。案の定、喪服もダブルだ。若井が返す。

「誰も来ません。調査の結果、架川さんに情報漏洩《ろうえい》の原拠はなかったと首席監察官に報告して受理されましたから。無論、蓮見さんの調査も終了です。職務とはいえ、不快な思いをさせて申し訳ありませんでした」

そう言って、若井は頭を下げた。架川が鼻を鳴らす。

「お前は監察官になるんだろ？　調査対象者にいちいち詫《わ》びを入れてちゃ、頭がいくつあっても足りねえぞ」

むっとした様子で顔を上げた若井だったが、「そうですね」と返し、こう続けた。

「とはいえ、架川さんには規律違反に抵触する言動が多々見られます。謹んで下さい。とくに、車の窓枠に腕を乗せるのは」

「またそれかよ。違法じゃねえんだろ。ほっとけ」

「違法ではありませんが、危険です。それに、地方公務員法の第三十三条には、信用失墜行為の禁止についての条項が」

二人の間に火花が散り、光輔がまたかとうんざりした時、「架川さん」と呼ぶ声がした。駐車場の通路を、喪服姿の女が二人近づいて来る。さっき焼香した時に挨拶したが、藤原の妻と娘だ。

「どうも」

はっとして、架川は通路に進み出た。藤原の妻は礼の言葉を口にして頭を下げ、架川がそれに応《こた》える。藤原の妻は五十代前半で、美人だがひどく憔悴《しょうすい》している。後ろに立つ娘は、顔立ちが藤原にそっくりだ。むすっとしているが、細い目は真っ赤だ。架川と藤原の妻が挨拶を続けているので、光輔は若井に向き直った。

「僕の調査のことなら、羽村警部にも謝罪してもらいましたし、気にしないで下さい。

疑いが晴れて何よりです」

　笑顔で告げる光輔を若井が見返す。「ありがとうございます」と会釈して、若井は言った。

「目的を果たしたいなら、注意して下さい」

「えっ？」

「前に私が警察官になった目的を訊《き》いた時に、二度目は『間違いを正したいと感じたから』と言ったでしょう。ご立派ですが、簡単ではないですよ。とくに一度目の目的の、『正しいことをしたい』を維持しつつ、となると……まあ、私が言うまでもないでしょうけど」

　最後のワンフレーズは挑発を含んだ口調で言い、光輔の目を見る。胸がざわめいた光輔だったが、余裕を失うほどではない。笑顔のまま「はい」とだけ返したが、思い直してこう付け足した。

「若井さんこそ、自分の目的を果たして下さい。きっと僕なんかよりずっと志が高くて、一度の失敗も許されない任務をこなして出世するんでしょうね。がんばって下さい。応援してます」

「一度の失敗」は架川の調査が自分にバレ、取引したことを匂わせたつもりだ。伝わったらしく、若井の眼差《まなざ》しがわずかに揺れた。一旦《いったん》目を伏せた後、若井は改めて光輔を見た。

「私も、蓮見さんたちの幸せを願っています」

「それはどうも――蓮見さんたち？」

そう訊き返すと、若井は急に落ち着かない様子になって視線を泳がせ、体も動かした。訳がわからず光輔が見守っていると、若井は遠慮がちに言った。

「だって、蓮見さんと架川さんは、恋――」

「待たせたな。帰るぞ」

どかどかと、架川が戻って来た。見ると、藤原の妻と娘は通路を戻って行く。光輔は話の続きを聞こうとしたが、若井は「では、失礼します」とスラックスの脇に手を添えて敬礼し、くるりと踵《きびす》を返した。光輔は、葬儀場の出入口に向かう若井の背中を唖然《あぜん》として見た。と、架川が「おい」と言って顎《あご》で前を指した。

出入口から五、六台の車が入って来た。先頭の二台は黒塗りの高級セダンで、本庁の幹部用の公用車だ。高級セダンは葬儀場の玄関に横付けされ、運転席を降りたスーツ姿の男が後部座席のドアを開けた。先頭の一台から姿を現したのは、組対部長の椛島寿夫と組対四課課長の船津成男。後ろの一台から降り立ったのは、警務部長の有働弘樹だ。三人とも喪服姿で、他のセダンから降りて来た部下たちに囲まれ、玄関に入って行く。それを振り返って見ながら、若井は出入口を出て行った。架川も男たちを目で追い、舌打ちをした。

「もっともらしいツラしやがって。藤原さんは、絶対あいつらに消されたんだ」

「しかし、証拠はありませんよ。また一途会の手嶌さんに頼みますか？」

光輔も前方を見て訊《たず》ねた。「いいや」と架川は返す。

「どうせ何も出ねえ。それに、鷲見組の違法カジノを摘発できなかった。手嶌さんには合わせる顔がねえよ。だが、必ず椛島たちのやってることを突き止めて、鷲見組ともども引きずり出してやる。藤原さんの死を悼《いた》むのはその後だ」

殺気と威圧感を漂わせ、架川は宣言した。光輔は体を反転させて、セダンに向き直った。

「じゃあ、このまま桜町中央署の刑事課に残るんですか？　犬じゃないと証明されたし、組対に戻れるでしょう」

するとと架川も体の向きを変え、返した。

「藤原さんの件で椛島と船津に嚙《か》み付いたし、すぐには無理だろう。外にいた方が動きやすいし向こうの動きもよく見えるから、いいんだ。それに、お前もいる」

「なりすましを見張るって意味ですか？　あいにくですけど、僕は絶対にミスしませんよ」

冷ややかに返したが、架川は「そうじゃねえよ」と顔をしかめた。声のトーンを落とし、言う。

「椛島と船津の企《たくら》みには、絶対有働も一枚嚙んでる。お前はやつを疑ってるんだろ？あとは、藤原さんが最後にくれた長野県警の折原っていう会計課長補佐のネタ。もろもろが始まった十年前に有働が長野県警にいたのは、偶然とは思えねえ。違うか？」

自分がこのところ考えていた通りのことを言われ、光輔はつい「いいえ」と答えてしまう。すると架川は顎を上げて「だろ？」と言い、光輔の肩に腕を回した。

「引き続き、俺の点数稼ぎに協力しろ。あいつらは強敵だぞ。とくに有働は、未来の警視総監と言われてる。だが大丈夫だ。俺のマル暴仕込みの捜査と、お前の推理力がありゃ何とかなる」

「ちょっと、やめて下さい。重たいし、人が見てる」

顔をしかめて訴え、光輔は架川の腕から逃れた。自分には羽村がいるし、架川は面倒臭いだけ。そう思ったが、ここ数カ月の流れを思い返すと、架川の言ったこともあながち戯《ざ》れ言とは言えない。それに、架川の経験と人脈が必要になるのは、これからだ。

心を決め、光輔は架川に向き直った。

「そうかもしれません。これからも、お互いの目的のために協力しましょう。僕たちは表と裏、両方の相棒です」

我ながら、百点満点の台詞《せりふ》と笑顔だと思った。その顔を、架川が鋭く見返す。思わず身構えると、架川はふっと笑い、「まあいいか」と言ってスラックスのポケットに手を入れた。

「裏表両方の相棒とは、上手《うま》いこと言うな。よし。じゃあ今夜は、相棒同士で飲みに行くか。スナック樹庭夢に、ボトルが入ってるんだ」

調子よく捲《まく》し立て、架川はセダンの助手席に乗り込んだ。

「え～っ。飲みに行くのはともかく、あの店はちょっと」

また顔をしかめ、光輔も運転席に乗り込んだ。

「なんでだよ。じゃあ、ニューハーフパブＧＲＩＭだ」

「マジで？　ていうか架川さん、たまには檀家《だんか》以外の店に行きましょうよ」

そう返すと架川も顔をしかめて反論してきた。それを聞きながら、光輔はシートベルトを締めてセダンを出した。

19

三十分後。焼香を終えた椛島一行は、葬儀場を出た。本庁に戻る有働や部下たちと別れ、椛島と船津を乗せた高級セダンは通りを走った。

五分ほどで目的地に着き、運転手の部下は高級セダンを通りの端に停めた。間もなく、目当ての人物が傍らの建物の陰から姿を現した。船津が後部座席を降りると、入れ替わりで、目当ての人物が椛島の隣に座る。船津は助手席に乗り込み、部下は高級セダンを出した。

「例の件の返事を聞きたい」

後ろを振り向いて、船津は言った。目当ての人物は、緊張した様子で俯《うつむ》いている。椛島は無言だ。

「決して簡単な仕事ではないし、危険も伴う。だが、誰かがやらねばならないことだ。無論、相応の見返りは約束する」

「見返り」を強調してさらに言ったが、目当ての人物は俯いたまま。苛立《いらだ》ちを堪《こら》え、船津は続けた。

「きみも苦しいんだろう？　だから手を貸そうと言っているんだ。断ればどうなるか……わかっているな？」

はっとして、目当ての人物が顔を上げた。と、椛島が重ねた手の人差し指を、「今だ」と言うように動かした。船津は身を乗り出し、目当ての人物の目を見て言った。

「頼む。汚れ役を演じてくれ」

しばらく固まったまま船津を見返していた目当ての人物だが、覚悟を決めたように、

「はい」

と応《こた》えた。安堵《あんど》と満足を感じ、船津は大きく頷《うなず》く。椛島は知らん顔で横を向いている。

前に向き直り、船津はバッグを開けて写真を二枚取り出した。再度後ろを向き、目当ての人物に写真を渡す。写っているのは二人の男で、一人はダークグレーのダブルスーツを身につけ、もう一人は左頬にだけえくぼを浮かべて笑っている。船津は告げた。

「架川英児と蓮見光輔。きみのターゲットだ」

「わかりました」

目当ての人物は言い、二人に見入った。その眼差《まなざ》しにはもう、迷いやためらいは感じられなかった。高級セダンは、午後の通りをまっすぐに走って行った。

参考文献

『警察の裏側』小川泰平　文庫ぎんが堂　２０１３年
『マル暴捜査』今井良　新潮新書　２０１７年
『警察と暴力団 癒着の構造』稲葉圭昭　双葉新書　２０１４年

本書は書き下ろしです。

警《けい》視《し》庁《ちょう》アウトサイダー

加《か》藤《とう》実《み》秋《あき》

令和３年　９月25日　初版発行
令和４年　５月20日　再版発行

発行者●堀内大示

発行●株式会社KADOKAWA
〒102-8177　東京都千代田区富士見2-13-3
電話　0570-002-301（ナビダイヤル）

角川文庫 22818

印刷所●株式会社KADOKAWA
製本所●株式会社KADOKAWA

表紙画●和田三造

●お問い合わせ　合わせ」へお進み さい）
https://www.kadokawa.co.jp/（ 合があります。
※内容によっては、お答えで いただきます。
※サポートは日本国内のみ
※Japanese text only

ISBN 978-4-04-111233-5

角川文庫発刊に際して

角川源義

第二次世界大戦の敗北は、軍事力の敗北であった以上に、私たちの若い文化力の敗退であった。私たちの文化が戦争に対して如何に無力であり、単なるあだ花に過ぎなかったかを、私たちは身を以て体験し痛感した。西洋近代文化の摂取にとって、明治以後八十年の歳月は決して短かすぎたとは言えない。にもかかわらず、近代文化の伝統を確立し、自由な批判と柔軟な良識に富む文化層として自らを形成することに私たちは失敗して来た。そしてこれは、各層への文化の普及滲透を任務とする出版人の責任でもあった。

一九四五年以来、私たちは再び振出しに戻り、第一歩から踏み出すことを余儀なくされた。これは大きな不幸ではあるが、反面、これまでの混沌・未熟・歪曲の中にあった我が国の文化に秩序と確たる基礎を齎らすためには絶好の機会でもある。角川書店は、このような祖国の文化的危機にあたり、微力をも顧みず再建の礎石たるべき抱負と決意とをもって出発したが、ここに創立以来の念願を果すべく角川文庫を発刊する。これまで刊行されたあらゆる全集叢書文庫類の長所と短所とを検討し、古今東西の不朽の典籍を、良心的編集のもとに、廉価に、そして書架にふさわしい美本として、多くのひとびとに提供しようとする。しかし私たちは徒らに百科全書的な知識のジレッタントを作ることを目的とせず、あくまで祖国の文化に秩序と再建への道を示し、この文庫を角川書店の栄ある事業として、今後永久に継続発展せしめ、学芸と教養との殿堂として大成せんことを期したい。多くの読書子の愛情ある忠言と支持とによって、この希望と抱負とを完遂せしめられんことを願う。

一九四九年五月三日